ミステリ編集道

新保博久

本の雑誌社

はしがき

すべては八年前に始まる。二〇〇七年三月十七日、『本の雑誌』編集部の松村眞喜子さんの結婚を祝うパーティでの立ち話で、浜本編集発行人から「何かやってみたい企画はないですかねえ」と訊かれた。本気だったのか、話題がないのでつい口が滑ったのか、もはや御本人にも記憶にないと答えるしかないだろう。ミステリ出版史に残る、歴代編集者のインタビューはどうか、などと答えた私も私である。人間嫌いで口下手のくせに。

実は下心があった。横溝正史『探偵小説五十年』（講談社、一九七二年）に、「その時分（昭和二十九年、江戸川乱歩の還暦祝いのころ）乱歩さんと私とちょっと気拙くなっていた」という一節がある。何故どう気まずくなったのか、知る限り乱歩側からも一切言及がない。当時まだ乱歩の評伝を書くつもりだった（今もか）私としては、本当のところをぜひ知りたかった。だが正史、乱歩双方を識る編集者も少なくなっている。講談社、東都書房を経て出版芸術社を興した原田裕氏ならご存じなのではないか。かねてより原田氏には御愛顧を蒙っていたから何かの折に直接伺えば済むのだが、歴史的証言としては公式インタビューの一部として聞き出すほうがいい。その流れで『宝石』の大坪直行氏、『マンハント』の中田雅久氏といったかたがたからもお話を承るシリーズを、浜本氏には提案したのであった。案に反して、原田氏は乱歩・正史不仲の真相を何もご存じなかったのだが、こうして浜本氏と私との弥次喜多道中は始まったのである。

思いのほか好評を博し、もっといろんなかたに登場いただこうという話になってきた。はじめ退職編集者限定というつもりであったが、離職したからといって言えないことは言えない、とも得心したものだ。では退職現役を問わずミステリ史の一角を創ってきたと思われるかたがた、昭和三十年代以前生まれで区切って、せっかくだから一冊分にまとめられるぐらい行脚することにした。これでも若い読者には、戦時中の回想を聴くようなものだろう。しかし本書を通読してもらえれば、戦後ミステリ出版史のアウトラインが辿れるものに、結果的になったように自負する。

もう少し整理して、話柄を過去から現在へと構成し直すことも考えたが、お話を伺った時点で世相が反映しており、かえって混乱しそうなのでほとんど取材順のままとした。例外的に八木昇氏と島崎博氏だけは、昭和四十年代のリバイバルブームから雑誌『幻影城』創刊への流れが分かりやすいように取材時とは逆順となっている。文中の時制なども取材当時のもので、加筆訂正、注釈は最小限にとどめた。

ほかにもお話を伺うべきだった人物、重要な出版社の取りこぼしはあるだろう。だが一冊の収容力の適量もあり、あとがき鼎談を除いて十三人というのもミステリ的には縁起の良い数字なので、このへんで切り上げることにした。そうした遺漏、また本書以後に続く人々からの聞き書きは後人に託したい。最後まで不慣れだったインタビュアーがどうにかゴールまで行き着けたのは、皆さん編集者なので、わがまま無礼な執筆者をあやすのがお得意だったからだろう。そのかたがたをはじめ協力者に言葉だけ感謝を連ねるよりも、本書の読者に何かしら得るところがあることこそ最大の報恩になると思っている。

二〇一五年春　　新保博久

目次

ミステリ編集道

ブックデザイン　金子哲郎

編集生活六十年

原田 裕◉東都書房

はらだ ゆたか◉大正13（1924）年、和歌山県生まれ。早稲田大学政経学部卒業後、大日本雄弁会講談社（当時）に入社。『キング』『講談倶楽部』編集部を経て出版部、『キング』とその後継誌『日本』編集長を歴任。講談社の別名義会社・東都書房へ移り、〈東都ミステリー〉〈日本推理小説大系〉などを刊行する。その後、講談社教育出版局長、第一出版センター社長となって88年に退社。新芸術社（のち出版芸術社と改称）を創業して、現在は相談役。著書に聞書『戦後の講談社と東都書房——出版人に聞く⑭』（論創社、2014年）がある。

品川巻きと〝どりこの〟が運命を変えた

翻訳ミステリ一辺倒だったころから、ともすれば本文より解説や訳者あとがきを読むのが好きだった私（新保）だが、国産品にも手を出すようになってから、あとがきなどでしばしば同じ名前を見かけた。

この二作とも、現在、講談社で教科書出版部長をつとめている原田裕氏が、東都書房にいたころ担当してくれた作品で、原田さんのような風変りな趣向をよろこんでくれるミステリ好きがいなかったら、とうてい具体化しなかったろう。あらためて、お礼を申しあげたい。

（『都筑道夫異色シリーズ3　猫の舌に釘をうて／三重露出』あとがき、三一書房、一九六八年）

ずいぶん永いこと出版社の人とつきあって来たが、よい人すぐれた人はいても、現職の中に遠い目的を持つ者は罕《まれ》だった……（中略）最初の『恐怖博物誌』を出したのは、講談社の原田君だった。それが出たころは短篇集の上梓は稀少事に属していた。短篇集は売れないというジンクスがあって、大きな出版社では、あまり出したがらなかったようだ。推理長篇シリーズに書いた「応家の人々」が、どういうわけかベスト・セラーになり、その賞与の意味、というより、それで原田プロ（＝プロモーター）が出したい本を出せる余裕ができたのかも知れない。だから、凝った美しい本になった。

（日影丈吉『恐怖博物誌』學藝書林、一九七四年）

後者で文中「講談社」とあるのは正確には「東都書房」と言うべきだが、原田裕氏は講談社から一時、別名義会社の東都書房時代を経て定年退職後の現在みずから興した出版芸術社の社長である。編集生活六十年に及ぶのは、ミステリ関係者であるなしを問わず最長記録保持者だろう。なお矍鑠《かくしゃく》として意欲満々の氏から、まさに戦後ミステリ出版史そのものというべき回顧談を伺った。

原田氏が生まれたのは江戸川乱歩が「二銭銅貨」でデビューし、日本に近代的探偵小説が確立された翌年でもある。その氏がミステリに関わるのは、それから二十年以上のちのことである。

原田 （大日本雄弁会講談社に）入社したのは昭和二十一（一九四六）年十一月です。僕の世代が戦後ではいちばん古いわけだ。戦時中は軍隊に入っていて、戦後大学（早稲田大学政経学部）に戻ったんですけど、僕の年は変則的で昭和二十一年の九月に卒業していました。

朝日新聞、毎日新聞、講談社を受けたんですよ。当時の学生の憧れは改造社とか中央公論社だったんです。ところが空襲跡の中央公論社は木造で、小学校の老朽校舎よりひどい建物だった。

そこへ行くと新聞社は、朝日毎日読売みんな鉄筋コンクリートのビルを構えていて立派だなあと。そうそう講談社という出版社もあったな、と。『少年倶楽部』というのを出してたなと。ここだけは大理石で、空襲でも焼けなかった。護国寺が燃えなかったのは講談社の建物が防火壁になったからだというくらいで。

それで朝日から採用通知もらったんだけど、大阪本社の営業部という話で、それじゃ気が進まない。毎日は希望どおり編集部だったんで、そっちへ行こうかなあと思っていたら、講談社も一次試験を受かって二次試験で、〝どりこの〟と品川巻きをふるまってくれた。

——〝どりこの〟？

原田　講談社代理部って通信販売部があって、雑誌の裏表紙で広告していた。双眼鏡とか売っていて。戦前の子供の憧れだったんだ。〝どりこの〟は甘い飲み物だけど、それも主力商品の一つ。でも終戦の翌年だからね、〝どりこの〟も品川巻きもどこ探してもなかった。それが講談社の二次試験に行くと、「よく来てくれました」って出してもらって、ああ、こんな美味いものがまだ残っているんだ……。

いっぽう毎日新聞ですよ。サラリーマンになるんだからと浅草の闇市で新しいカバンを買っ

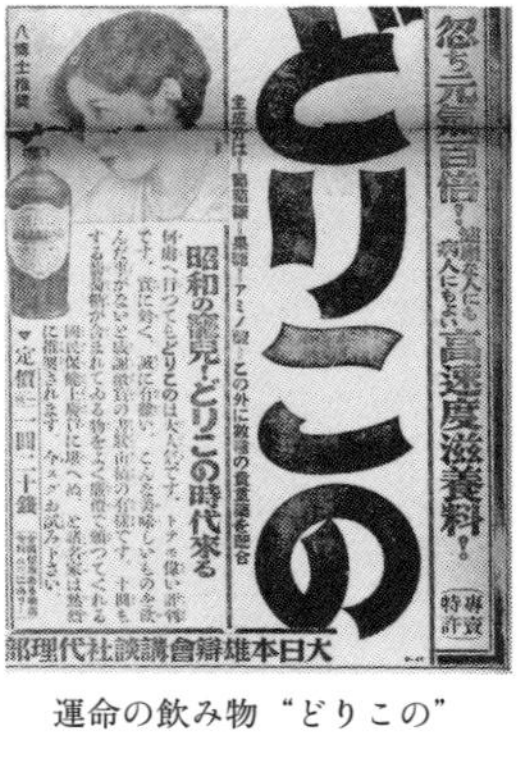

運命の飲み物“どりこの”

て、弁当入れて行った。そして編集局長に話聞いて戻ってきたら、カバンの中の弁当がない。新人の弁当盗むなんて、これが新聞社のインテリがすることかって。これなら品川巻きと〝どりこの〟のほうがいいかなと……（笑）。

山田風太郎を最初に訪ねた

原田　だけども、講談社の雑誌に書いてる作家なんて知らないわけですよ。そのころの学生って大衆小説は読まない。江戸川乱歩だって『白髪鬼』くらいしか読んでない。〈少年探偵団〉（一九三六年〜）とかはたぶん、僕が『少年倶楽部』を卒業したあとじゃないかな。

――『新青年』などもお読みじゃなかった？

原田　見てないですね。中学生になるとそういうものは読まないで、岩波文庫それから世界文学全集。『デカメロン』だとかあると、それが娯楽で。いちばん上に純文学があってその下に大衆小説。現代物だと丹羽文雄、菊池寛、久米正雄とか文壇の人が書いていて、時代物はまた別、子母澤寛とか海音寺潮五郎。探偵小説はその下で、読みもしないで軽蔑していた。僕に探偵小説を手ほどきしてくれたのは坂口安吾ですよ。「堕落論」とか、あのころみんな若い者は安吾が大好きだった。それで彼に原稿頼みに行ったら可愛がってくれて、『偕正殺人事件』なんか読めって貸してくれるんですよ。そのうち安吾自身が『不連続殺人事件』（一九四八年）を書いて、探偵小説は面白いなあと思ったんですよね。

話が先走ったけど、講談社でまず『キング』に配属されて、どの作家を担当したいかなんて、僕は吉川英治くらいしか知らないから吉川英治って言ったら笑われて、それは新入社員が担当する作家じゃないって。だけどこちらは新入社員ったって、大学で召集されてるから幹部候補生でね、元陸軍将校なわけですよ。短期間でも戦場で命がけだったんだから、いま生きているのは拾いもんだ、怖いものなんかありゃしない。だから上司なんて何とも思わなかった。着て行く服もないから将校服で行ったら、先輩社員が敬礼したりしてね。

―― ハハハハ。……『キング』というのは国民大衆雑誌と言われたそうですが、本当に百万部も売れていたんですか。

原田　戦前はね。最高百二十万ぐらいいったんじゃないかな。それが戦後ペシャンコになったわけだけどね。僕らが入社したころはみんな活字に飢えていたから、『キング』だろうと何だろうと出せば売れたんですが、用紙不足で九十六頁しかなかった。六十四頁ってときもあったんですよ。だんだん編集者が復員してきて『キング』編集部だけで十二、三人だけど、それで九十六頁を作るんだから暇でしょうがない。古い人は上等兵か伍長で、こっちは少尉だから（笑）、遠慮がなかった。

　でも作家は山岡荘八、大林清、村上元三なんて人を担当させられたけど、向こうは先生ですからね。僕たちと同じくらいの、二十歳すぎくらいの作家が出てきてくれたら、ある程度対等に話せて楽しいのにと。三島由紀夫が僕より一つ下で、すぐ会いに行きましたけど、僕は『キング』から『講談倶楽部』なので三島に小説書いてもらうわけにはいかない。で、山田風太郎。風《ふう》さんは二つ上です。彼は『宝石』の懸賞で出てきたんですが、それ以外の出版社から初めて行ったのが僕でした。

――しかし、これ（日下三蔵編「山田風太郎作品リスト」、出版芸術社刊『帰去来殺人事件』所収）を見ると、風太郎さんは『キング』には何も書かれてないですね。昭和二十二年にデビューしてますが、講談社への登場は二十四年九月『講談倶楽部』の「チンプン館の殺人」が最初ですね。

原田　僕が『講談倶楽部』へ移ったのが二十三年だから、僕が原稿もらったことになりますね。あんまり印象ないけど。もっと早くもらったような気がするけど、記憶は違ってるんだな。

――すると、昭和二十二、三年の付き合いというのは……

原田　小説書きなさいよ書きなさいよとは言ったんだけど、それより自分と同じくらいの年の相手と話がしたいというのが大きかったんだね。

――昭和二十六年から高木彬光・山田風太郎の合作『悪霊の群』の連載が始まっていますが、これはどなたの発案だったんでしょう。

原田　それは僕の一存で。二人に僕ははっきり言ったんですけど、本格（推理）的なアイデアを考えさせれば高木さんだと。文章を書かせれば山田さんだと。それなら高木さんがアイデアを考えて山田さんが書いたら、エラリー・クイーンどころじゃない面白いものが出来るだろうと。ところが、いざ連載を始めてみると、どうも僕は気に入らなくて（笑）。いまウチ（出版芸術社）で出しているから悪くは言えないんだけど、もっと傑作を期待していた。

――そのとき原稿料は折半で？

原田　いや、それぞれ一人でその頁ぶん書いたという計算で払ってた。だって、それだけ払っても、角田喜久雄一人に書かせるより安いんだもの（笑）。

――角田さんはなんでそんなに高かったんでしょう。

原田　要するにそれだけ人気が高かった。御本人は探偵小説は書きたいけど、時代物は嫌だよって。それを無理に書かせるわけで、だから『講談倶楽部』で角田さんの原稿料はいちばん高かった。一枚二千円。僕が入社したときの初任給が七百円で、当時インフレがすごかったから翌年は千円くらいだろう。昭和二十三年には二千円にはなってたんじゃないかな。

――でも角田喜久雄は四百字一枚でそれだけ取ってた。

原田　その原稿をもらうのに月に二十三日、通ってたわけですよ。行くと、必ず明日書くと。それで翌日行くと、いやもうちょっと待って、さあ将棋やろうって、将棋なんか先生やってる場合じゃないですよって言っても、いや将棋やらないと書けないんだって。さあさあさあと、盤を出して駒を並べるから、しょうがない一回だけですよ、でももう一回やろう（笑）。もう明日は雑誌刷り始めるときになってようやく原稿をもらえる。その翌日はもう来月号の〆切なんですよ。結局また二十三日間、もう定期券買ったほうがいいんじゃないかって。

押しつけられたお荷物が大ロングセラーに

原田　昭和二十八年に出版部に移ったらすぐに、山岡荘八さんから「ぜひ頼みがあるんだ」って。山岡さんは雑誌のころ担当して、さんざんお世話になったというか、いっぱい飲ましてもらった人でね。あのころ原稿もらってくると、編集部みんなで回し読みして感想を書くわけですよ、匿名でね。そこであんまり評判が悪いと書き直しを頼むか、突っ返すしかない。それがいちばん多かったのが山岡さんだよ。作中人物がすぐ一席弁じたりして、弱ったなあ、先生またお説教書いてきちゃったよって（笑）。でも、あのころ御馳走してくれるって大変なことだった。金があっても食べるものがないんだからさ。その山岡さんが三社連合（北海道・中日・西日本新聞）で二年ぐらい連載していて、評判がいいからもっと続けてくれと言われている、これを本にしてくれないかと。何ですかって訊いたら『徳川家康』だって、う〜んと唸っちゃいますよね。

―― 大ロングセラーになったじゃないですか。

原田 結果的にはね。だけどそのころ家康なんて、日本じゅう誰も好きな人はいないわけ。狸親父って言われてて。豊臣秀吉なら売れる。忠臣蔵でも大石内蔵助だから（売れる）。家康、吉良上野介なんて敵役のやつは商売にならないんですよ。でも山岡さんは、俺はこれだけ家康を研究したんだって、蔵のなかに本がぎっしりと。だけど先生これ全部読んだのって訊いたら、「それは秘密だ」（笑）。それでも二年分くらいの連載の切抜きを風呂敷に包んで、とにかく読んでみてくれって。今度はどう言って断ろうかと思案しながら社に持って帰って読み始めたら、おや意外に面白いなと。だいぶ読んだなあと思って窓の外を見たら、木が見えるんでびっくりした。まだ夜の九時くらいだろうにおかしいなあ、江戸時代にタイムスリップしたかと思ったら、朝になって音羽の杜の木が見えてたんだ。それくらい夢中になったわけで、これは何とか出さなきゃいけないなと。

しかしあのころコピーがないからね、コピーをとってみんなに読ませて、企画会議の根回しすることが出来ない。しょうがないから、いかに面白いかって熱弁をふるうしかないんだけど、シーンとしてるわけ。「何が徳川家康だ、バカか」って。でも、人の悪口ばかり言ってる原田があれだけ褒めるんだから少し聞く価値あるんじゃないかって、即座に却下はされなかった。そこでまた山岡さんところへ行って「印税全額もらおうとは思わないでくれ」と言うと、「いいよ印税なんかいらないよ。出してくれれば」って、そういうわけにもいかない。だけど宣伝しないとこれは売れない、普通なら二百五十円くらいで出せるところを二百七十円にする、印税も山岡さんには二百三十円計算で我慢してもらって、浮いた四十円分を宣伝費にしようじゃないかと。だから最初から『徳川家康』一本で半五段の新聞広告（紙面の下部三分の一のさらに半分）を出した。それで初版七千ぐらいから一万、一万二千と、ちびちびと売り上げていったんです。

『徳川家康』が経営者のバイブルなどと言われて急激に売り上げを伸ばしたのは、それから十年近く経った一九六二年ごろである。結局「各版合わせると4000万部という超ベストセラー」（『クロニック講談社の80年』一九九〇年）となった。そのころ原田氏は出版部にいなくて、「だから賞も何ももらわなかった（笑）」。ほかに、新書判の小説叢書〈ロマンブックス〉（一九五五年創刊）で初めてビニールプレス表紙を導入したことも思い出深いという。

原田　水に濡れても平気なピカピカの本にしたい、と思った。ひとあし先に出た〈ミリオンブックス〉はビニールクロスの上にグラビア印刷したから何色も使えなくて二色なわけ。どうせなら先に印刷して、その上から透明なビニールを加工することは出来ないかなって、当時業務の課長が僕と同じく新しもの好きだったんで研究してくれたら、大森のほうに玩具にビニールを貼る町工場があったんですよ。昔の海軍かなんかで使っていた圧縮ポンプがあって、それで紙にビニールを圧着させるんです。熱で溶けたビニールがいっぱいはみ出すのをハサミで切って、手作業ですよ。でもこれはいいなあって、よそもすぐ真似をするようになった。それ以前のカッパ・ノベルスなんかはニスを塗ってピカピカにしていて、光沢にそれほど違いはないんだけど、ビニールのほうが強度があるし、高級感がありました。

松本清張の点と涙腺

ミステリ・ファンには〈書下し長篇探偵小説全集〉（一九五五〜五六年）が印象深い。戦前派八人、戦後派四人という布陣で、最終巻は十三番目の椅子として公募された。第ゼロ回乱歩賞と言われるゆえんである。

原田　はじめの十二人は、誰が考えてもこれ以外の顔ぶれはないぞと、はっきりしていたわけですよね。松本清張が出てきたのは、このあとだから。このとき柳橋で発会式をやってね、乱歩さん以下十二人全員を招待して。芸者あげてね。あのころ飲み食いの値段ってのは高かったからね。一人二、三万かかったんじゃないかな。会社もそれだけ力を入れていたわけですよ。

――でも結局、横溝正史と角田喜久雄は書いていませんね。

原田 書けるとは僕も思っていなかった(笑)。入れとかないと企画が通らないんですよ。しかし角田さんは連載一回三十枚もらうのに二十三日かかる人だしね。横溝さんも『講談倶楽部』やらにずっと連載してもらってたから、まあ無理だろうと。それより僕は十三番目の椅子が心配だった。素人の人が三百枚も四百枚ものいい作品が書けるだろうかと。それで虎ノ門の晩翠軒の探偵作家クラブの集まりに二度くらい、書いて応募してくれとお願いに行って、半分くらいの人は書いてくれたけど、それほどいいものは……。結局、当時まだ無名だった鮎川(哲也)さんの『黒いトランク』があって、それに決まった。ただ僕はそのときもう『キング』で最後の編集長を務めていて、細かいことは知らない。

装丁・中島靖侃

僕が文芸課に行ったら、売り上げが二十倍くらいになったんだ。僕がこれは面白い、出したいと言うと、ほぼ必ず当ったから。それで『キング』の編集長やらせたら売れるんじゃないかと思ったのか、僕は『キング』なんかやめて新しい雑誌を作れって会議のたびに言っていたのに。しかし君は雑誌の編集長を一度もやってないから勉強だと思ってやってみろ、一年やったら『キング』終りにして別の雑誌を出すからって、それで『日本』という新雑誌の初代編集長にもなりましたけど、『キング』でも俺がやったらちょっとは売れると思ったら、もっと売れなくなった（笑）。売れない雑誌というのはどうにもならないものでね。

それでも編集長の務めで、お正月に大作家、丹羽文雄、舟橋聖一、石川達三といった、文壇に君臨している人に年始の挨拶に行ったんですよ。探偵作家はふだん会っているから行かなかったけど。会社でハイヤーを頼んでね、三鷹の丹羽さんのところへ向かうと、（途中の）武蔵関に松本清張さんが小ぢんまりとした家を建てていてね。僕は好きな作家だったから、ちょっと玄関先で挨拶だけと思って寄ったら、上がってけって、きかないんだよ。これが吉川英治だったら、いえ先生お忙しいでしょうから失礼しますって言えるんだけど、そのころ清張さんはまだそこまで行っていなかった。だから、お前のところなんか上がっていられるかみたいで具合が悪いので、じゃあちょっとだけって。そしたら、御本人は呑まないのにお酒出してくれたりして、そのうちに、「よく来てくれたな」って泣きだすんだよ。「『キング』っていうのは大変な雑誌だったんだよ。新聞社の小僧で活字を拾いながら、いつか『キング』に書けるような作家になるのが夢だった。それが今こうして『キング』の編集長が元日に挨拶に来てくれるなんて、思ってもみなかった。とても嬉しいんだ」って、こっちはそんなつもりじゃないのに（笑）。『キング』ももう売れない雑誌になっていたしね。清張さんにはそういう、非常に純情なところがありました。それで東都書房に移って早々、短篇で〈松本清張選集〉（全五巻、一九五九年）を出させてもらった。

―― 東都書房というのは、そのとき出来たんですか。

原田　いや、その前からあったんですよ。これは『キング』とも関係してるんだけど、雑誌が売れないんで今の編集長じゃダメだって、むかし名編集者と言われた人を次々交代で起用したんだ。しかし、もう誰がやってもダメな雑誌になっていた。それでも『キング』で失敗すると、みんな局次長クラスだったけど、そこはもう埋まっていて還る先がないわけ。そういう人たちを集めて審議室というのを作った。といっても、審議することなんか何もないんだよ。やはり本を出すしかないので、昔の〈講談全集〉を少し現代向きに手直しして出すのを、出版部がやりたがらないので引き受けて、けっこう売れたりしました。そのうち企画室と改めて、それが東都書房になった（一九五六年）わけだよね。

いっぽう僕は『日本』編集長をやっていたときに第一編集局長とソリが合わなくなって「辞める」と言いだしたら、じゃあ東都書房へ来なさい、何でもやっていいからと。でも雑誌はやれないし、純文学のほうは講談社の出版局があるわけだから、結局探偵小説をやるのが気楽だったってことですよ。雑誌がないから、書下ろしで行くしかない。よその連載長篇を取ったら、講談社の邪魔をすることになるし。だから大家は無理で、新人に頼むしかない。佐野洋、笹沢左保、樹下太郎といった人たちですね。佐野さんにしても笹沢さんにしても、ここはこうしたほうがいいよって言うと、十言ったら二十にも三十にも原稿を良くして返してくれる。（読売の記者だった）佐野さんには文章に文句つけたことはないんだけど、笹沢さんは素人だったからね。こんな文学青年みたいなのじゃダメだって、最初の一枚か二枚、真っ赤に直しを入れて、あともこの要領だって言って返すと、見違えるように良くなって返ってくるんだ。「大したもんだ」って褒めたら喜んじゃって、ますますうまくなってくる。

――この『最後の人』（一九五九年）は樹下さんの最初の本ですが、これも原田さんの担当ですね。最初は緑のセロハンがカバーと本体の間についてたみたいですけど、私が古本で買ったときはもう剝がされていた。こういうのは原田さんのアイデアですか。

原田　こんな変なものばっかり作ってたからね。本自体が一つの芸術でありたいって、だから今も出版芸術社と名乗ってるんだけれども。講談社時代にも、山田風太郎さんの『妖異金瓶梅』（一九五四年）なんかもカバーの裏から箔押しして、金インクじゃなくて上から金粉をまいて、本当に金ピカなんだよ。

――あとがきを必ず書かせるのも原田さんのポリシーですよね。

原田　せっかく本を出すのに、あとがきをつけないなんて勿体ないことをするなって。

――それは東都書房時代から出版芸術社の本まで続いている伝統ですね。ふちの丸い枠で囲んで。あとがきがないのは、都筑（道夫）さんの『猫の舌に釘をうて』（一九六一年）ぐらいですか。

東都書房から刊行された樹下太郎の最初の本『最後の人』（装丁・真鍋 博）と笹沢左保・佐野洋の著作（装丁・中島靖侃）

これは、あとがきがあったらトリックが成立しない。
原田　都筑さんは僕以上に凝り性だったからね。彼にはもう負けるわね。今はもう、そういう変なことをする編集者がいなくなっちゃったんだろうね。
――このとき新書判の〈東都ミステリー〉が出たばかりで、『猫の舌に釘をうて』が第二回配本の一冊ですね。
原田　確か日影（丈吉）さんのがいちばん早く出来上がったんだよ。だけど、目玉になる高木（彬光）さんが『破戒裁判』を書いてくれないとスタートできない。

人それを変人と呼ぶ

日影丈吉は『応家の人々』が売れたので短篇集『恐怖博物誌』を出してもらったと書いているが、『応家』が一九六一年五月、『恐怖』が同年六月なので、これはありえない。考えてみると、書き上がった『応家』をなかなか出せない埋め合せに、短篇集を出す企画が進行していたのではないか。また『猫の舌に釘をうて』と同時配本として、鮎川哲也『人それを情死と呼ぶ』などが出ている。

装丁・濱田 稔

装丁・北代省三

原田　鮎川さんは清張さんと違って、割り切った人だった。

鮎川さんが最初の地位を築いた十三番目の椅子っていうのは僕がこしらえたんだから、少しは敬意を払ってくれてもいいだろうと思っても、そういうのは態度に出さない。だいたい、来客を自分の家に上げないので有名だった。それでも〈東都ミステリー〉の書下ろしは引き受けてくれて、だんだん親しくなった。僕は早くに車買ったからね、鎌倉へドライブして家内と子供を連れて遊びに行ったもんだ。来い来いって言うから。そのころ鮎川さんは独身で、お父さんお母さんと住んでた。ところが僕が車で行くと、お父さんはあわてて出かけちゃう。非常に人見知りするわけ。お母さんがまたね、お寿司とってくれるんだけど、襖《ふすま》少し開けて手だけでね、お寿司を差し出すんですよ。鮎川さんが受け取って、原田さんこれどうぞって（笑）。あれお母さんだろって、挨拶しようとすると、「いやいいんだ、やめて」、それでもと言うと決然として「やめてください」。

それでも鮎川さんの家へ家族で行って寿司食ったのは僕ぐらいのものだろうな。それで今度鮎川さんにうち来てくださいよって言ったんだよね、僕がいつも御馳走になるばかりだから。でも、来ないわけだよ、なかなか。

――来ないでしょうね、あのかたは（笑）。

原田　そのうち（『人それを情死と呼ぶ』の）原稿が出来てきてね、少しずつ持ってきてくれたんだよ。そのころ、僕は高田馬場の上に、東京都住宅供給公社の世話してくれた鉄筋アパートの四階にいたわけなんですよ。当時駐車する場所なんていくらでもあって、駐車場なんか借りなくていいくらい。

――でも書下ろしミステリの原稿を少しずつ渡しちゃったら、続きを書くのに困りませんか。特に解決篇を書くときなんか。当時コピーなんてなかったでしょう。

原田　あのころはみんな下書きを書いて清書原稿を渡してくれてたから、下書きが残ってたんじゃないかな。そういう住宅だったんだけど、そこに鮎川さんが来たんだよ。電話がかかってきて「これから行くから」って。おお、それはぜひにって、どうせなら、芦川さんを連れていらっしゃいよって言ったわけよ、一緒にいらっしゃいって。

――ええ、芦川澄子さん。あとで鮎川さんと結婚した……

原田　芦川さんを僕はよく知っていたわけなんです。鎌倉に久能啓二っていう、ミステリを二、三冊書いた人で、鎌倉の美術館の学芸員で、紳士でね、酒飲みだったけど。その人が一生懸命鮎川さんと芦川さんをくっつけようと。久能さんが『週刊朝日』と『宝石』の共同募集（懸賞小説）で二席に入ったとき、一席が芦川さんで。それで久能さんが芦川さんと親しくて、鮎川さんとの仲を取り持とうとしてたんで、それで連れてらっしゃいよということで言ったんだけどね。まあ、連れて来るとも来ないとも言わなかったけれど。

——はいはい。

原田　鮎川さんは飲まないから、うちの女房に饅頭買わせて待ってたわけですよ。やってきたら鮎川さん一人でさ、芦川さん連れて来なかったのって訊いたら、「うん、忙しくてね」なんて。まあ一人でもいいから、狭いところだけど上がれ上がれって言うのに、いやすぐ帰ると言って、どうしても上がらないわけですよ。いろいろ話したいのに何だよって押し問答したけど、どうしても急ぐからって。そこで、買った饅頭を包んで渡したら、また鎌倉に来てくださいよって、トントントントン階段を下りて行っちゃった。それを僕が窓から見てたらね、マンションの向こうのほうに郵便ポストみたいなのがあって、そこで芦川さんが待ってるんだよ（笑）。なんだ、連れて来たんじゃないか。それなのに一緒に入って来ないなんて、よっぽど恥かしかったんだろうね。

——その話は、『本格一筋六十年　想い出の鮎川哲也』（山前譲編、東京創元社、二〇〇二年）巻末の編集者座談会にも出てきています。

原田　それだけ印象深かったんだろうね。

——ただ、この『本格一筋六十年』の年譜を見ますと芦川さんと出会ったのが一九六三年、翌年に結婚ですが、〈東都ミステリー〉に書下ろしていたのはもっと前ですよ。

原田　じゃあ、ほかの用事で来たときかも知れない。ともかく鮎川さんは変わり者で、玄関先までも来てもらったのは僕一人じゃないかな。本当に気難しいし、付き合いが悪い。でも鮎川さんが亡くなって、若い編集者の人と集まったり旅したりなんかしたけど、世代の違いですかね、鮎川さんの見方が全然違う。仏様みたいに滋味あふれる人だったと言うから、人格的に練れていったんでしょうね。

最初と最後の本に立ち会う

〈東都ミステリー〉の前に、明治大正から星新一、大藪春彦といった当時最前衛の作家まで網羅した〈日本推理小説大系〉（一九六〇〜六一年）全十六巻という、菊判三段組の堂々たる叢書が出ている。私より少し上の世代は、これでミステリの基礎教養を身につけたものだ。

原田　〈日本推理小説大系〉っていうのは非常に評判が良くてね。それで、僕が文芸課にいたときの担当役員だった人が「僕は海外のものが好きだから、今度はそれを出そう」って〈世界推理小説大系〉（全二十四巻、別巻一、六二〜六五年）をやった。それは売れないからやめたほうがいいと思ったんだけど、そうは言いにくくて。ともかく東都書房といえば探偵小説というイメージがあとからついてきたわけだけど、今度は僕は日本SFをやりたくてね。星新一に長篇書かせようとしたけど、これは結局ダメだった。その前に今日泊亜蘭さんのSF長篇『光の塔』（六二年）、これもミステリの一種だってごまかして〈東都ミステリー〉で出したら、そこそこ売れた。そこで眉村（卓）さんの『燃える傾斜』（六三年）から〈東都SF〉とつけて、小松左京だとか筒井康隆だとか全員に頼んだんだよ。そのなかにいた広瀬正は金がなくて大変で、奥さんが生命保険の勧誘をしてて、僕は入ってあげたりした。それでようやく『マイナス・ゼロ』ってやつが出来たんだけど、今度は僕が教科書の局長に行かされて、〈東都ミステリー〉はその後も一年ほど続いたけど、SFは僕がいないと誰も分からないから眉村さん一冊きりで終ってしまった。

――『マイナス・ゼロ』が河出書房新社から出たのは一九七〇年、ずいぶん塩漬けになっていたもんです。教科書のほうに行かれたのはどういう……？

原田　話せば長いことながら、だね。野間社長の兄さんで高木三吉というかたが東京文理大の出身で、戦後講談社に教科書局を創設されたのだけれど、そのかたが僕を気に入ってくださって、「ぜひ来い」と……。申し訳ないがありがた迷惑。でも高木さん個人は好きだったし尊敬していたもので……。それで教育出版局から第一出版センターというコースなんだけど、江戸川乱歩賞の予選委員をやらせてもらったりして、ミステリとはずっと縁がありました。

数年前、今日泊さんの『まぼろし綺譚』（二〇〇三年）という本を作ったんだけど、さすがにお年だから（二〇〇七年当時で九十七歳、翌年に死去）、たぶん最後の本になると思うよ。最初の『光の塔』を作ったのも僕なんだよね。渡辺啓助さんも〈書下し長篇探偵小説全集〉に書いてもらった『鮮血洋燈《ランプ》』が講談社では最初の本で、ウチの『クムラン洞窟』（一九九三年）がほとんど最後の著書になった。長く編集者をやっていると、最初の本と最後の本を手がける……それはやろうとしてやれることじゃないから感慨深い。たまたまそういう巡り合せになったのは、昔の作家と編集者というのがそれだけ、つながりが深かったんだなあと思いますね。

―― 樹下太郎さんもそうですね。〈ミステリ名作館〉で再刊された『鎮魂の森』（九三年）、これが生前最後の本でしょう。

原田　最初が『最後の人』で最後が『鎮魂の森』ときたか。因縁だねえ。

（二〇〇七年六月十四日、出版芸術社にて）

〈東都ミステリー〉刊行書籍一覧

①	破戒裁判	高木彬光	1961.05
②	応家の人々	日影丈吉	
③	第112計画	佐野洋	
④	人それを情死と呼ぶ	鮎川哲也	1961.06
⑤	猫の舌に釘をうて	都筑道夫	
⑥	極東特派員	海渡英祐	
⑦	乳色の墓標	南部きみ子	1961.07
⑧	隣りの人たち	藤木靖子	
⑨	石の林	樹下太郎	1961.08
⑩	県立S高校事件	左右田謙	
⑪	人でなしの遍歴	多岐川恭	1961.09
⑫	隠れた顔	小島直記	
⑬	泡の女	笹沢左保	1961.10
⑭	手は汚れない	久能啓二	
⑮	白と黒＊	横溝正史	1961.12
⑯	青子の周囲	新章文子	1961.11
⑰	女の家	日影丈吉	
⑱	終着駅	島田一男	1962.01
⑲	虚ろな車	飛鳥高	
⑳	密室の妻	島久平	
㉑	湖上の不死鳥	野口赫宙	1962.02
㉒	遠い声	佐野洋	
㉓	死者におくる花束はない＊	結城昌治	1962.03
㉔	贋	水芦光子	
㉕	日没の航跡	久能啓二	1962.04
㉖	待避線＊	島田一男	1962.05
㉗	黒いリボン	仁木悦子	1962.06
㉘	弓の部屋	陳舜臣	1962.07
㉙	飢えた遺産＊	都筑道夫	
㉚	光の塔	今日泊亜蘭	1962.08
㉛	0番線＊	島田一男	
㉜	休暇の死	樹下太郎	1962.09
㉝	砕かれた女	南部きみ子	
㉞	危ない恋人	藤木靖子	1962.11
㉟	夜よりほかに聴くものもなし＊	山田風太郎	1962.12
㊱	異聞猿飛佐助	中田耕治	1963.01
㊲	顔の中の落日	飛鳥高	1963.02
㊳	啜り泣く石	福本和也	
㊴	シャット・アウト	加納一朗	1963.03

㊵	現代忍者考＊	日影丈吉	1963.04
㊶	陽気な容疑者たち	天藤真	
㊷	白犬の柩	垂水堅二郎	1963.05
㊸	黒潮の偽証	高橋泰邦	1963.06
㊹	隠密社員	童門冬二	1963.07
㊺	紅いレース＊	樹下太郎	1963.09
㊻	名のない男＊	大藪春彦	1963.10
㊼	検事城戸明	佐賀潜	
㊽	北向海流＊	島田一男	1963.11
㊾	海の葬礼	伊藤桂一	
㊿	光の肌	佐野洋	1964.02
51	異聞霧隠才蔵	中田耕治	1963.12
52	霧の翼	福本和也	
53	異説新撰組	童門冬二	1964.02

（＊10点 以外は書下ろし。一部推定を含む）

〈日本推理小説大系〉

①	明治大正集（黒岩涙香「無惨」／幸田露伴「あやしやな」／泉鏡花「活人形」／岡本綺堂「利根の渡」／谷崎潤一郎「途上」「私」「友田と松永の話」「日本におけるクリップン事件」／芥川龍之介「藪の中」「報恩記」／正宗白鳥「人を殺したが」／佐藤春夫「女誡扇綺譚」「オカアサン」「女人焚死」／中島河太郎「日本推理小説史」)	1960.12
②	江戸川乱歩集（二銭銅貨／二癈人／D坂の殺人事件／心理試験／赤い部屋／屋根裏の散歩者／人間椅子／鏡地獄／芋虫／陰獣／押絵と旅する男／柘榴／月と手袋／化人幻戯)	1959.04
③	甲賀三郎（死頭蛾の恐怖／琥珀のパイプ／体温計殺人事件／情況証拠／四次元の断面)、角田喜久雄（高木家の惨劇／奇蹟のボレロ／Yの悲劇／笛吹けば人が死ぬ／悪魔のような女）集	1961.01
④	大下宇陀児（虚像／悪女)、浜尾四郎（殺人鬼）集	1961.02
⑤	小栗虫太郎（黒死館殺人事件／完全犯罪)、木々高太郎（人生の阿呆／網膜脈視症）集	1961.04
⑥	昭和前期集（谷譲次「上海された男」／小酒井不木「恋愛曲線」／平林初之輔「予審調書」／山本禾太郎「窓」／渡辺温「可哀そうな姉」／城昌幸「ジャマイカ氏の実	1961.05

	験」「艶隠者」／夢野久作「瓶詰の地獄」／渡辺啓助「偽眼のマドンナ」「決闘記」／葛山二郎「赤いペンキを買った女」／海野十三「振動魔」／水谷準「司馬家崩壊」「ある決闘」／蒼井雄「船富家の惨劇」／大阪圭吉「三狂人」）	
⑦	横溝正史集（本陣殺人事件／蝶々殺人事件／獄門島／かいやぐら物語）	1960.07
⑧	島田一男（上を見るな／社会部記者／百十一万分の一／作並）、高木彬光（刺青殺人事件／妖婦の宿／殺意）集	1960.09
⑨	昭和後期集（山田風太郎「虚像淫楽」／大坪砂男「天狗」／宮野村子「柿の木」／岡田鯱彦「薫大将と匂の宮」／朝山蜻一「巫女」／香山滋「キキモラ」／鷲尾三郎「雪崩」／永瀬三吾「売国奴」／大河内常平「クレイ少佐の死」／楠田匡介「逃げられる」／山村正夫「獅子」／飛鳥高「二粒の真珠」）	1961.03
⑩	坂口安吾（不連続殺人事件／能面の秘密）、久生十蘭（金狼／湖畔／ハムレット／黒い手帳）、加田伶太郎（眠りの誘惑／完全犯罪）、戸板康二（車引殺人事件／團十郎切腹事件）集	1960.11
⑪	松本清張集（点と線／紙の牙／危険な斜面／空白の意匠／顔／白い闇／張込み／声／殺意／一年半待て／巻頭句の女／市長死す／日光中宮祠事件／西郷札）	1960.06
⑫	有馬頼義（四万人の目撃者／リスとアメリカ人）、新田次郎（落石／毛髪湿度計）、菊村到（悪魔の小さな土地／硫黄島）集	1960.08
⑬	鮎川哲也（黒いトランク）、日影丈吉（内部の真実／かむなぎうた）、土屋隆夫（天国は遠すぎる）集	1960-10
⑭	多岐川恭（氷柱／落ちる）、仁木悦子（猫は知っていた／粘土の犬）、佐野洋（一本の鉛／不運な旅館）集	1960.05
⑮	水上勉（海の牙／おえん）、樹下太郎（夜の挨拶／散歩する霊柩車）、笹沢左保（招かれざる客）集	1961.06
⑯	現代十人集（新章文子「危険な関係」／大藪春彦「野獣死すべし」／竹村直伸「風の便り」／高城高「ラ・クカラチャ」／星新一「おーい　でてこーい」「たのしみ」「年賀の客」／曾野綾子「能面の家」／河野典生「狂熱のデュエット」／結城昌治「幽霊はまだ眠れない」／南条範夫「飢渇の果」／黒岩重吾「女蛭」／中島河太郎「日本推理小説史・下」「内外推理小説年表」）	1961.07

乱歩編集『宝石』を支えた男

大坪直行◉宝石社

おおつぼ　なおゆき◉昭和10（1935）年、東京生まれ。早稲田大学大学院中退。大日本雄弁会講談社（当時）を経て宝石社に入社、探偵小説専門誌『宝石』最後の編集長を務める。65年、『宝石』の誌名譲渡とともに、光文社に移籍して同名の総合誌『宝石』副編集長に。72年からは、いんなあとりっぷ社社長、07年退任、現在は経心会代表。

乱歩と給料、秤にかければ

「最近、記憶が怪しくなって」と大坪直行氏は言う。それは万人に共通のことで、記憶力の衰えでは私も人後に落ちない。

「だから、このときの座談会のほうが正確でしょう」と大坪氏が言うのは、『BOOKMAN』第十二号（昭和六十年六月）、「幻の探偵雑誌《宝石》を追う」特集のうち「『宝石』とその時代——元編集長・大坪直行氏を囲んで」のことだ。初めて新刊書店で買った『宝石』（昭和三十九年五月号）がたまたま最終号で、待てど暮らせど次号が出なかった（当然）と、まだ作家になる前で本名で出席していた北村薫氏が懐かしんでいる。しかし、いま大坪氏に聞くと、この座談会でも、リライターが思い違いしたのか、大きなミスがあるそうだ。

経営不振で原稿料も滞りがちだった『宝石』の編集経営に江戸川乱歩が乗り出し、私財をつぎ込んで息吹き返させたのは、ミステリ史上の今や伝説となった事実だが、編集実務に当るため大坪氏が入社したのは、その「直前です。乱歩編集を打ち出したのが、たしか昭和三十二年の八月号だった。同じ年の春ですよ」と、同座談会にはある。ところが、これは同じ年ではなく昭和三十三（一九五八）年六月が正しいらしい。

『宝石』誌上に大坪氏の名前が初めて見えるのはさらに一年後の三十四年六月号、編集後記の頁に新設されたコラム「社中つれづれ草」でのスタッフ紹介においてだ。

「講談社から宝石社入りした気鋭の新青年、『若い日本の会』のメムバー、詩人の卵。日曜出勤がつづき、新婚早々の奥さんにボヤかれた」（「若い日本の会」については後述）

『宝石』特集が組まれた『BOOKMAN』第12号（トパーズプレス昭和60年）

大坪　講談社の学芸部にいたといっても正社員じゃないんですよ。早稲田大学の大学院に入ったときにアルバイトを始めたんです。

むかし講談社は本郷坂下町（現在の文京区千駄木三丁目）にあって、その向かいでうちの親父が郵便局を営ってたんですね。それで『キング』や『少年倶楽部』で使う切手をみんな買っていただいて、お得意さまだった。東京の郵便局でいちばん売り上げが良かったんじゃないかな。僕は昭和十年一月生まれで、その前（昭和九年）に講談社は今の音羽に移っていたんですけれど、親父が初代社長の野間（清治）さんの家に出入りしてたりして、親しみがあったわけです。で、アルバイトさせてくれって行ったら、いつでも来ていいよって。そして学芸部に配属されてみると、出版編集の仕事というのが面白くてね。こういう仕事は自分に向いていると思いましたから大学院に入ったばかりだったけれどほとんど行かなくなった。

当時は、お使いさんみたいなものなんだけど、僕だけは社員が来る一時間半前に出社して机を拭いたりしていると、その上に今日の仕事みたいなものが書いてあるんですね。作家や絵描きさんの名前があって。原稿取りですね。僕はそのころからスクーターや車に乗っていたから、重宝がられた。それであっという間に、作家とか絵描きさんとか普通の編集者の三倍くらい知り合えた。向こうは、正社員であろうがなかろうが、行くと、まあ上がれ上がれと言ってくれる。これは僕のその後の編集者生活ですごくプラスになりましたね。

そのうち学芸部長に気に入られて、僕が探偵小説、好きだってこと知ってるから、そのころ乱歩先生に誰か若手の探偵物好きな編集者いないかと訊かれて、いますいますって僕のこと紹介してくれた。当然、大学院は中退。

――アルバイトでも、講談社と宝石社とでは給料がずいぶん違うと思いますが……

大坪　それで乱歩邸へ行ったら、「うちは安いよ」って。講談社でいただいていた給料の三分の一なんですよ。でも、僕は探偵小説が好きで、乱歩先生のそばで仕事が出来るならこんな光栄なことはないから、給料なんていくらでもよかった。その代わり、編集をピシッとやったら、あとはいくらアルバイトしてもいいと言われた。当時の小出版社の編集者はみな給料で食べていけなかったから原稿など書いて収入を得ていましたね。僕もほかの雑誌で原稿料かせいだり、ラジオの台本なんかずいぶん書いて、そっちのほうが給料の三倍か四倍。なかでも林家三平の「お笑いジョッキー」という帯番組は評判よかったと思います。毎日オチのあるコントを入れたものですが、これは大変だった。でも、それで三十歳前に家が建っちゃった。

新人大藪春彦も大家横溝正史も担当

大坪氏の記憶では、入社は昭和三十三年六月ごろだが、六月号の口絵「ある探偵作家の一日」で木々高太郎宅の撮影に行った憶えがあるという。すると四月ごろには関わっていたことになる。七月号では、大藪春彦氏の『野獣死すべし』が同人誌から転載されて商業誌デビューとなった。「大藪さんの原稿には句読点がなかったと聞いた。これにはびっくりしましたね」と言う。

初めて携わった（？）『宝石』昭和33年6月号

大坪　新宿二丁目にヌードスタジオがあって、ヌードの写真を撮らせる。モデルの周りにロープが張ってあって、それ以上近づけないようになっている。大藪さんは「まあ、いいじゃないか」ってロープの内側に入って撮った。すると店の人が出てきて、「困ります」って。それでも撮っていると、二、三分後にドヤドヤとヤクザのような人が入ってきた。すると彼は、いきなりその狭いスタジオから外へ飛び出して、追いかけてきたヤクザ五、六人をたちまちみんな蹴り倒しちゃった。「すごいねえ」って言ったら、ケッケッケッと大藪さん独得の笑いで、「ケンカってのは先手先手、これはコツを知ってれば簡単なんだ」。

「……（少年のころ新義州で）僕は抑留時代に朝鮮人たちに痛めつけ続けられていたから、彼等が頭突きと共に得意とする足蹴りを習い覚えていた。短刀を一杯にのばした時の腕の長さプラス短刀の長さよりも、足で蹴ったときの靴先までのリーチが長いことは自明の理だ」

（大藪春彦「敗戦の頃」第十回、『いんなあとりっぷ』昭和四十八年六月号、角川文庫『荒野からの銃火』所収）

大坪　そんな大藪さんだけど人情味のある人でした。あるとき、夜中に訪ねてきてね、いま狩りで獲ってきたって鴨を三羽も四羽も届けてくれたりした。「大坪さん、食べてよ」って、気の優しい人だった。

――大藪さんは新人だから分かりますが、入社したばかりの大坪さんが横溝正史の連載『悪魔の手毬唄』の原稿も取ってらしたというのは不思議議なんですが……

大坪　編集部といったって、そんなに人はいないわけですよ。『エロティック・ミステリー』（宝石増刊）は専門の人がいたけれど、それ以外の増刊や別冊、もちろん本誌も全部僕と何人かでやっていた。だから乱歩先生が「今度から大坪君が行くから」と横溝さんに言えば、どんな大家であってもすぐ会えた。

――『ヒッチコック・マガジン』も手伝っていたんですか。

大坪　手伝っていました。編集長の中原弓彦（小林信彦）さんは日本作家にツテがなかったから、そっちのほうは僕が担当。それとレイアウト、割付け。一冊分の原稿を一度に割付け、前の席にいる中原さんの弟さんの小林泰彦さんに渡す。すると小林泰彦さんがイラストを描く。完全な流れ作業でしたね。

――そういう編集技術は、講談社時代に身につけられていた？

大坪　学芸部は出版部だから、雑誌のことは教えてくれないの。だから隣の雑誌編集部へ行ってじっと見てた。なるほど、こうやるんだなって。当時は、教えてくれない。盗んで覚えろでしたからね。

後年、「〝いまなら、横溝正史の作品はうけること間違いない〟と思っていた私（大坪氏）は、当時、角川春樹氏にもちかけ、作品リストを渡し、横溝先生を紹介したことがあった」（水谷準編『横溝正史追憶集』私家版、昭和五十七年）。そうして出た第一弾が『八つ墓村』角川文庫版（昭和四十六年）であり、横溝ブーム、文庫のエンタテインメント路線の先駆けとなった。だから横溝文庫の初期十二冊ほど大坪氏が解説しているが、おおむね評論家に徹していて作家対編集者としての関係に触れられることは少ない。氏が大西順行名義で連載した「巷談・戦後推理小説裏面史」（『エラリイ・クイーンズ・ミステリ・マガジン』昭和四十年七月号〜『ハヤカワミステリマガジン』四十一年六月号。連載中に誌名変更）にしても、匿名コラムのため取っておきの話柄が出ない物足りなさがある。それでも、氏自身が連載担当した『悪魔の手毬唄』『仮面舞踏会』の解説（現行版では解説を割愛）には往時の回想があり、前者によると、「編集者は、一回四十枚近くの原稿を貰うのに三日徹夜する。午後一時頃、先ず一回目の横溝邸へ、つぎに六時頃、つぎが午前三時、そして早朝――と続くのである。もちろん、その間、横溝正史とて眠らない」。

作家も編集者も眠らない

大坪 今の編集者は夜、寝るでしょ？

―― 普通は寝ますね（笑）。

大坪 編集者っていうのは、親が死んでも女房が死んでも死に目には会えない。そういうことを先輩から叩き込まれた時代ですね。だから結婚式も一月四日にやった。それなら、少なくとも花婿が社用で欠席することはない（笑）。それから子供の誕生日、十二月二十三日なんだけど、その日は編集会議でね。近くに喫茶店があるわけではない、二階の編集部から見えるところで待っててくれって、ところが会議が終らない。だけど子供がいて、寒がるでしょう、会社には電話するなって言ってあったんだけど、どうしようもなくて一時間くらい経ったら電話してきた。そしたら、博文館に戦前いたという先輩（真野律太氏）が「なんで女房が会社に電話してくるんだ。君は自宅から会社に通ってるのか」って。「だから今の編集者はダメなんだ。俺たちの時代は吉原から通っていた。女をつくってそこから通うようじゃないと……」。

確かにね、編集者は何に対しても貪欲でなくてはいけない。女遊びもその一つですかね。それでないと、作家にこういうことを書いてくれとか、これじゃおかしいとか言えないでしょ。出来るだけ多くの知識を自分自身の玉手箱に蓄えていないといけないとは、分かりますがね。

そのころの編集者は、気に入った作家とは一緒に作品を作るんですよ。僕の場合、特に笹沢（左保）さんが最初に応募してきた原稿を二篇選んだのがきっかけだけど、人間的にも非常に好きで、よその出版社の仕事でもカンヅメに付き合ったりしました。「大坪《ツボ》さん、ここはこういうトリックでいきたいが、どうだろうか」「いや、そのトリックは先例があるからまずい」「じゃあこれはサブにして」「本当のトリックはこういうのはどうだろうか」って、檻のなかの熊のように二人で部屋じゅう歩きながら……。

また、彼が『小説中央公論』に「六本木心中」を書いたとき、「これ読んでくんない？　ちょっととばしすぎて、自信がないんだな」って、読んだらすごく良い。彼は力を入れずにスーと書いたそうだけど、そういうほうが良いものが出来ることが多い。肩の力が抜けていいんですね。まあ、彼との思い出は本当にたくさんあって、亡くなったあとに出た『定廻り同心――最後の謎解き』（祥伝社文庫、平成十四年）の巻末にだいたい書きましたけど。

そうそう、初めて彼に会ったとき、ちょうど交通事故で入院していて、江戸川乱歩賞に応募した『招かれざる客』も腹這いになって書いたんだけど、治ったあともそのほうが書きやすいって、腹這いにちょうどいい大きな机を作らせたんだ。そういうものや万年筆、原稿や蔵書をまとめて保管してくれるところを探してるんだけど、ミステリー文学資料館にどうだって言ったら、原稿や本はいいけど机は保管するところがないって。

そのほかに印象に残っているミステリ作家といったら、たくさんありますが、なかでも松本清張、水上勉、樹下太郎、黒岩重吾、佐野洋、星新一など。いや抜けているかな。

「処女出版『一本の鉛』（三十四年四月）以来一年半にもならないのに、佐野さんは十冊以上の著書を出している。そしてその大部分が書下し長篇なのだ。一カ月半に一冊の割合である。世界の多作家、英のクリージイ、米のガードナーも及ばない」

（『宝石』昭和三十五年十月号「金属音病事件」に添えられたルーブリック＝紹介文より）

大坪　佐野さんのところへ原稿取りに行ったら、電気鉛筆削りがあった。「電動じゃないと間に合わないから」って。そんなもの誰も持っていなかった。

――アメリカだと多作家はタイプライターを機関銃のように打つと言われますが、日本だと電気鉛筆削りなんですね。

大坪　星さんは礼儀正しいお坊っちゃんで、原稿は必ず自分から持ってきてくれました。なぜか、大坪さんには本当にお世話になった、足を向けて寝られないって、死ぬまで

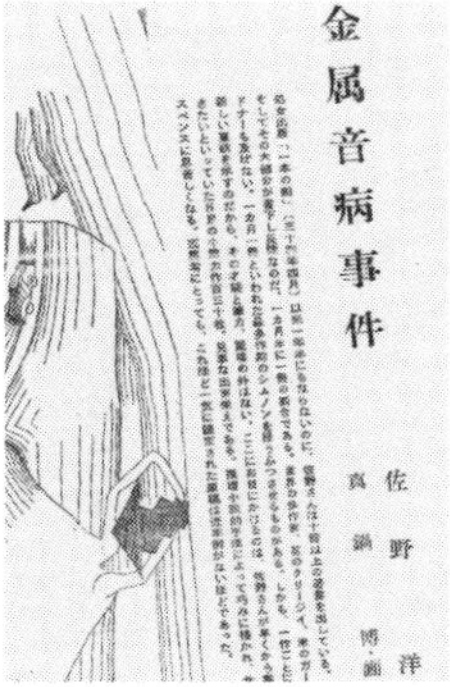
金属音病事件
佐野洋
真鍋博・画

『宝石』昭和35年10月号掲載
佐野洋「金属音病事件」

言っていた。むしろ僕のほうがお世話になったんだけどね。でも誘えば、どんなに体調が悪くても出てきてくれた。最後に僕の関係するパーティにも来てくれた。口腔ガンで歯が抜けていてね、知らないので「みっともないから歯ぐらい入れたら？」とか言ったんだけど、今、よく考えてみると、おそらく慈恵医大病院入院中に抜け出して来てくれたんだと思いますね。それしか考えられない。その前に「最近小松左京とも会ってないから、三人で会おうか」と、SFのパーティか何かの会で会う約束をした。ところが待てども待てども来ない。義理堅い星さんが約束を破ることはなかった。かりに来られなくなったら必ず電話をよこす人だった。なのに来ないから閉会後、銀座のクラブ「まり花」で小松さんとずっと待っていたら、店に連絡があってママが「星さんが倒れたんですって」と言う。僕は、つい最近までそのとき亡くなったのかと思い込んでいた。思い込みというのはどうしようもありませんね。

容疑者Xの災難

大坪　昭和三十三年に、「若い日本の会」というのが出来たんですよ。ほとんどが二十代の作家、音楽家、画家、詩人たち。大江健三郎、石原慎太郎、有吉佐和子、曽野綾子、開高健、山川方夫、それから詩人で谷川俊太郎、寺山修司、作曲家が武満徹とか林光とかね、編集者は僕と中央公論の青柳（正美）さんの二人だけだった。初めは文学を語る会で、銀座のオリンピックというレストランで会合を開いていたのが、岸内閣の警職法改正案に反対しようと、若い日本の会になった。浅利慶太、江藤淳も入っていた。そういう流れで、『宝石』『ヒッチコック・マガジン』に谷川俊太郎、山川方夫、寺山修司、武満徹らにショート・ショートを書いてもらいました。

——『宝石』編集後記のスタッフ紹介にあったのがそれですね。そういえば、ここに「詩人の卵」ともありましたが……

大坪　若い日本の会の前から、僕は詩をやっていました。昭和三十三年には角川書店で〈近代文学鑑賞講座〉（全二十五巻）ってのが出て、第二十巻の『三好達治・草野心平』を書くはずだった早稲田の仏文の先生がどうしても書けないってんで、その年の暮れに僕に書いてくれって。いつまでって訊いたら、正月明けだって。年末から年始まで、本当に飯も食わずに仕上げましたよ。下請けだから詩の鑑賞のほうはその先生の名前になってるけど、年譜とか資料は自分の名前になっているかな。ところが、僕の年譜（草野心平）がもとで歴程（歴程社。『歴程』は一九三五年から現在まで続く詩誌）論争が高橋新吉、草野心平の間で巻き起こってしまった。年譜を作るとき、僕は草野心平さんに訊き、当時の資料をもとに仕上げたんですがね。

資料というのは、かりに八月一日が発行といっても正確なものじゃない。七月か、もしかすると九月に出たということだって同人誌だからあるわけですよ。それに僕じゃないけれど思い込みということも多い。草野さんが正しいのか高橋さんが正しいのか、結局論争は尻つぼみになって終了しましたが、こういうものというのは当時の人が正確に記しておかなかったら分かるものじゃない。間違ったものがひとり歩きすることだって多くあると思いますね。

――はあ、そうですね（汗）。朝日新聞の匿名欄もやっておられたとか……

大坪　もう明かしてもいいでしょう。時効ですよね。その朝日新聞の「みすてりノート」（昭和三十六年一月八日～三十七年六月十四日、週一回掲載）は、Xという名前で三人が交代で新刊ミステリ評を書いていた。『ミステリマガジン』（編集長）の小泉太郎（生島治郎）と中原さんと僕。誰が書いたか分からないようにして。

昭和三十六年九月三日付「みすてりノート」では、「『砂の器』にしても一応読ませるが、いかにも構成が乱雑である。一方（水上勉の）『虚名の鎖』にいたっては、構成も動機も全く貧弱だし、清張のように文章がうまくないため、これが『雁の寺』の作者のものとは、どうしても思えない」と叩いた。社会

みすてりノート

自重せよ、水上勉

昭和36年1月22日付朝日新聞
「みすてりノート」

派推理のこの二人を主に槍玉に上げたのは、

大坪　『宝石』は社会派推理ってのも認めるんだけれど、どうしても本格偏重のところがありまして、そういう目から見ると、このへんのトリックおかしいんじゃないかって指摘してしまう。そうしたら、松本清張さんも水上勉さんも怒って、これを書いたのは誰だ？って……。隠し通したんだけど、『宝石』が光文社に移って、清張さんが『Dの複合』を連載しているころ、僕だってことが分かっちゃった。それからどうも嫌がらせされたんじゃないかと思うことがあった。原稿が出来たと言って、必ず土曜日曜に取りに来させる。それも夜から朝方まで何回も休ませない。俺がこんなに必死に書いてるんだからって、夜中に呼びつける。しょうがないから、山藤章二（『Dの複合』の挿絵を担当）さんに、原稿枚数が何枚になってもいいように絵を描いてもらって、原稿が少なかったら絵を大きくしてとか、割付けだけしておいて原稿をもらいに行くんだけど、毎回毎回、原稿用紙一枚しかくれない。あのころ浜田山にお宅があって、環七通って板橋の凸版印刷に戻るとね、いま清張さんから電話があって、原稿出来たから取りに来いって（笑）。

――これ書いちゃっていいんでしょうか。

大坪　嫌がらせではなくて、清張さんは苦労人でそういう癖は有名でしたから、いいと思いますよ。小学校を出てから印刷所の版下工、朝日新聞（西部本社）に現地採用されても似たような仕事で、ものすごく苦労してきたからね。周りにも贅沢を許さなかった。あるとき息子さんが車買ってしまったときがあった。それを知った清張さん、僕の前で奥さんを叱りとばすんですよ。「誰がそんなことしていいと言った」と。すぐ返させた。車なんていくらでも買ってあげられたのに絶対許さなかった。だから人にも苦労させたかったんだけど、こっちも言いなりじゃ面白くないからね。例えば午後十一時に原稿取りに行って、また午前二時に行くのは冬だとつらいから、その間、新宿あたりのサウナ風呂で時間つぶすわけ。それから改めて伺うと、風呂上がりだって分かるから、俺が原稿を書いてるあいだ君は女と寝てきたのか？　いや、お風呂入ってきただけですと言うと、俺が風呂入ってないのに君は入るのかって(笑)、とにかく面白い人だったですよ。連載が終って、大坪さん何か俺に言うことあるかなって訊くから、先生、編集者を泣かすようなことは僕限りでやめてください、原稿出来てるのに、一枚ずつ渡して何度も来させるようなことはと言うと、「よく分かったね」って笑っていましたね。分からないわけないでしょう(笑)。

そういえば「みすてりノート」のとき、水上さんの『爪』を「自重せよ、水上勉」というタイトルでけなしたら怒った。もっとも書いたときは僕だということが分からなかったけれど、分かったら絶交状態に。当然ですよ。考えてみると二十代後半の編集者が偉そうに批評するなんて、いま考えるとゾッとします。怖いもの知らずというか噴飯ものですね。のちになって、深々と謝りました。「いやいや大丈夫大丈夫」って、『いんなあとりっぷ』創刊号にエッセイ(「父親の私」)を書いてもらいました。

転がった『宝石』の行く末

――話が先走ってしまいましたが、『宝石』の昭和三十四年十月号から、それまで乱歩さんが掲載作品の全部にルーブリックと称する紹介文を書いて（R）と署名していた、その（R）が消えていますね。このあたりから大坪さんと手分けして書くようになったのではないかと……

大坪 そうだったかも知れないね。ちょっと記憶が定かじゃないけれど、これは乱歩先生が一部書けないから書いてくれって言われて、はじめ乱歩先生の文体に似せて書いたことが確かにありましたね。それが、いつからだったか分からない。

――昭和三十五年十一月号から、編集後記も乱歩さんから大坪さんに代わると宣言されて、ルーブリックの文体も一変しています。ここからは完全に大坪編集長の時代ですね？

大坪 その前から実質的な編集長みたいなことをやっていました。光文社へ行ってからもそうなんだけど、僕はまず目次作っちゃうんだ。こういう人のこういう作品を載っけようって、編集会議でこれで行きましょうって言って、それから作家に発注するの。

名実ともに編集長となった
昭和35年11月号

先生が三十三年十二月に聖路加国際病院に高血圧で入院した（診たのは日野原重明博士）ときはまだお元気だったんだが、三十五年の九月から十月まで一ケ月間、蓄膿の手術を慶応病院でやったあたりから、どんどん悪くなった。それまで、乱歩先生は月に一回くらい出社されていたのが、二ケ月に一回になり、遂に月一、二度ハガキか手紙で意見や指示が来る程度になりました。先生が『宝石』からもほぼ手を引かれるのと同じころ、一時的に回復していた宝石社もまた翳ってきた。

―― ただ、乱歩さんが手を引かれてからのほうが、誌面が生き生きしてきた感じはありますよね。毎回一人の作家を取り上げての「或る作家の周囲」など、今でも貴重な資料です。乱歩さんが君臨していたころ、少し煙ったいという感じは……？

大坪　ううん、そうね。何といっても大御所ですから……。

―― ありましたか？

大坪　少しはあったかも知れませんね。僕の好きにやれるようになって、例えばイラストという言葉を初めて使ったのは僕だと思うんだけど――それまでは挿絵と言っていました。当時の優秀なデザイナー、粟津潔、和田誠、真鍋博、杉浦康平とか、そういう人をどんどん起用して、推理作家以外の人のショート・ショート特集だとか、澁澤龍彥の『黒魔術の手帖』、植草甚一『フラグランテ・デリクト』など新しい感覚を出すよう努めた。ことに、「或る作家の周囲」では当時の慶応の推理小説同好会、早稲田のミステリ・クラブの人たちを多く起用しましたね。慶応では紀田順一郎、大伴昌司、早稲田では大塚勘治（仁賀克雄）、間羊太郎（式貴士、蘭光生）などなど。

「……冬のある晩だった。厚生年金ホールでアート・ブレイキーとジャズ・メッセンジャーズの公演があって、会場入口に立っていると、そのころ『宝石』の編集長だった大坪直行が姿をあらわしたので、約束していたけれど、こんなものを書いたよといって『フラグランテ・デリクト』の最初のぶんの半分ぐらいを見せた。……大坪さんは立ったまま読んでくれて『これでいきましょう』といった。そうして和田誠が締切ギリギリに渡した原稿のイラストレーションをかいてくれたのだった」

（植草甚一『雨降りだからミステリーでも勉強しよう』あとがき、晶文社、昭和四十七年）

昭和三十七年一月号から最終号まで続いたこの連載が『雨降り…』の前半となった（植草甚一スクラップ・ブック版では『探偵小説のたのしみ』）。この本には「大坪直行氏に」との献辞がある。植草氏が絶筆となった病床日記を連載したのも、大坪氏がのちに編集発行していた『いんなあとりっぷ』で、昭和五十五年二月号から追悼特集として三回にわたって遺稿を掲載したものだ。それは、のちの話で、

――話は戻りますけれど、宝石社の経営状態はかなり深刻に……

『ヒッチコック・マガジン』
最終号（昭和38年7月号）

大坪　そうですね。経営的にはいよいよ苦しくなっていました。もともと『ヒッチコック・マガジン』（昭和三十四年八月創刊）を出したのは、そちらで利益を出して『宝石』の赤字を少しでも補填してもらいたかったこともあったらしい。実際、拳銃《ガン》特集なんてのは売れましたよ。しかし、その後どんどん大赤字になって。おそらく経営陣と中原さんがうまくいかなくなったのでは……。経営陣は、中原編集長を一方的に解雇した。僕は大反対した。彼が新婚旅行中のことですからね。出社してからゆっくり話し合ったらどうかとも言いました。ところが、もう乱歩先生の承諾も得ていると。中原さんは何を勘違いしたのか、僕が彼を辞めさせた張本人のように書いている。たいへん残念です。中原さんは才人でしたよ。教わることも多かった。

――『ヒッチコック・マガジン』最後の昭和三十八年七月号の表紙は、十字架を立てて雑誌を葬っている場面で、こういうセンスは中原編集長時代から引き継がれていますね。それから一年と経たないうちに、本家の『宝石』が宝石社から光文社へ売却されるわけですが……

大坪　それは山村正夫さんの『推理文壇戦後史』（双葉社。続々篇、昭和五十五年。文庫版では第Ⅲ巻）に詳しくて、僕も取材受けてるから、大体のところ正確です。当時ミステリ・ブームで、『オール讀物』だとか『小説現代』で推理小説特集を始めちゃって、『宝石』が売れなくなってきた。作家もそっちのほうが原稿料もらえるしね。それでも推理作家の皆さんが何とか『宝石』が続くようにって協力してくださったんだけど、それに甘えてばかりもいられない。

そのころ光文社の、のちに社長になった丸尾（文六）さんという当時は出版担当役員かな、その下の編集長で伊賀弘三良さんと僕はわりあい仲が好かったんだけど、二人から「ちょっと食事でもしない？」って新宿かどこかで御馳走になったとき、「『宝石』の連載物、お金払うから、うちに独占契約させてくれ」と言われた。

カッパ・ノベルスの創刊を飾った松本清張『ゼロの焦点』や南條範夫『からみ合い』をはじめ、高木彬光『成吉思汗の秘密』、水上勉『爪』、笹沢左保『空白の起点』など、いずれも『宝石』に連載され、光文社のベストセラーとなったものだ。

大坪　しかし作家それぞれの意志を無視して勝手にそんな契約は出来ない。で、「それなら『宝石』を雑誌ごと光文社で引き受けてもらうのはどうか」って言ったんですよ。そうしたら、これが意外と反応がありまして、それから何回かやり取りがあって、光文社が引き受けることになった。僕はやってくれるんなら、今のままの『宝石』じゃ売れないから戦前の『新青年』の現代版でやりましょうよって、だいたい話がまとまりました。金額的な面でなかなか折り合いがつかなかったときに、乱歩先生と清張さんと角田（喜久雄）さんの大御所に入っていただいて収まった。

こうして『宝石』は昭和三十九年五月号が最終号となり、翌年十月、光文社から同名の雑誌が創刊された。だがそれは、『文藝春秋』の向こうを張るような総合雑誌で、ミステリ関係者を落胆させた。その誌名の譲渡料は、『続々・推理文壇戦後史』によると一千万円。そして、山村氏によると「我々作家は一千万円がすべてだと思い込んでいたが、それはあくまで債権額で宝石社の重役や従業員の退職金として、さらに五百万円が上積みされていたのだった」。

これが前掲『BOOKMAN』の座談会では、大坪氏は「2500万円」と答えたことになっている。どちらが正しいのだろうか。

大坪　この座談会のころは昔をよく憶えていたはずだけど、確か二千五百万円だったと思う。『推理文壇戦後史』で一つだけ間違っているのは、僕が「編集の仕事のかたわら金策に走らされ

光文社に移籍した『宝石』創刊号（昭和40年10月号）

光文社に入社後出した『別冊宝石』推理小説特集号が現在の『小説宝石』の前身となった

た」とあるでしょう。「自宅の家主が金融業者だったので、特別に低利で手形を割引いてもらったこともあったそうである」というのは逆で、うちのほうが大家で金融業者に店を貸していた。

それはともかく、光文社は『宝石』の誌名だけでなく、編集部員も引き取ってくれる約束だった。ところが正式契約するときに、ミステリ雑誌としての『宝石』を引き継ぐつもりはない、移籍する社員も僕だけだって。これには参りましたね。それでは僕一人がうまく立ち回ったみたいになるから、すごく悩んだ。そこで乱歩先生に相談に行ったら、「それならそれで仕方がない。君一人が（新『宝石』に）行って、推理小説特集とかそういう形で継いでくれればいいんだ。それが君の使命だ」、そんなことを言われた。光文社に入社後、『別冊宝石』という形で推理小説特集号を出して、それが今の『小説宝石』になったんですよ。

雑誌は自分の子供

その光文社も、昭和四十五年ごろから始まった組合闘争に嫌気がさして去ることになる。

大坪　僕は、読者あっての雑誌だと思っている。それをストして出さないというのは反対だった。編集者っていうのは、ここまで闘争するもんじゃないっていう立場だった。読者をそっちのけにして、自分たちだけの利益を守る闘争というのは。それに当時の光文社の給料はムチャクチャ高かった。そのころ日本で一人当りの利益率のいちばん高いのが山下汽船で、その次が光文社というくらい。僕が三十いくつで、年収が六百万ほどあったんじゃないの。

そのころ、角川書店の社長だった角川源義氏に小説雑誌を出すべきだ、雑誌は赤字でも連載を本にして黒字を出せばいいと進言したこともある。その編集長を頼まれたが、光文社並みの給料を保証できないというので沙汰やみとなった。

大坪　角川には雑誌がなかったので、他雑誌連載の長篇をもらうのは至難だった。で、確か社長でなくて角川春樹さんの姉の眞弓（辺見じゅん）さん経由で進言したんだと思いますね。そのあと、角川源義社長に自宅でお会いした。それがのちの『野性時代』になったんじゃないかな。それはともかく、春樹さんは役員から総スカンを食った時期があってね、角川書店を辞めたいって言ってきた。そのとき、辞めるな、文庫っていうのはこれから大衆化するべきだ、それにはミステリがいいよって。それは、ミステリは十年か十五年周期で必ず波が来ると乱歩先生がいつも言っていたのが頭にあったんだな。だから今は横溝さんがいい、それから出てきたばかりだけど森村（誠一）さんも。星さんとか高木さんとか、何人か紹介し、資料も渡した。それがズバリ当った。

――『いんなあとりっぷ』誌（に移られたの）はどういう経緯で……

大坪　とにかく光文社ストを見ているのに忍びなかったころ、石原慎太郎さんから、霊友会がお金を出すから雑誌を作ってくれという話があった。だけど編集者が政治と宗教に関わると自分で自分の首を絞めるってのが持論なんで、霊友会のＰＲ雑誌みたいなのは絶対作れないって言ったら、トップの久保（継成）会長がそれで構わないというので『いんなあとりっぷ』を創刊した（昭和四十七年六月号）わけです。

僕はミステリ以外にやりたい仕事といったら、柄じゃないんだけど、世直し運動みたいなね。このまま行ったら日本はダメになるから、若い人にもうちょっと人生のことを真剣に考えてもらえるような、そんな雑誌の編集ならやってみたかった。しかし人生論誌というのは、大手出版社は手を出さない。企画というのはわれわれの身近なテーマであるほど売れるんですが、人生に関する企画は十二回くらいで出尽くしてしまうんで、一年しか続かない。それでも出してくれるというから、手伝い始めると、光文社を辞めてこっちへ骨を埋めてくれと言うんで、いんなあとりっぷ社を興し、社長兼編集長ということで出発した。ところが、最初あらゆる週刊誌に広告を載せるんですね。年何億も使って。僕は霊友会側に反対したけれど、いいと言う。宗教団体というのはスゴイところだと思いましたね。まあ別会計だろうと思ったからそれ以上言わなかったら、やりだしたら、すべての借金がこちらに……。実際問題、資本金は出したけれど、それもこちらに入らなかった。もうどうしようもなくなった。霊友会にはスゴイ体験を積んでいるすばらしい長老がいたので、そこに目をつけて会長と相談してその幹部の半生記を出させてもらうと一冊で何十万部も売れるんだ。それで借金を返して、残りで土地を買い、銀行から借りてビルを建てた。苦労しましたよ。世間では「大坪さんいいね。いくらでもお金をもらえて……」と言うけれど、全くの逆。完全に独立採算でした。でも好きなことが出来て、『宝石推理小説傑作選』（昭和四十九年）みたいな豪華本を作ったり、『別冊いんなあとりっぷ』で『新青年』傑作選の「怪奇・幻想小説の世界」（昭和五十一年）を出したり。

――でもそういうのは結局、すでにあるものをまとめられるわけでしょう。『宝石』時代になさった、増刊「11人の新鋭推理作家」みたいに新規原稿を取ってくるほうが、編集の醍醐味はあるんじゃないですか。

大坪　このころ、たまたま勢いのある新人が一度に出てきてね、頼んだら自然にいいものが集まってきたようなところがあるから……。僕としては、この「怪奇・幻想小説の世界」のほうが好きですね。読者がこういう名作短篇を読んでおられない。皆さん読んでみてくださいよって、もう一度呼びかけてみたかった。

雑誌っていうのは自分の子供みたいなもんだからね。『宝石』もそうだけど、『いんなあとりっぷ』も作ったら無責任に離れられなくなるようなところがあって、結局最後（平成二年三月号）まで看取ることになった。だけど僕は、いんなあとりっぷ社でミステリ雑誌をやってもよかったかなとも思う。編集者の評価ってのは、今はどうか知りませんけど、僕らの時代は作家をどのぐらい持っているかなんですよ。電話して頼んだらすぐ書いてくれる作家を。それをものすごく僕は持っていたから。なのに社長業が忙しくて、推理作家との付き合いがだんだんなくなってきて、ミステリの世界から遠ざかってしまったのがちょっと淋しいね。

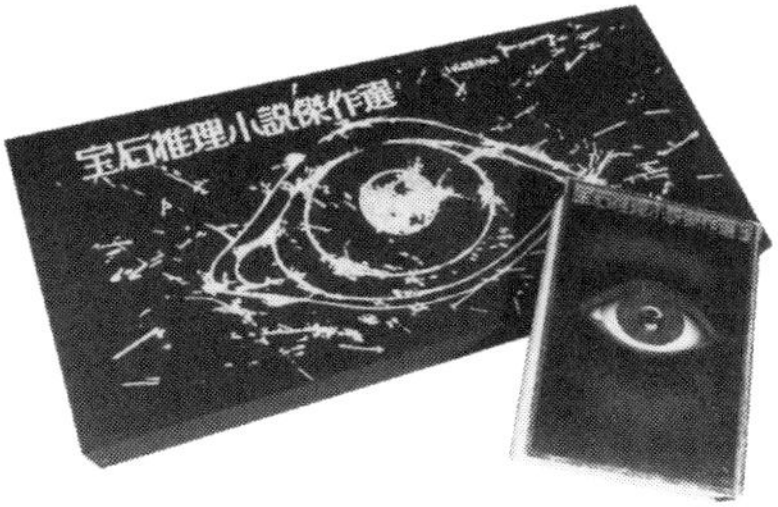

いんなあとりっぷ社から刊行された『宝石推理小説傑作選』は3巻1セット定価27000円で限定888部の豪華本だった。独得の箱を見よ

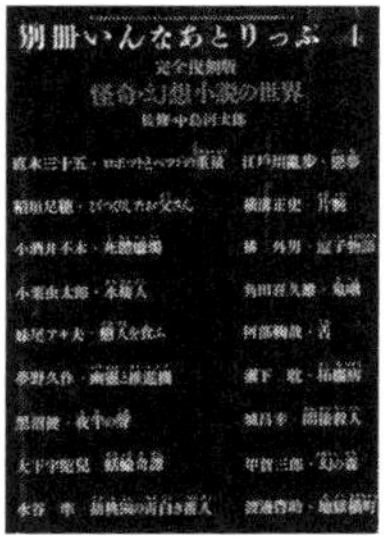

『別冊いんなあとりっぷ
怪奇・幻想小説の世界』
(昭和51年)

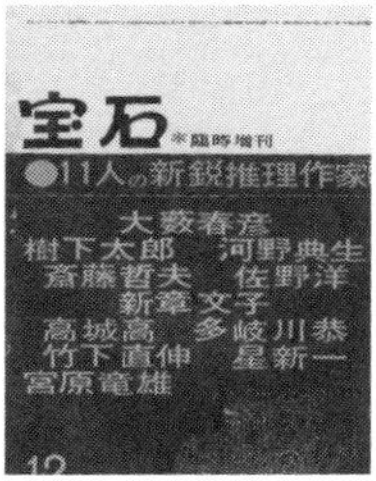

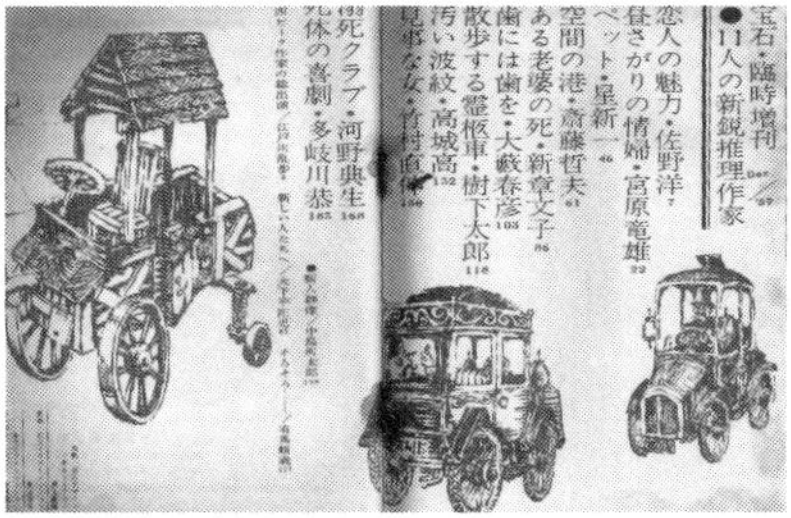

『宝石』昭和34年12月臨時増刊号の表紙（右上）と目次

光文社『宝石』も平成十一年に休刊し、「宝石」名を汲む『SF宝石』『週刊宝石』も今はなく、『小説宝石』に名前をとどめるのみである。しかし大坪氏が播種した芽は現代ミステリに確実に根づいているだろう。

（二〇〇七年十月二十四日、ミステリー文学資料館にて）

【付記】二〇一一年から『小説宝石』増刊のような形で書下ろし小説アンソロジー『宝石 ザ ミステリー』が年一回、刊行されている。その第二号に掲載された若竹七海「暗い越流」は日本推理作家協会賞短編部門に選ばれた。

『新青年』から『マンハント』へ

中田雅久◉久保書店

なかた まさひさ◉大正11（1922）年生まれ。『新青年』編集部で終刊に立ち会ったのち、久保書店に入社。『あまとりあ』編集部を経て、昭和33（1958）年『マンハント』を創刊。終刊まで編集長を務める。平成22（2010）年9月1日死去。

足穂に酔い、風太郎に酔わされる

日本のミステリ雑誌の代表格といえば戦前が『新青年』(厳密には探偵小説専門誌ではないが)、そして戦後が『宝石』というのが通り相場だ。しかしこれらのほか、見逃せない雑誌はいくつもあって、『エラリイ・クイーンズ・ミステリ・マガジン(EQMM)』『マンハント』『ヒッチコック・マガジン』の翻訳ミステリ誌の鼎立時代は今も語り草になっている。この三誌の消長は、三段の跳び箱を思い浮べてもらうといい。『EQMM』(一九五六年七月〜六五年十二月)、『マンハント』(五八年八月〜六四年一月。最後の半年間は『ハードボイルド・ミステリィ・マガジン』と改題)、『ヒッチ――』(五九年八月〜六三年七月)と、後発ほど早く店じまいした(さらに『EQMM』は『ハヤカワミステリマガジン』と改題、二〇一五年五月以降隔月刊ながら、すでに半世紀を越える歴史をもつ)。三誌はそれぞれ、都筑道夫、中田雅久、中原弓彦(小林信彦)の各氏が雑誌のカラーを確立したのだが、中田氏はまず『新青年』の、戦後最末期の編集者でもあった。

中田　『新青年』に関わり始めたのは昭和二十五(一九五〇)年の三月ごろからです。そのころ発行元は博友社（博文館が解体された後継社の一つ）で、飯田橋駅の神楽坂に近い揚場町にありました。揚場町ってのは、神田川の荷揚げ場ということなんでしょうね。そこに飯塚という酒場があって、いろいろ関わりがあるんですよ、あのころの文人に。

この店のことは、稲垣足穂が詳しく書いてますね、「弥勒」という、自伝小説みたいな。昭和十年か十一年ごろ稲垣足穂は牛込に住んでて、ちょっとでも金になるものはどんどん売って飯塚で飲んじゃうから、布団もなくなって、真冬にカーテンを外してそれにくるまって寝てたんですねえ。

――足穂とも交流がおありだったんですか。

中田　ないです。ただ大好きだっただけで。稲垣足穂は関西学院出身ですよね。関西学院が移転する前は神戸の上筒井、原田の森にあって、その跡地で僕は子供のとき遊んでたんですよ。広くて並木があって、建物は赤レンガで。イギリスのカレッジってのはあんなのじゃないかと。足穂が書いていた神戸の面影が、僕の子供時代にはまだ残ってたんですよね。

中田氏が神戸に生まれた一九二二年は『新青年』創刊の翌々年、足穂よりは二十歳ほど若い。読者として『新青年』を手に取ったころ、雑誌はもう戦時色に染まり始めていたが、古本でモダニズム時代の同誌を知り、ファンになったらしい。博文館社員だった浅井康男氏が戦後、復員してきたのと知り合い、博友社へ復職するという浅井氏について行って、押しかけ編集者となった。

中田　私は『新青年』で作家はほとんど担当していないんです。というか、原稿取りって誰もしてなかったんじゃないかなあ。先方が届けに来るか、送ってくるか。江戸川乱歩や木々高太郎は誰か担当が取りに行ってたでしょうけど。新人作家はみんな自分で持って来てたんじゃないかな。そういうとき、ついでに飯塚酒場へ寄って、編集部もよくそこで話をしたんです。当時の飯塚は、もう木造じゃなくてビルみたいになってましたが。

私は小説以外の読み物、座談会、インタビューなどを主にやっていて、プランも立てるし、原稿もまとめ、ちょっとしたイラストなんかも描いた。でも博友社の正社員ではなかった。なんか曖昧な、よく分からない立場でしたね。

そのころの新人作家で三橋一夫、山田風太郎、この二人だけは一度お宅まで行ったのを覚えています。用事は何だっただろう。どちらも浅井氏と一緒です。三橋さんのは不思議小説なんて肩書きを編集部でつけてましたけど、ジョン・コリアとかサキとかの系統ですね（新保註・現在は〈ふしぎ小説集成〉として出版芸術社より全三巻で刊行）。鵠沼におられた。浅井氏に言わせると、三橋さんは公儀お庭番の家柄で、だから棒術がたいへんうまいと。狭い部屋のなかで見事に棒を操るって言うんですよ。その日も見せてくれるかなあと思ったけど、残念ながらやらなかった。

山田風太郎さんはまだ独身で、三軒茶屋に住んでいた。夕方から行ったら、あの人は呑む人ですから、ウイスキーをどんどん注いでくれるわけですよ。僕はそんなに強くないんで、とうとう動けなくなって、寝転がって眠ってしまった。浅井氏はそのまま帰っちゃうし、山田さんも私のことほったらかして新宿あたりへ遊びに行ったらしい。翌朝といってももう昼でしたが、誰か人が来て外から呼んでいるんで目が覚めた。どっかの編集者だったんですよ。しょうがないから、「山田さんいないよ、昨夜からどっか行っちゃってさ」と追い返して、こっちもふらふらしながらうちへ帰った。でも、そのあと僕が『あまとりあ』って雑誌を編集していたころ、山田さんは僕のこと覚えていて、「男性週期律」という作品を書いてくれた。〝性風俗誌〟なんて銘打ってる雑誌は、いま売り出し中の作家にとってプラスにはならないでしょうし、そのうえ原稿料は安い。よく引き受けてくれたもんです。まあ初対面のとき、それほど悪い印象を与えなかったんだろうなって。

終刊号のあとにもう一冊あった幻の『新青年』

――とにかく、博友社で編集の仕事に就かれた、と思ったら、たちまち『新青年』は消滅してしまうんですね。

中田　『新青年』はもうやめると、社内では分かっていたんじゃないかな。僕はそんなこと知らずに入ったから、読み物を面白くしたいと思って、矢野目源一さんに会ったりしてるんですよ。矢野目源一ったって、もう誰も知らないでしょうが。

――終刊ごろの『新青年』に艶笑小説を何篇か発表しています。

中田　僕は矢野目さんに、戦前の『新青年』にあった男性ファッションのコラム「ヴォガンヴォグ」みたいなのを頼みたかった。もともとは昭和の初めごろに中世フランスの詩のすばらしい翻訳をした人なのに、なんかマイナーなポジションのまま終っちゃった気の毒な人です。だからちょっと言っておきたいんですが、岩波文庫の鈴木信太郎訳『ヴィヨン全詩集』では、矢野目訳を「原典の意味と離れた点があるとはいへ、これほど自由奔放な飜訳は出来るものではない」と絶賛して、自分の訳の下段に矢野目訳を並べています。

「聞道《きくならく》、兜屋《かぶとや》の売娘《うりこ》であつた　絶世の／美人が　昔の懐しい月日を惜しみ、／うら若い娘姿にまた成りたいと／心に念じて、このやうに　語る繰言《くりごと》。／『ああ、残酷で傲慢な「老来《おいらく》」よ、（後略）」」（鈴木訳）

「あだなりと名にこそ立てれ　具足屋の　小町と人に呼ばれしを　あはれ移らふ花の色　昔を今になすよしも　泣く泣く喞《かこ》つ繰言に　いとど思ひぞ出さるる　うつれば替る飛鳥川（後略）」（矢

野目訳）

中田　この前、小鷹（信光）さんと鏡さんにも喋った（鏡明「マンハントとその時代」第五回「中田雅久インタビュー」、『フリースタイル』二〇〇七年夏号）ように、映画スターのエッセイと称して記者が勝手にでっち上げるんじゃなくて、きちんと取材して文章にして、本人のサインを入れるという企画もいくつかやりました。内幸町の喫茶店で二葉あき子に話を聞いたり、堺駿二が息子の堺正章と一緒にいる自宅へ行ったり。ところが『新青年』が急に終刊になったので、それらの原稿を『講談雑誌』に横すべりさせた。編集長はどちらも同じ高森栄次さんだったから。しかし、『新青年』だから取材に応じたのに何ですかって文句を言われたり。こっちはスイマセーンって言うしかない。『新青年』はモダンな洒落た雑誌、『講談雑誌』は俗悪というイメージがまだあったんですね。実際には、戦後の『講談雑誌』は行儀のいい雑誌で、その代わり売れなくなった。エログロのカストリ雑誌が繁栄した時代ですからね。『新青年』はなおさら上品だったから、『講談雑誌』より先に、いけなくなった。

挿絵まで描いた『講談雑誌』1950年10月号

――　ここにあるのが『新青年』の最終号です。昭和二十

高岡徳太郎画の『新青年』最終号（1950年7月号）と、その後刊行された同月増刊号。コレクターの間で血を呼ぶ（？）一冊だ

五年七月号。

中田　この表紙は高岡徳太郎ですね。おかしいなあ。僕はもっとすっきりしたモダンなのに替えたくて、河野鷹思さんに頼んで、その表紙が記憶にあるんです。亀倉雄策さんの兄貴分に当る有名なデザイナーですよ。

——この最終号だけタッチが違っていて、前月までは同じ高岡徳太郎でも、戦前の松野一夫風の美人画です。

中田　これ（最終号）が徳太郎さん本来の画風ですよ。前のは小説雑誌の表紙だからっていうんで一所懸命、美人画を描いたんでしょうね。すると河野鷹思の表紙は校正刷まで出して、雑誌は出ないままで終ったのかしら。

——休刊宣言はしていませんね。すると、もう一冊、幻の号があったことになる。

あとで調べてみると、確かに『講談雑誌』一九五〇年十月号の「誰にもいわない話」に二葉あき子、十一月号の「人気者レター公開」に堺駿二が登場している。その調査の途中、一般的に『新青年』終刊号とされている七月号のあとにもう一冊、同月増刊号が出ていると気づいた。東京鉄道局旅客課編『山の旅案内　コースと賃金』、単に登山口駅で売るために『新青年』の口座を要しただけだろう、完全にガイドブックで文芸研究上の価値はないが、『新青年』コレクターの間では血を呼びそうだ。この増刊には、中田氏は関与していないらしい。

『新青年』から『あまとりあ』へ

中田　この七月号に小平義雄の精神鑑定記録なんてのを載せてるでしょう。だけどセックスと犯罪といっても、これじゃ『新青年』の読み物ではないでしょう。セックスを扱うなら、高橋鐵さん（註・一九四九年に出した『あるす・あまとりあ　性交態位六十二型の分析』がベストセラーになっていた）が面白いんじゃないかっていって、原稿を取ってきたら『新青年』がなくなっちゃった。これも『講談雑誌』に横すべりさせた。

ともかく『新青年』用に書いてもらったのに、そうでなくなったから高橋さんに謝りに行くと、「それはまあしょうがないとして、僕がこんど久保（藤吉）さんとこで雑誌出すんだけど、君、その編集しないかしら」って言ってもらって、こちらも博友社で身分もはっきりしないでいるよりはと、すぐにやりますよって言って久保書店に入っちゃったわけですね。それで『あまとりあ』（一九五一年二月〜五五年八月）を編集しながら、新書判などもずいぶん出しました。ただ『あまとりあ』は高橋さんのワンマン雑誌だから、ひと通り出るものを出してしまうと、マンネリになってしまう。

―― 久保書店こと、あまとりあ社では朝山蜻一、大河内常平、岡田鯱彦、狩久など探偵作家の短篇集を五〇年代後半に出していますが、これには関わっておられない？

中田 関わっていません。だいたい僕はミステリは好きでも素人だから、専門的に詳しくはないんです。

―― ここに『耽奇小説』第二集（五八年四月）がありますが、これは中田さんが編集人であると同時に「表紙目次・構成」もやっておられますね。

中田 つまり、とにかく忙しかったのは、あとでもそうなんですが、これ全部、編集以外にこういうのもやるんですからね。レイアウトから指定して。当時流行りだした写植を使ってやるんですが、あれ手間がかかるんですよね。

―― それを編集長みずから？

中田 やらなきゃほかにいないもん。

―― この号には、時代小説から推理小説に転じた新生都筑道夫の第一作「女を逃がすな」も載っております。都筑さんはまだ最初のミステリ単行本を出していなかったんですが、岡田鯱彦、大河内常平と三作だけタイトルが赤地に刷られて別格のような扱いですね。

中田　都筑さんは、『あまとりあ』にフランス小咄を紹介していた松村喜雄さんが紹介してくれた。都筑さんや松村さんが溜まり場にしていた新宿の喫茶店〝丘〟が、都筑さんの長篇『猫の舌に釘をうて』（六一年）の舞台となる〝さんどりえ〟のモデルです。この小説に出てくる中沢という編集者は私なんだそうですが……。

「……と作者から聞かされても、いっこうにそんな気がしません。どうも、あの中沢は口のきき方が横柄でいけない」（中田雅久「解説」、講談社文庫版『猫の舌に釘をうて』七七年）

中沢は作中では『告白』という実話雑誌の編集者になっている。

――この『告白』というのは、本当は『裏窓』ですね。『耽奇小説』が『裏窓』の臨時増刊でもありますが……

中田　『裏窓』の本誌のほうは僕はやっていません。大阪で有名だったSM雑誌『奇譚クラブ』で編集から何からやってた須磨利之という人を呼んで、任せ

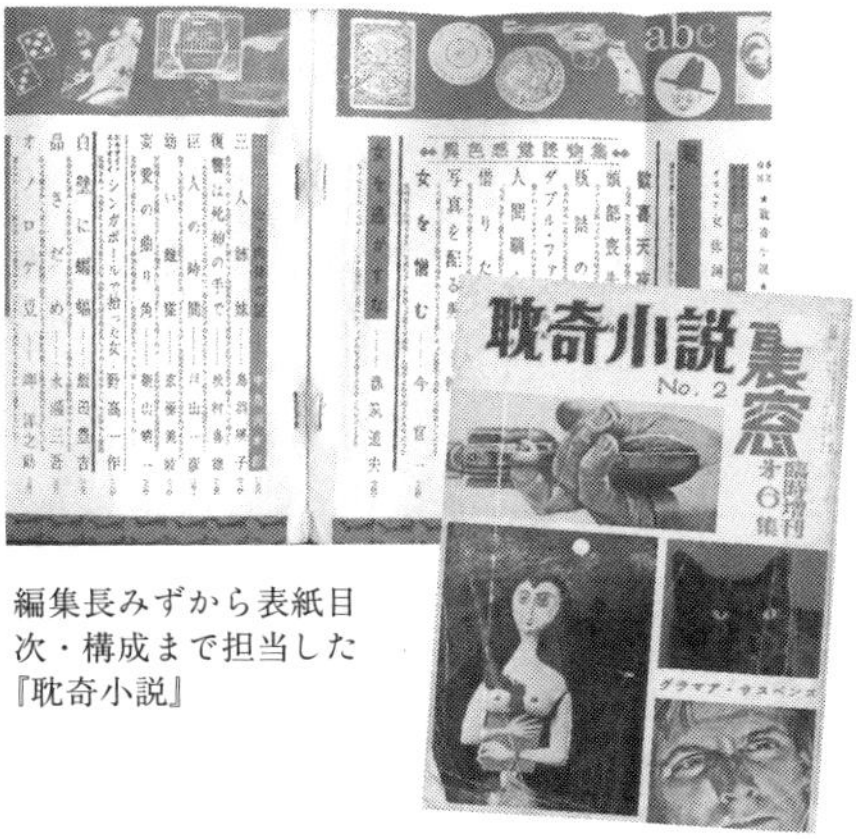

編集長みずから表紙目次・構成まで担当した『耽奇小説』

たんですよ。この人は喜多玲子という女性名で緊縛絵も描いて人気があった。

ここで、ちょっと回り道をしますが、日本文芸社の創業者は夜久《やく》勉さんというかたで、久保書店の社長と親しかった。敗戦で中国大陸から引き揚げ、まずゾッキ本（主として出版社の在庫処分などの廉価販売）業界で辣腕をふるわれた、当時、乱世の英雄的なかただったようです。愉快・痛快なアネクドートも聞いてはいますが、まあ、英雄につきものの神話・伝説じゃないだろうか。ゾッキ本の卸しから、特価本専門の書店を開いたかと思うと、たちまち出版へと全面展開。かたわら、神田神保町の社屋の並びにあった映画館「神田日活」の隣に「人生劇場」という大きなパチンコ店を始めて、チェーン展開まででした。その人生劇場と神田日活の間の路地に、進駐軍が放出したアメリカの古雑誌をいっぱい集めてくる露店のおじさんがいて、植草（甚一）さんが買いに来る、またそこで小鷹信光と片岡義男が知り合ったりした。

——これも神話時代ですね。

中田　日本文芸社で雑誌（註・日本特集出版社名義の『風俗草紙』か）もやりだして、氏家富良《うじいえとみろう》さんという編集責任者が須磨利之氏を呼んだんだと思うんです。で、出てきたんですよ、京都から東京へ。でも、夜久さんとこの仕事だけじゃ生活が心細い。で、ウチの社長の久保さんは小出版社同士として夜久さんと付き合いがあったから、久保書店でもSM雑誌を出すことにして須磨さんを編集長に据えた。それで『裏窓』が出るわけです。

その前に日本文芸社にいた渡辺氏が、どういうわけかウチ（久保書店）へ入ってきて、一年ぐらい僕と一緒にやって、また日本文芸社に帰っちゃったの。みんな「彼は何しに来たんだろう?」と不思議がったけれど、まあノウハウを仕入れに来たんじゃないかって。その渡辺氏が荒木姓に変わって、後年、浪速書房で『推理界』(六七年七月~七〇年四月増刊)の編集長となる荒木清三氏なんです。都筑さんに〈なめくじ長屋捕物さわぎ〉を書かせた編集者ですね。

―― 都筑さんに捕物帳を書かせたのは、中田さんのアイデアだそうですね。それにしてもこの『耽奇小説』、中味のほうは非常に野暮ったいですね。寄稿者も一流どころは少ないし。

中田 久保社長はいつも、なるべく金を掛けないようにして、よその通俗雑誌ぐらいに売れるものが欲しいと思ってたんじゃないかな。で、そういうことをやらせられるのは私なんで。

―― (笑)……しかし、このたった三ケ月あとに『マンハント』日本版が創刊されるんですね。

『あまとりあ』から『マンハント』へ

『あまとりあ』の執筆者を通じて、中田氏は都筑氏と相識る。その都筑氏が一九五七年に創刊された『エラリイ・クイーンズ・ミステリ・マガジン』の編集長となる。都筑氏の情報によって、本国版『マンハント』の存在を知る。中田氏は久保社長を口説いて、その日本語版を出させた。『あまとりあ』を経なければ『マンハント』日本版も誕生しなかったわけだ。都筑氏は淡路瑛一の別名でエヴァン・ハンターの酔いどれ探偵カート・キャノン・シリーズを訳して大好評を博すほか、翻訳ミステリ雑誌編集の秘訣を伝授したりライバルに塩を送り続けた。
『雑誌で読む戦後史』（新潮選書、一九八五年）としてのちにまとめられた木本至の『ダカーポ』でのインタビューでは、中田氏は創刊号を「約5万部」と答えたことになっている。実際には三万部だったという。

──どうして訂正なさらなかったんですか。

中田 それはもう見栄。雑誌は自分の子供のようなものだから、ちょっとでも良く見せたい。

──『雑誌で読む戦後史』には、ほかにも誤りがありますね。

「（昭和）34年8月号（新保註・七月号）はE・ハンターの『女が爆発する!』が好評で売れ行きも良好、すぐ日活が映画化したいと言って来た。向こうのエイジェントと交渉してくれ、と私が答えたので、そこで話は終わったが、やがて日活から石原裕次郎主演『男が爆発する』が登場して驚いた。題名は正確な翻訳ではなく、こっちで勝手につけたものだった」（中田氏）

（『雑誌で読む戦後史』）

日活映画「男が爆発する」（五九年四月公開）は柴田錬三郎の同名小説を映画化したもので、『マンハント』のほうがその「タイトルからいただいた」（前出『フリースタイル』中田雅久インタビュー）。原題はKiller's Wedge、『殺意の楔』のアブリッジ版である。結局は六四年、東宝で「恐怖の時間」として映画化されたが、ニトログリセリンを抱いて八七分署に乗り込む女の役どころは山崎努が演じた。〝男が爆発する〟に戻ったわけだ。

——最初のころ、翻訳スタッフを一括表示して、個々の短篇を誰が訳したか分からなくしてましたね。

中田 創刊から数号だけでしょ？

——約二年間、続きました。六〇年七月号の編集後記「マンハンタアズ・ノート」にこうあります。

「今月号から、いちいちの作品ごとに訳者名をつけることにしました。今までそうしてなかったのも別に大した理由があったわけではなく、創刊号を出すときに、こんなのもチョッとシャレてていいじゃないかとフト思い、訳者の先生がたにも、ソウダ・ソウダと賛成なさるむきがワリカシ多かったものですから、そのままズーッと踏襲してきたんですが、……これ以上続けるのもヘンに意地をハッているみたいなので……」

――これが研究者泣かせなんですよね。ことに三号目にだけ、異色推理作家として根強い人気のある大坪砂男の名前が翻訳スタッフにあるんですが、一体どれを訳したんだろう？　と。全部を読んでみると、いかにも『マンハント』調の軽ハードボイルドや犯罪小説ばかりなので、大坪訳だとすれば、フレドリック・ブラウンの「いとしのラムよ帰れ」（のちブラウン短篇集『未来世界から来た男』に収録）かなと思うんですが。

中田　それだったかも知れませんが、もう記憶にないですね。大坪さんが翻訳出来たわけじゃないから、誰かに下訳してもらって、それをあの人独自の文体で書き直したら面白いかなと思ったんですが、うまくいかなくて、一回でやめたんでしょう。

『マンハント』の翻訳スタッフは、井上一夫、宇野利泰、久慈波之介（稲葉由紀＝明雄）、田中小実昌、中田耕治、山下諭一（沖山昌三）、中村能三、片岡義男（三条美穂）、小鷹信光ｅｔｃ．

中田　原稿は、催促したり取りに行ったりすることは、ほとんどなかったんじゃないかしら。稲葉明雄さんなんてのは編集部へ来るのが面白いもんだから、遊びに来るんですね。稲葉さんだけじゃなくてみんな、編集部へ来てバカ話ばっかりしてた。とりわけ田中小実昌氏なんてそうでしたよ。

「中田雅久さんと中村能三さんのうちにいった。中村先生は、ほんとは能三《よしみ》という名だが、みんなノウゾーさんとよぶ。中村能三さんはぼくの翻訳のお師匠さんだ。（中略）……中田《ナカタ》雅久《ガキユウ》さんは、……たいへんな物識りで、それも、六法全書をよく暗記しているといった人ではない。関東地方のある城下町に、ぼくがいったとき、『ここは、城下町なので、昔は、草餅屋がおおくて……』と飲屋のおばあさんが言い、『どうして城下町に草餅屋がおおいんだろう?』とぼくは雑誌に書いた。すると、中田さんが、草餅屋っていうのは、女がいるおんな屋だ、とおしえてくれた」

（「ノウゾーさんとガキューさん」、ちくま文庫『田中小実昌エッセイ・コレクション1　ひと』二〇〇二年）

1958年8月に創刊された『マンハント』は、中田氏の久保書店退社とともに1964年1月号で休刊した

中田　小実昌さんはそういうふうに言うんですよ。あの人はそういう蘊蓄みたいなことは好きじゃないから。一種の悪口だよね（笑）。

――　小実昌さんは「ヌード学入門」といったコラムも連載しますが、ほかの翻訳ミステリ誌にない『マンハント』の特色だったヌード・ピンナップは、もともと本国版についていたんですか。

中田　本国版は何もない、素っ気ない雑誌ですよ。ヌードを入れたのも、久保社長に対するアピールですね。結局エロティックなもの、セックスの本で売り出してきた本屋さんですから、そういうものが売れるんだという固定観念があるんです。お色気もある雑誌だからって言って版権取ってもらったんだから、そういう顔も立てなきゃいけない。

――しかし鏡明さんは中学生のとき、ヌード目当てで『マンハント』を買ったといいます。「そして、小説を、もったいないので読み始めて、完全にはまってしまったのだ。情けないが、ぼくのハードボイルド遍歴のはじまりは、ヌード・ピンナップなのだ」（「マンハントとその時代」第一回、『フリースタイル』二〇〇六年冬号）

中田　もっといいヌードを入れたかったんだけど、高いから。銀座に写真の代理店があったんですよね。そこ行ってフィルムを見ながら、安いのを安いのをって買ってきた。

カラー・ヌードは一九五九年五月号から六一年六月号まで中綴じのまんなかを飾った。古書店で買う

鏡少年の胸をときめかせた
ヌード・ピンナップ

と、これが抜かれている場合があるので御用心。裸体写真はカストリ雑誌時代から存在したものの、中高生の目には触れないように親たちが隔離していた。若者が手軽にヌード写真を拝めるようになったのは、六四年四月『平凡パンチ』が創刊されて以降である。ヌードだけでなく、植草甚一、永六輔、大伴秀司（昌司）、紀田順一郎、志摩夕起夫、寺山修司、ドクトルチエコ、永久蘭太郎（長谷川卓也）、野坂昭如、福田一郎、前田武彦、湯川れい子ら、コラム陣が充実していたのも『マンハント』の大きな特色だが、これらについては詳しく伺う時間がなかった。

――矢野目源一は『マンハント』には書いていませんね。『新青年』よりこっちのほうが出番がありそうでしたが……

中田　ちょっと、『マンハント』とはズレるような気がしたんだなあ。

「はなはだ突然ですが、本誌は今月号をもって終刊させていただくことになりました」

（六四年一月号）

「なぜかというと、私（中田氏）が会社をやめようかなって言ったら、それなら雑誌もやめるというんで、そうなったわけです」

（『マルタの鷹協会』日本支部会報四十六号「帰ってきたマンハンター！」、八六年六月）

――『マンハント』休刊後、久保書店からQTブックス（六五～七一年。SFはその後も継続）という通俗ミステリの多いシリーズが出ていますが、これには関わっておられない？

中田　シリーズ名をどうしようかっていうんで、社長が久保藤吉さんだからQTでいいんじゃないかって。内容はあまりキューティじゃないんだけど（笑）。実際に担当した本はありません。

久保書店を辞めて、しばらくして河出書房新社に呼ばれたんですが、むやみに人を集めるばかりで何をさせようという展望がない。そんなのはおかしいと思うんだよね。結局これという仕事は何もしないで、おしまい。同時に三崎書房で『えろちか』（六九年七月～七三年二月？　以後駿河台書房にて継承）という雑誌のプランニングだけでも手伝ってくれって言うんで、それはやりましたけど。ともかく河出書房で懲りたから、もう出版界から身を引こうと思って、最後は東京田辺製薬の嘱託で終りました。

僕は総合雑誌が好きなんですよね、いろいろなバラエティをもたせた。戦前の『新青年』に惹かれたのもそのせいでしょう。ただ、一本芯になるものがないと散漫になるので、ミステリというのはちょうど良かったんですね。

（二〇〇八年六月十六日、ミステリー文学資料館にて）
資料提供：ミステリー文学資料館、三康図書館

大ロマン復活の仕掛人

八木　昇◉桃源社

やぎ　のぼる◉昭和9（1934）年、東京生まれ。本名・矢貴昇司。法政大学卒。50年代に矢貴書店を改称した桃源社の、父の跡を継いで2代目社長となり、81年まで出版活動を行なう。大衆文学の蒐集研究家としても屈指の存在であり、その蔵書を活用した著書に『大衆文芸図誌』（新人物往来社、1977年）、『大衆文芸館』（白川書院、1978年）がある。

纐纈城から黒死館へ

日本のエンタテインメント史を塗り替えた作品というと、戦後に限っても、柴田錬三郎『眠狂四郎無頼控』(一九五六~五八年)、松本清張『点と線』(五八年)、小松左京『日本沈没』(七三年)などがある。初刊当時はさほどでなくとも、あとになって画期的だったと再評価されたもの——中井英夫『虚無への供物』(六四年)、生島治郎『黄土の奔流』(六五年)、島田荘司『占星術殺人事件』(八一年)、綾辻行人『十角館の殺人』(八七年)などを加えれば、何本でも指を折れるだろう。

ある意味で、それら以上に後代に影響をもたらしたのが国枝史郎の時代伝奇小説『神州纐纈城《こうけつ》』(二五~二六年)にほかならない。戦前どころか大正時代の、しかも未完長篇。だが一九六八年、この本が復刊というか未刊だった部分までを含めて初めて単行本化されなければ、その後の小栗虫太郎、江戸川乱歩、夢野久作、海野十三、横溝正史らの大量復活も、それらに影響された新しい作家たちの擡頭も、ありえなかったかも知れない。

松本清張流の社会派推理が希釈されて風俗小説・情報小説化してミステリ・ファンを嘆かせていた当

時、清張以前の探偵小説のリバイバルは機が熟していた。『神州纐纈城』の降臨は時期的にその先陣をきっただけとも言えようが、しかしこの企画が不発に終っていたなら、その後の展開は立ち後れたか、もっと小規模になっていたかも知れない。同書の出版を実現させたのが桃源社の八木昇氏である。

八木　『神州纐纈城』という題名を初めて知ったのは、乱歩先生の「探偵小説三十年」です。そこ（『宝石』一九五一年四月号）に川口松太郎の文章が引用されていて、（一九二五年に）川口さんが乱歩さんと一緒に（名古屋の）小酒井不木を訪ねたときの写真が載っている。もともと『苦楽』のグラビアに載ったもので、やはり名古屋にいた国枝史郎も写っていて、『苦楽』連載中の『神州纐纈城』の作者だと説明されていた。国枝史郎は、平凡社の〈現代大衆文学全集〉（四十巻、続巻二十巻。一九二七〜三二年）に大佛次郎とか吉川英治とか白井喬二と同じく三冊入っている。昭和初期は本当に流行作家でした。しかし『神州纐纈城』というのはその三冊どれにも入ってない、知らないなあ、何だろうこれはってそのとき思ったんですね。

それから何年か経って——昭和三十（一九五五）年ぐらいかな——春陽堂文庫（当時は日本小説文庫）を見てたら、後ろの刊行目録に『神州纐纈城』ってあるんですよ。しかも「前篇」「後篇」で後篇は近刊とある。そのあと、大井広介さんの『ちゃんばら芸術史』（実業之日本社、一九五九年）をめくっていると、埴谷雄高が大衆文芸では『大菩薩峠』（中里介山）と『富士に立つ影』（白井喬二）と『神州纐纈城』が三大傑作だと褒めていると。大井さんは国枝を高く買ってはいなか

現在読むには、『黒死館殺人事件』とともに河出文庫版が簡便

ったし、『纐纈城』も「単行本にはならなかったらしく、私は読んでいない」という。とにかく、そういう識者の間でも話題になっているなら、いよいよ春陽堂文庫を探さなきゃならないなと思った。『苦楽』に連載されたのは分かっているんで、そちらを探せばいいんですが、これがそう簡単に見つからない。少しずつ集め始めて、だいたい揃ったところへ文庫も前篇（一九三三年）を手に入れたんですよ。すると途中で終っているわけでしよ。

――これは連載が中絶して、前篇に入らなかった残りの回に結末を書下ろして後篇にするつもりだったんですかね。後篇は結局出なかったんでしょう？

八木 でも書かれた部分だけでも充分面白いから、出版してみたいとは思ったんですよ。それには、澁澤龍彦さんが関係してくるわけです。

――桃源社では『黒魔術の手帖』（一九六一年）や『毒薬の手帖』（六三年）を出されていますよね。

八木 そのころは（澁澤さん訳の）〈新サド選集〉（全八巻）が完結しています。今と違って、ああいうものを出すのはけっこう大変でした。『黒魔術の手帖』は『宝石』に連載されているのを読んで、こういう面白い人がいるんだと感銘して、うちで出させてもらった。真っ黒な本にして評判になった。あれは梅原北明が昭和初期に出した一連の豪華本を意識したんです。私は日本の大衆文学だけじゃなくて、西洋異端的なものにも興味があったから、澁澤さんとは懇意にさせてもらった。

それで澁澤さんと話していると、小栗虫太郎とか夢野久作のことが出てくるわけ。特に小栗はもっと世の中に出すべきだと言うんですよ。澁澤さんの本の売れ行きを見ていると、そういうものを面白がる読者もある程度いるんじゃないか。その一方、『神州纐纈城』みたいなものも出してみたいというのが頭にあったものだから、とにかく『纐纈城』を出して、成績がそこそこ好かったら、小栗も何かやってみようと。

――すると、もともと『纐纈城』を一冊だけ出すという企画でもなかったんですか。

八木　恐る恐る出してみて、好かったら続けようという程度だった。小栗を全部出すなんて思いもしなかったですね。もし一冊目が売れたらその次、またその次って考えますって言ったら、澁澤さんが「そうか」と。「もし『黒死館殺人事件』が出るんだったら、解説書くよ」って。びっくりしちゃった。あの人が自分からそういうこと言いだすのはなかなかなかったから。

でも『黒死館』まで行けるとは思わなかった。やっぱりあのころ、大衆文学というものが軽く見られていましたからね。終戦直後はいい加減な造りの本も多かったし。『纐纈城』もどうせ出すんなら、『苦楽』とつき合せて春陽堂文庫版で削られた部分もきちんと復元して、それから初出の挿絵も入れてみたい。それで、当時まだお元気だった小田富彌さんの快諾を得ました。春陽堂文庫の挿絵は別な人で（と、取り出す）あまり面白くないでしょう。

『纐纈城』にはもう一つ後押しがあって、真鍋（元之）さんが『大衆文学事典』（青蛙房、一九六七年）というのをお出しになった。大衆文学であんな厚いすごい研究書なんてなかったから、ぜひこの人にお会いしたいもんだと思っていると、新聞の著者インタビューで、『纐纈城』も（事典に）載せたかったんだけど本が手に入らなかったというんですよ。すぐ真鍋さんのところへ行って、復刊の相談をした。こっちはある程度『苦楽』も持っていたし、欠号は国会図書館からコピーしたし、少し前に文庫も何とか手に入れて、ちょっと記憶が曖昧なんですが、雑誌が残り一冊だけないと私が協力をお願いしたらしい。すると全冊持っている人がいるから「借りてあげる」と言ってくださって、それで真鍋さんに解説もお願いして実現しました。国枝夫人もお持ちじゃなかったんですが、再刊の許可をもらいに行ったら、「完結してませんよ。あんなの出せませんよ」って。「いや大丈夫、出せます」と言うと、「そうですか。あんなものお出しになるかたいるんですね」とビックリされました（笑）。

営業のほうも、どうですかねえと渋りましたが、尾崎（秀樹）さんなんかが「幻の傑作よみがえる」とか新聞で前宣伝してくださって、昭和四十三年八月刊行。おかげさまで成功しました。といっても三千か四千部くらいのものですよ。もちろんあとで増刷しましたけど、あのころ異色な単行本の初版はそんなものでした。まあどうにか続けていけそうだというんで、いつの間にかシリーズという感じに育っていった。

有名作品は隠すべし

――ここに『蔦葛木曽棧《つたかずらきそのかけはし》』を持ってきているんですが、この巻末広告ではもう「大ロマンの復活」と謳っていますね。『纐纈城』、小栗『人外魔境』、橘外男『青白き裸女群像』を並べて。

八木 シリーズにするつもりがなくて、単に謳い文句だったんですが、名称がないので結局これがシリーズ名のようになってしまった。

――この三、四冊目でもうどんどん出していこうという方針が固まっていたわけですか？

八木 いやいや、まだおっかなびっくりですよ。とにかく小栗は人外魔境シリーズが一冊にまとまっていないから、最初に大ロマンの力強い支援者都筑（道夫）さんの解説でそれをやって、次は『二十世紀鐵假面』と決めていた。『黒死館』ほど取っつきにくくないし、『黒死館』は有名すぎるから。『二十世紀鐵假面』は『新青年』の茂田井（武）さんの挿絵がいいんですよ。売れ行きは悪くなく、このころかな、小栗は出せるだけ出してみようかって思ったのは。

国枝の二冊目に出した『蔦葛木曽棧』も博文館の『講談雑誌』で中絶して、平凡社の大衆文学全集で完結したんだけど、結末が何かおかしいんですね。そこで初出誌を見ると、最終回はここまでを前篇として筆を擱《お》きますと。それを大衆文学全集本に入れるとき連載の最後の章をカットして無理やり結末をつけたんですよ。そこでこの二種類の結末を並べて収録しました。本当に大衆文学関係は、分からないことが多かった。掲載誌から現物を当らなきゃいかんと、このとき初めて痛感しました。もちろんわれわれもミスは多いけれど、だんだん正していけばいいと。

── 海野十三は傑作集Ⅰ〜Ⅲとなっていますが、これは最初から三冊の計画で?

八木 いや、二冊です。海野十三を考える場合、大人のものと子供のもの、どうしてもこの二つが必要ですね。そこで大人ものは戦前の東京の雰囲気が何となく伝わってくるような『深夜の市長』に名探偵帆村荘六の出てくる『蠅男』を抱き合せて、子供ものは『浮かぶ飛行島』と『太平洋魔城』は外せない。そのころはまだ少年倶楽部文庫も出てないし。それだけでは講談社に偏るから博文館系統のも入れることにして『地球要塞』、これを表題にしました。『浮かぶ飛行島』は有名なんで、題名にしなかったんですよ。題名っていうのは売る際にとっても大きな要素。

── ええ、「これ知ってる」という作品名だと読んでなくても読んでる気がして、手に取らなかったりします。

八木 ともかく二冊それぞれ、むかし愛読しましたという人がいて読者層が分かれたんだけど好評で、海野さんはこれでいいやと思ったら、『火星兵団』をなぜ読ませてくれないんだという声がすごく来ました。あれは戦争中の本だから、戦後『火星魔』として直した版で私はそれを読んだんだけど、もっと上の世代は『火星兵団』でないといけない。でも私『火星兵団』は持ってなかったんで、弱ったなあと思っていると、尾崎さんが「僕が持ってるからお使いなさいよ」って言ってくださって。この御厚意は今でも忘れられない。

それから小栗は、澁澤さん待望の『黒死館』を出して、次に最初の長篇『紅殻駱駝の秘密』を出すときは小栗さんの御子息が「父のことをぜひ書き残しておきたい」と力を込められた。今でも参考になるでしょ、ああいうのがあるとね。

現在は沖積舎〈海野十三傑作選〉全三巻で読める

装丁・司 修　　装丁・斎藤和雄

――創元推理文庫の『小栗虫太郎集』の巻末に再録されています。すごく細かい活字ですけど。

八木　で、もう小栗は全部出そうとしたけど、あとは単発の短篇しかない。私も相当集めたけど、まだ遺漏があって。で、島崎（博）さんが登場する。こういうのを集めることにかけちゃ第一人者ですからね。最後の二冊は島崎さんのお力が非常に強い。ギュウギュウに詰めて、すごく太っちゃって。あとで三冊に分けましたけどね。とにかく最初から全集だなんて大それた気は私にはなかったんですよ。それが〈小栗虫太郎全作品〉というようにまとまって、今またそれが覆刻されて世の中に伝わっているのはたいへんありがたい、嬉しいことですよ。

――小栗の八冊のうち四冊が五冊に再編集されたり、浜尾四郎全集から三冊とか、同じ紙型で函入りでなくカバー装のがしばらく出回りましたが、七五年になって橘外男『伝奇耽美館』、国枝史郎『妖異全集』、渡辺啓助『地獄横丁』と、思い出したようにオリジナル編集本がカバー装で刊行されていますね。これらにも「大ロマンの復活」と広告にありましたが、結局「大ロマンの復活」というのは何冊になるんでしょう？

八木　私の気持としては、『成層圏魔城』までの函入りの二十何冊かですね。あと、四六判を寸詰まりにした三六判カバー装で白井喬二『怪建築十二段返し』、野村胡堂『二万年前』（一九七〇年）などの、日本ロマンシリーズも十冊ほどあるから、そういうのまで含めると四、五十点くらいにはなるかも知れないね。

桃源郷は今いずこ

――ここで話は遡りますが、最初に『纐纈城』の題名を知ったという乱歩の「探偵小説三十年」が『探偵小説四十年』（一九六一年）として出たとき、八木さんが担当なさったのも奇縁です。「……この本の印刷中の面倒な仕事の一切を、人手に任せず、自から引きうけて努力してくださった副社長矢貴昇司君に、深謝の意を表するものである。（昭和三十六年五月記）」（江戸川乱歩『探偵小説四十年』自序）という、これが御本名ですね。

八木 副社長でなく専務だったんですがね、まあ訂正していただくこともないかと。私、乱歩先生に仲人をお願いしてるんですよ。だから、何とかしてお役に立ちたい気持があったんです。

――お父さんの会社に入られたのは……

八木 昭和三十四年だったと思います。三十二年に大学を出て、日販（取次会社）で二年ばかり働きながら本の流通を勉強しました。親父の会社を継ぐにしても、営業のことを知らないといけませんから。桃源社に入ったら、ちょうど〈書下し推理小説全集〉（一九五九〜六〇年）が始まりました。

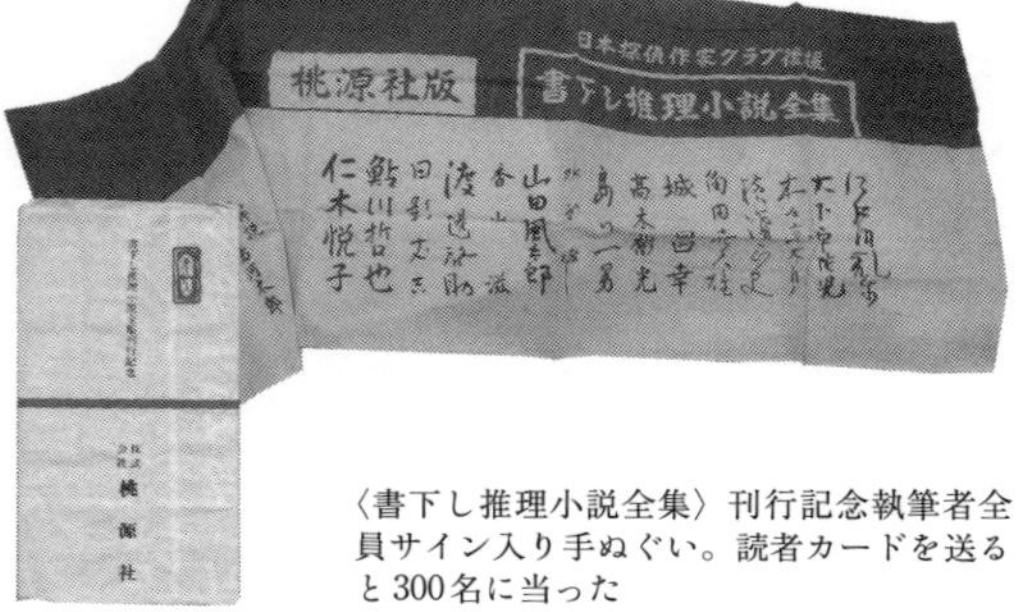

〈書下し推理小説全集〉刊行記念執筆者全員サイン入り手ぬぐい。読者カードを送ると300名に当った

――これが戦後二番目で、最初が講談社の原田裕さんが企画した〈書下し長篇探偵小説全集〉（五五～五六年）。

八木　鮎川（哲也）さんの『黒いトランク』が新人当選作として出た……。新刊であれが出たとき、私はオビを見て、「こういう新人が出たのか」と印象的でした。オビがなかったら、見落としていたかも知れません。真っ黒い本に、新人を売り出そうというのかクリーム色のオビがついていて。

――あちらが十三巻の予定で、桃源社版はそれに日影丈吉、仁木悦子を加えて十五人ですよね。この二人の巻だけオビがついていたのは、やはり新人だから……？

八木　いや、全巻つけたと思います。ただ、細いから切れて無くなっちゃうんですよね。

――『霊魂は訴える』（香山滋）や『白の恐怖』（鮎川）にもオビがあるとすれば、古書マニアの間に血の雨が降りますよ（笑）。

八木　私は入社早々で使い走りみたいなもんだから、木々（高太郎）さんのところに行ったり、仁木さん、鮎川さん、香山さんのお宅にも行きました。木々さんは社交家でね、何でも「オッケー、オッケー」。ゲラを届けると「ありがとう、ありがとう。すぐ直しとくからね」なんて。

——でも書いてくれたからいいじゃないですか（新保註・講談社版は角田喜久雄、横溝正史が書かなかった。桃源社版は両氏に加え二人が落として、両方とも十一冊で終った）。

八木　ただ、木々さんの字はなかなか読めない。慣れてくると分かるんですけどね。

予定の三分の二しか出せなかったけど、まあまあの成績だったんでしょ？　だからすぐ第二期（六〇～六一年）をやろうじゃないかって、私が作家を一人ずつ訪問してお願いした。第一期は戦前のかたと戦後すぐ出たかたでしょ。第二期はそのあとの新人で、ほとんど皆さん本職があって、専業作家になろうかどうしようか迷っていたんじゃないかな。佐野（洋）さん、笹沢（左保）さん、結城（昌治）さん……樹下（太郎）さんも確かサラリーマンを辞めるか辞めないかというころで、先に題名だけもらうと『「期待」と名づける』。「これで行きます」と、非常に力強く。樹下さん自身の抱負という感じがしましたね。

このときは水上（勉）さんがなかなか出来なかった。非常に売れっ子だったころで、どこかよその仕事でホテルにカンヅメにされて、合間に書下ろしもやるからって、少しずつでももらおうと指定の日時にホテルに行くとフロントに原稿用紙が預けてあって、「ごめん」とか何とかしか書いてない。結局、どっかの雑誌のゲラを貼り合せて書き込みしたり原稿を足したりして、どうにか仕上げてもらった。でもずいぶん遅れたので、単行本のような装丁に

装丁・太田大八

しました。

その『蜘蛛の村にて』は結局、枚数不足のため既発表の二短篇を添えたから、書下ろしと謳えなくなったのだろう。このころ『探偵小説四十年』の出版記念会があって、水上氏が引っ越したばかりの豊島区高松は乱歩邸のすぐ近くだから、八木氏がクルマで乱歩と水上氏を一緒に会場まで送った。そのとき「乱歩先生、あなたも宇野浩二がお好きなんでしょう？　私は宇野先生の弟子みたいなもんだから」と話していたのが八木氏の記憶に残っているという。

実はその直前、水上氏が書いた「雁の寺」を浩二は激賞して、推理小説はやめるようにと書き送っていた。乱歩には新進推理作家として目をかけてもらったが、乱歩も尊敬する浩二の忠告もあるから推理小説からそろそろ離れるが悪しからず、と水上氏は暗にほのめかしたのではないだろうか。『蜘蛛の村にて』が出たころ浩二も亡くなった。

八木　乱歩先生には本当にお世話になりました。私が最初に探偵小説に入れ込んだのは、例の〈国枝史郎が三冊入っていた〉〈現代大衆文学全集〉の『江戸川乱歩集』（一九二七年）です。私が生まれる前の本だから、もちろん古本で。それから平凡社版の最初の乱歩全集十三冊ですね。おかげで、御生前最後の乱歩全集（全十八巻。六一〜六三年）もやらせていただけました。

そのとき図ったように『黒蜥蜴』を三島（由紀夫）さんが劇化して、サンケイホールで上演しました。乱歩先生御夫妻のお伴で、私も参りましたが、三島さんが入口で出迎えられて、「先生よくおいでくださいました」と、やや緊張した面持ちで、丁重に御挨拶なさっていたのが印象に残っています。舞台は、先代水谷八重子の女賊黒蜥蜴、芥川比呂志の明智小五郎で、乱歩先生御夫妻は御満足のようでした。私も面白く拝見しました。あれが『黒蜥蜴』の初演ですね。昭和三十七年だったと思います。

その三島さんに、再刊した『神州纐纈城』をお送りしたら、すごく面白がってくれまして。そのあとでお伺いしたら、「君あれ一晩で読んじゃったよ」。それをエッセイに書いてもらったことも、大ロマンの追い風になったでしょうね。

――ところで、出版はいつどうして、やめられたんです？　知らない間に消えていたという感じです。あとで調べたら、最後の新刊は栗本（薫）さんのですかね。

八木　『神変まだら蜘蛛』（八一年十一月）ね。そうかも知れません。もう新しいことをやるプランもだんだんなくなってきたしね。少しずつ撤退していったわけ。親しい人には、残念がられましたよ。ただ出版活動はやめていたけど、会社は残していました。風が変わり、面白い企画が出てきて、もう一度やろうと思ったら、いつでも出来るように。株式会社の資本金が改正されたころに社を閉じました（註・『文藝年鑑』の出版社一覧を見ると、二〇〇二年版に載ったのを最後に消えている）。

――お父さまが創業者だったわけですよね。三代目に継がせるというお考えはなかった？

八木　ないわけじゃなかったけど、出版ってのはなかなか大変な商売だから（笑）。本当に好きじゃないと出来ない。私は今年で七十五歳（二〇一五年現在八十歳）になるんですけど、本以外に世界を知らないんで。そこで生きていけたんだから、幸せな人間です。大衆文学の研究もさせていただいて、著書も出していただけたし。

――創業は昭和……

八木　十六年か。川口松太郎の本など。そのへんをいま調べていて、そのうちまとめますよ。

――最初、矢貴書店だったのを桃源社にしたのは何か由来が……

八木　昭和二十六年ごろだと思いますよ。社名は桃源郷みたいなもんでしょう。桃源郷に遊ぼうっていう……。

――だから……もうないんですね。

（二〇〇九年三月五日、新宿京王プラザホテルにて）

〈大復活時代〉年表

星印は〈大ロマンの復活〉（桃源社）★：函入り本、☆：カバー装（函入り本の大半は、のちにカバー装で再刊）同じ月に刊行されたものは順不同

1968（昭和43）
8★国枝史郎『神州纐纈城』復刊
10（〜71・8）世界SF全集（早川書房）35巻
12★小栗虫太郎『人外魔境』

1969（昭和44）
3（67・11〜）全集・現代文学の発見（學藝書林）16巻＋別巻完結
3★国枝史郎『完本 蔦葛木曽棧』
4（〜70・6）江戸川乱歩全集（講談社）15巻
4★橘外男傑作集『青白き裸女群像・他』
4（〜70・8）白井喬二全集（學藝書林）16巻
5（〜70・3）岡本綺堂読物選集（青蛙房）8巻
5★小栗虫太郎『二十世紀鐵假面・他』
6★海野十三傑作集Ⅰ『深夜の市長』／Ⅱ『地球要塞』
6★久生十蘭『眞説・鐵假面』
6（〜70・1）夢野久作全集（三一書房）7巻
6（〜70・9）稲垣足穂大全（現代思潮社）6巻
7★小栗虫太郎『成吉思汗の後宮』
8★国枝史郎『沙漠の古都』
9★小栗虫太郎『完全犯罪』
9★野村胡堂叢集『奇談クラブ』

1969（昭和44）

10 中井英夫作品集（三一書房）
10 少年倶楽部名作選熱血痛快小説集（講談社）
10★野村胡堂叢集『美男狩』
10（～11）★牧逸馬『世界怪奇実話Ⅰ・Ⅱ』
11（67・8～）カラー版国民の文学（河出書房）26巻完結
11（～70・6）久生十蘭全集（三一書房）7巻
11★横溝正史『鬼火 完全版』
12★小栗虫太郎『黒死館殺人事件』
12★蘭郁二郎『地底大陸』
12★香山滋『海鰻荘奇談』
12（～70・6）新青年傑作選（立風書房）5巻

1970（昭和45）

1『推理文学』創刊
1★海野十三傑作集Ⅲ『火星兵団』
1★山中峯太郎『萬國の王城』
1（～8）日本伝奇名作全集（番町書房）15巻
1（～10）横溝正史全集（講談社）10巻
2（～12）日本伝奇大ロマン・シリーズ（立風書房）12巻
2（～71・8）世界ブラック・ユーモア選集（早川書房）6巻＋別巻
3★角田喜久雄『妖棋伝』
3★野村胡堂叢集『岩窟の大殿堂』
3 福永武彦『加田伶太郎全集』（桃源社）

4★国枝史郎『八ヶ嶽の魔神』
5★小栗虫太郎『紅殻駱駝の秘密』
6　高垣眸全集（桃源社）4巻
8（〜71・8）角田喜久雄全集（講談社）13巻
9・1　渡辺温作品集『アンドロギュノスの裔』（薔薇十字社）
9★小栗虫太郎『絶景萬國博覧会』
10（〜71・3）木々高太郎全集（朝日新聞社）6巻
11（〜71・2）現代の推理小説（立風書房）4巻
11（〜71・4）林不忘・谷譲次・牧逸馬一人三人全集（河出書房新社）6巻

1971（昭和46）

1（〜8）有馬頼義推理小説全集（東邦出版社）5巻
3（〜10）横溝正史定本人形佐七捕物帳全集（講談社）8巻
4（〜74・5）松本清張全集（文藝春秋）第1期38巻
4　横溝正史『八つ墓村』（角川書店）文庫化
5（〜73・10）大衆文学大系（講談社）30巻＋別巻（別巻は80・4）
6（〜9）浜尾四郎全集（桃源社）2巻
7★小栗虫太郎『成層圏魔城』
10（〜73・1）山田風太郎全集（講談社）16巻

1972（昭和47）

3（〜73・9）現代推理小説大系（講談社）18巻＋別巻2（別巻2は80・4）
5（〜6）大坪砂男全集（薔薇十字社）2巻
10（〜74・12）梶山季之傑作集成（桃源社）30巻
11（〜74・3）高木彬光長編推理小説全集（光文社）16巻＋別巻

1973（昭和48）

3（〜74・12）　久生十蘭コレクシオン・ジュラネスク（薔薇十字社→出帆社）3巻
6（〜74・10）　昭和国民文学全集（筑摩書房）30巻
10（〜74・5）　結城昌治作品集（朝日新聞社）8巻
10（〜75・5）　黒岩重吾傑作集成（桃源社）18巻

1974（昭和49）

6　宝石推理小説傑作選（いんなあとりっぷ社）3巻
8（〜9）　中島河太郎・紀田順一郎編『現代怪奇小説集』（立風書房）3巻
10（〜75・2）　日影丈吉未刊短篇集成（牧神社）4巻
11（〜12）　日影丈吉作品集（學藝書林）2巻
11（〜75・7）　新版横溝正史全集（講談社）18巻

1975（昭和50）

2　『幻影城』創刊
5（〜6）　香山滋代表短篇集（牧神社）2巻
7（〜12）　鮎川哲也長編推理小説全集（立風書房）6巻
7（〜76・7）　高木彬光名探偵全集（立風書房）11巻
7☆橘外男『伝奇耽美館』
9☆国枝史郎『妖異全集』
9（〜76・3）　日本代表ミステリー選集（角川書店）12巻
10（〜76・3）　探偵怪奇小説選集（広論社）7巻
10（〜76・10）　少年倶楽部文庫（講談社）
11☆渡辺啓助『地獄横丁』

〝もう一人の島崎博〟が欲しかった

島崎 博◉幻影城

しまざき ひろし◉昭和8(1933)年、台湾生まれ。本名・傅金泉。早稲田大学大学院卒。在学中から日本の探偵小説、カストリ雑誌を蒐集し、日本一と言われたコレクションをもとにした書誌的業績も多い。1975年から79年にかけて探偵小説専門誌『幻影城』編集長を務めたのち帰台。現在は日本ミステリの東南アジアへの輸出に尽力している。2008年に第8回本格ミステリ大賞特別賞、13年に第1回台湾推理大賞を受賞。編著に『三島由紀夫書誌』(薔薇十字社、1971年)、著書に『謎詭・偵探・推理 日本推理作家與作品』(傅博名義。独歩文化、2009年)がある。

『黒死館』が最初のミステリ体験

ミステリを意味する用語として「推理小説」が最も一般的だった時代、探偵小説専門誌を標榜して『幻影城』が創刊されたのは、桃源社の大ロマンの復活シリーズ、講談社の江戸川乱歩全集、三一書房の夢野久作全集、久生十蘭全集など、戦前から松本清張以前の作家作品が大量復活してリバイバル・ブームと呼ばれていた一九七五年二月である（実際は月号の前年末）。当初はリバイバル専門だったが、やがて新人賞を設け、忘れられかけていた作家たちの新作も掲載、ことに新人賞からは泡坂妻夫、連城三紀彦、李家豊（田中芳樹）、栗本薫らを七九年七月に休刊するまでわずか四年半のうちに送り出したとしばしば喧伝される。その功績を否定するわけではないが、『幻影城』という誌名の由来となった江戸川乱歩の評論集『幻影城』（一九五一年）所収の「探偵小説雑誌目録」で、戦前に満四年続いた京都『ぷろふいる』誌が「『新青年』を除いては、続刊の年月最も長」いと言われているように、雑誌『幻影城』が一概に短命であったわけでもない。三十年以上続いた『新青年』、二十年近い『宝石』が例外的に飛び抜けているだけで、専門誌色が強いほど長続きしないのは宿命とも言えよう。

『幻影城』休刊後、編集発行人の島崎博氏が忽然と消息を絶ち、日本最高の探偵小説コレクションと目された蔵書も散逸したため、その伝説性はいや増した。死亡説さえ囁かれて四半世紀、出身地の台湾で健在と判明し、『幻影城』と島崎氏は改めて脚光を浴びることになった。石井春生・岩堀泰雄両氏によるインタビューを含む同人誌『幻影城の時代』（エディション・プヒプヒ、二〇〇六年）は刊行されるや否や八百部を完売し、増刷を望む声に応えて二倍以上にバージョンアップされた本多正一編『幻影城の時代［完全版］』が講談社から刊行されたのは二〇〇八年のこと。完全版のために新たなインタビューを行なう仕儀となった。

同人誌版『幻影城の時代』を届けられた島崎博氏の御感想は、「自分の追悼特集号を読んでいるみたいだ」というものだったという。まさしく言いえて妙という感じだ。同人誌版でのインタビューは古本談義が多かったので、こちらではよりミステリの話、『幻影城』の編集の裏話を伺うように心掛けた。聞き手は沢田安史、本多正一両氏と新保との協同だが、特に質問者を弁別してはいない。

——はじめに、日本のミステリとの出会いをお聞かせください。

島崎　（台湾で）中学校のとき本を読む友人が二人いまして。片方は日本の純文学、もう一方は大衆文学雑誌などが家にたくさんありました。それを片っ端から借りて、乱読したんです。初めて読んだ日本文学は『吾輩は猫である』ですね。感動しましたよ、こういう小説もあるんだと。

それから、片方の友人の兄さんが『新青年』に連載された、小栗（虫太郎）さんの『黒死館殺人事件』だけを自分で一冊に綴じて持っていました。日本のミステリはそれが最初ですね、乱歩さんの少年物などを除くと。

―― それは……歯ごたえがあったでしょうね。

島崎 一週間かけて読み通しましたよ。僕は面白くなくても、難しくても、ともかく最後まで読み通すという習慣をつけてましたから。特に推理小説は、最後まで読まなきゃ分からないでしょ、面白いか面白くないか。『黒死館』もよく分からないまま、凄い凄いと思いながら読んでいました。探偵役より先に謎を解いてやろうとは思いませんでした。

―― 無理ですよ（笑）、法水麟太郎の種明かしを読んでも分からないんですから。

島崎 僕は松野一夫さんの挿絵は、竹中英太郎さんほどには好きでないんですが、『黒死館』（の松野さんの挿絵）には強い印象を受けました。『新青年』の紙は薄くてちょっと艶があるんです。それまで覚えているくらい、あの作品は衝撃が大きかったですね。

―― 『幻影城』創刊号に載った久生十蘭訳『ジゴマ』には初出の松野一夫の挿絵も翻刻されていたのが嬉しかったですね。『幻影城』のビジュアル的な面での配慮には、そのへんに原点があるんじゃないでしょうか。

島崎 『ジゴマ』の挿絵は初出当時の雰囲気も出したかったということです。

「黒死館殺人事件」連載第1回扉
（『新青年』1934年4月号）

そもそも僕自身いちばん感動が深かったのは、もっと小さいとき読んだ講談社の絵本ですよ。『金太郎』『桃太郎』『文福茶釜』……どの表紙もいまだに僕の頭のなかにあります。これが本当の読書の初体験で、ビジュアルの原点もこれじゃないですかね。

——挿絵のことはあとで詳しくお聞きしたいですが、ともかくいろいろ読まれて結局、探偵小説が最も面白いと感じられたわけですね。

島崎　探偵小説にいちばん刺激性を覚えましたから。

——普通はそれでミステリ作家になったり、評論を書いたりするんですが、島崎さんの場合は編集者への道を進まれた。

島崎　僕は雑誌が好きなのです。雑誌一冊に少なくとも五人以上の作家が寄稿するでしょう。一冊で五つ以上の世界が読める。だから僕は雑誌を集めたし、古本で雑誌を買っては手放さずに蓄めてきた結果、コレクションと言われるものになったわけです。そういう雑誌観から、『幻影城』は今までになかった雑誌をと思い、それ以前のミステリの歴史を凝縮して詰め込みました。

——それが島崎さんが連載なさった「目で見る探偵小説五十年」や山村（正夫）さんの「わが懐旧的探偵作家論」や、（諸家による）「探偵文壇側面史」というわけですね。

島崎　僕は誌名を『幻影城』と決めたとき、これはもちろん乱歩さんの評論集のタイトルであり、庵号でもあるわけだから、まだお元気だった乱歩さんの奥さんをお訪ねして許諾をいただきました。

その次に、これも面識はなかったんですが横溝正史さんにお電話したら、「乱歩さんは探偵小説が社会派の時代になって探偵小説に失望していた。乱歩さんは僕の兄貴のようなものだから、そういう雑誌だったら喜んで何でも手伝おう」と言ってもらえました。御承知のように横溝さんは元『新青年』の名編集者でもあったわけですが、「雑誌を作るには二十％くらい遊びがなけりゃいけない」ということと、「三本の柱を立てなきゃならない」と教えてくれました。そのお教えに従って『幻影城』には三つか四つ、柱を立てたのです。探偵作家再評価とか作品回顧とか、あとになれば鮎川（哲也）さんの「幻の作家を求めて」など。作家でいちばん協力してくれたのは横溝さんと鮎川さんでした。

――しかし、石井さんと岩堀さんのインタビューによれば、『幻影城』は御自分から始められたのでなく、最初は雇われ編集長でいらしたわけですよね。

島崎　創刊二年目の最初のころまで発行人・林和子さんとなっていますが、実はお会いしたこともないんですよ。『えろちか』の林宗宏さんが奥さんの名義を借りただけで。そもそもは、林さんがリバイバルのミステリ雑誌を出したいから編集者を紹介してくれと紀田（順一郎）さんに相談したんです。すると紀田さんが僕を推薦してくれた。僕は林さんに会って、百％自由に編集させてもらえるならと条件をつけました。リバイバルが中心だけど、それだけでは意味がないから、新人募集をやるし、既成作家の新作も入れてゆくと。それを全部聞いてくれたんだから、林さんはたいへん大らかな人でした。

このあたりは、石井・岩堀インタビューにある「……創刊した後に、ぼくが勝手に新人募集をやったりしたので、一年間でクビにされました」というのとはニュアンスが異なるが、深くは詮索しないことにしよう。実際、一見相反するような要素があったのではないか。それにしても林宗宏氏が社長だった三崎書房の『えろちか』といえば、『新青年』の戦後最末期の編集者だった中田雅久氏がハードボイルド雑誌『マンハント』を経て、プランニング面で関わっていたポルノ研究誌である。中田氏は久保書店で、『マンハント』を発刊する以前に高橋鐵氏の性科学誌『あまとりあ』に携わった実績が買われたのだろう。ともかく、『幻影城』は中田氏を介して『新青年』のDNAをも受け継いでいたといったら、こじつけにすぎるだろうか。

ワンマン編集長の始動

——林さんは、なぜミステリのリバイバル雑誌をやりたがったんでしょう?

島崎　それは桃源社の〈大ロマンの復活〉シリーズや、乱歩さんや横溝さんや夢野久作全集がヒットしているのを見て、原稿を取る苦労をしないで売れる雑誌が作れると思ったんじゃないでしょうか。実際、『幻影城』の最初の一年は赤字を出していないんです。僕は編集に専念していればよく、経理面なんかは林さんがやってくれましたから、理想の八十%は達成していたと思っています。百%でないのは、それでも時間が足りなかったからですね。ただ、収益という点では林さんが考えていたほどじゃなかったんでしょう。僕が編集発行人になってからは、ますます時間が足りませんでした、絶対的に。いろんなテーマで連載してもらっているでしょう、それらも一冊ずつ本にしておきたかったですが無理でした。

一言でいえば、雑誌を作るにあたって「僕には理想があった」ということです。雑誌には中間小説誌的なものと同人誌的なものがあります。僕が目指したのは、『小説推理』＝『小説現代』、『幻影城』＝『群像』というような構図ですね。これは喩えですよ。でも評論もこんなに多く入っている小説雑誌というのは、ミステリ雑誌としてはそれまでになかったでしょう。商売としては難しいから。

――『幻影城』創刊号が「日本のSF」特集ですが、これは戦前はSFも変格探偵小説なので、本格ばかりが探偵小説じゃない、もっと幅広くとらえようという戦略ですか。

島崎 ということもありますが、最初に話があってから創刊までに二、三ケ月しかなかったんですね。いろいろ読み直して再録作品を決めるのに、SFのほうが（星新一以前は）作品の絶対数が少なくて選びやすかったから。あと、SFファンも取り込めるかなとの下心もちょっとはあったかも知れません。

――探偵小説専門誌と謳われていたわけですが、今でこそ〝探偵小説〟という名称も復権しましたけど、当時は完全に〝推理小説〟に取って代わられて、死語になりかけていました。これを敢えて使われたのは……？

島崎　僕には反逆精神があったということですね（笑）。探偵小説という表現に反対の声はありました。なぜ死にかけた言葉を今さら持ち出すのかって。

――それは社内から？

島崎　いや、僕は雑誌では独裁者ですから（笑）、社内で反対は言わせない。当時のミステリ界というか、漠然とした周囲からの反発ですね。

――といっても、中島河太郎さんや紀田順一郎さん、権田萬治さんといった、いわゆるオピニオン・リーダーが支持して寄稿もしていましたし、協力的な作家もたくさんいたわけですよね。

島崎　それは皆さん友だちだから（笑）。ただ佐野洋さんとか、松本清張さん以後の社会派と言われている人々は、もちろん賛成じゃなかったでしょう。でも面と向かって言われたことはないですね。

――清張さん御本人は好意的だったんですよね、『幻影城』に。

島崎　好意的でしたよ。松本清張さんは、社会派の一部を堕落だと嘆いておられましたからね。ちなみに僕は清張さんと、『別冊（・幻影城）』で清張さんの集を出す際、権田さんを通じて十五分間という約束でお会いして、時間が過ぎたから失礼しようとして、いいよあと十五分と引き止めてもらえたとき、『幻影城』増刊で乱歩さんと横溝さんのあと「松本清張の世界」をやりたいとお願いしたんです。清張さんは乗り気で、映画「砂の器」は自分の原作より傑作だから、ぜひ野村芳太郎監督に清張論を書いて欲しいとか、楽しみにされてました。ところがその計画中に文藝春秋が「松本清張の世界」を出してしまった（新保註・『幻影城』一九七七年七月号の編集後記によると、『幻影城』増刊「松本清張の世界」は同年秋刊行予定だった。いっぽう『文藝春秋』臨時増刊「松本清張の世界」は一九七三年十一月刊だからもっと早い。あるいは「横溝正史の世界」（七六年五月）を出そうという直前、徳間書店から『横溝正史の世界』（七六年三月）を出されてしまった記憶と混同されたのかも知れない。『幻影城』増刊に二上洋一による膨大な「横溝正史作品事典」が書下ろし収録されたのは、その対応策とも見られる。幻に終った幻影城版「松本清張の世界」については、清山社から『現代文学読本 松本清張1（2以降は未刊）文学編』が七八年一月に出ているが、刊行を断念させるほどのものではない。何かほかに理由があったのだろう）。

そこで延期を申し入れたんですが、僕としてはその三冊を出したら「小栗虫太郎の世界」か「夢野久作の世界」を出すつもりでいた。清張さんはすごく夢野久作を評価していましたから、「もし『夢野久作の世界』を出すなら、彼についての長い評伝を書かせてくれ。原稿料はなしでいいから」と言ってくれてもいたんです。

——それは実現しなくて、本当に惜しいことをしました。

ビジュアル面から見た『幻影城』

――『幻影城』はたくさんの新人作家を生んだことばかりが評価されていますが、ビジュアル的にも非常に見るべき点が多いと思いますよ。『新青年』や『宝石』に比べても。

島崎　最初の一年間、表紙を上西康介さんに描いてもらったんですが、僕はどんな人か全然知らなかったけど、『講談倶楽部』なんかに描かれた挿絵が好きだったんですね。でも実際に上西さんの表紙でやってみると、「あれではSM雑誌だ」とか悪口を言う人もありました。僕自身はそんなに嫌いじゃなかったんですが、期待したほどの迫力には足りなかったかも知れません。一年契約だったから、そこで降りてもらいました。上西さんはもっと続けたいと残念がっておられたんですが。

――『幻影城』は表紙にPPをかけて光沢を出して、ほかの中間小説誌と違って高級感がありました。

島崎　PPをかけたのは上西さんのあと山野辺（進）さんに代わってからですが、池田拓さんのアイデアですよ。ただ、評論もたくさん入れて高級に作りたい気持は創刊のころからあって、本文用紙から何から全部僕の注文で選びました。だから定価が高いという意見もありましたが、それは承知の上です。

ちなみに『幻影城』創刊号は六八〇円。『ミステリマガジン』の同じ一九七五年二月号は四十頁薄いが四五〇円。比較してもしょうがないが、講談社版の黒い貼函入りクロース装の江戸川乱歩全集が六九〇円で買えた時代である。

創刊当時の『幻影城』
表紙画・上西康介、構成・池田拓

――アートディレクターとして池田拓さんの存在は大きいと思います。最後の数号を除いて、幻影城の出版物はすべて池田さんの装丁ですね。

島崎　池田さんのことは初め僕は存じ上げなくて、(薔薇十字社の)内藤三津子さんが紹介してくれたんですよ。それで見本を見せてもらって、これなら安心してお任せ出来ると。それから目次の上(オーナメント)の渡辺東さん。『幻影城の時代』の彼女の回想では、お父さんの渡辺啓助さんのほうとすでに僕は面識があったように書かれていますが、僕の記憶は違っていて、啓助さんより東さんのほうと先に知り合ったと思います。『宝石』に間羊太郎さんが「ミステリ百科事典」（一九六三〜六四年）を連載していたころ、今度のテーマが「眼」だったら眼を使った作品はこんなのがあるよとか、ある程度資料を提供していたんですが、その連載のカットを東さんが描いていていて、間さんに紹介してもらったんです。それから薔薇十字社の渡辺温作品集『アンドロギュノスの裔《ちすじ》』（七〇年）の（資料提供と年譜を僕がやった）とき渡辺啓助さんと初めてお会いし、（娘さんで、その本を装丁した）東さんとも再会したわけです。僕は彼女の描く点描画が好きで、『幻影城』の目次に向くと思ったんですね。

その次に金森達さん、楢喜八さん、村上芳正さん……本当に僕が好きな人に頼んだんです。ただ、絵を通じて知っていただけで、それまでは面識はありませんでした。山野辺さんだけは『宝石』時代から知っていました。花輪和一さんは池田さんの推薦で、ちょっとクセのある画風でしたが、ひと味違う魅力を感じてお願いしました。

あとは新人ですね。最初、誰かが売り込みに来たんですよ。いくつか傾向の違う作品を持って。で、この絵はいいだろうと判断して、その絵に合う小説が出来てきたら頼みに行く。すると、『幻影城』はそういう形で採用するというのが、挿絵志望の人々の間で話題になったんでしょう。いっぱい持ち込みが来ました。それで採用した一人に佐竹（美保）さんがいて、当時まだ全然無名の女の子でしたけど、今や人気画家ですね。『幻影城』に挿絵が載ると、半年後にはほかの中間小説誌に登場したりすることが、しょっちゅうありました。そういう意味で、挿絵界にもある程度貢献したという自負はあります。

新人賞の舞台裏

――部数は、朝日新聞なんかで二万部と紹介されています（一九七五年三月三十一日）が、あれは公称ですよね？

島崎　おそらく最高で六千部前後……ぐらい。最後のほうは少し落ちたと思います。そりゃそうでしょう！　編集長に時間がないんですから。幻影城にもう一人僕の分身が、島崎博がもう一人いて営業その他をやってくれていたら、つぶれなかったでしょうし、もっといい雑誌が作れたと思います。社員は必ず定時で帰ってもらって、残業はさせませんでした。残業手当を出す予算がなかったからでもありますが（笑）。社内校正の時間が足りないときは外注していましたね。

――御自分で『幻影城』の最盛期だったと感じられるのは、いつごろでしょう？

島崎　それはやっぱり二、三年目ですね。

――二年目に第一回新人賞が発表されて、小説部門は受賞が村岡圭三「乾谷《ワディ》」、佳作が泡坂妻夫「ＤＬ２号機事件」と滝原満（田中文雄）「さすらい」。島崎さんは選考会で一切御自分の意見を言われないということですが、この選考委員は島崎さんの人選ですね？

島崎　もちろん（笑）。特に小説部門の選考委員（権田萬治・都筑道夫・中井英夫・中島河太郎・横溝正史）は、ミステリ史上どこの新人賞より豪華だと思いませんか？　中井さんと横溝さんという組み合わせはいいでしょう？（笑）

泡坂さんがのちになって「佳作でなく、受賞したかった」と一度洩らしたことがありますが、僕は意に介しませんでした。口は出しませんが、選考委員の結論に同感でした。泡坂さんの五十枚に対して、村岡さんのは規定の百枚ぴったり書いてきて完成度が高かった。やっぱり百枚の募集には百枚で応じるべきだと思いますね。中井英夫さんは「なぜ島崎編集長は選の前に（「ＤＬ２号機事件」の作者は奇術師だと）そっと耳打ちしてくれなかったのだろう」（泡坂妻夫『乱れからくり』解説）、知っていたらもっと強く推したのにと言いましたが、（泡坂さんが奇術師だと）僕が知らなかったんですから。僕は作家に最終候補に残ったと通知するだけで、どういう仕事をしているとか一切聞きません。選考委員には作品だけで判断してもらうし、入選すれば全く手を入れずに掲載します。その形で入選したの

『幻影城の時代』同人誌版と完全版。
装丁はともに池田拓。同人誌版の装画は山野辺進

ですから。

―― 中井さんと初めてお会いになったのは……？

島崎 これも内藤（三津子）さんに誘われて、中井さんの家へ一緒に行ったんです。内藤さんが三島（由紀夫）さん系の美学の小説が好きで――僕は美学と称してますけれど――そういう人たちをいっぱい紹介してくれたうちの一人です。中井さんと僕とは、お互いに探偵小説が好きなので、すぐ仲よくなりました。もちろん『虚無への供物』は出たとき（一九六四年）すぐ読んでいて、今までにない探偵小説だと感動していました。僕はめったに感動しないんですが。

―― 創刊三年目から、その中井英夫の推薦で竹本健治の『匣の中の失楽』が連載されています。

島崎 ある日、中井さんが電話してきて、「有望な新人が千枚の小説を書いたから『幻影城』で連載してくれないか」と、これははっきり覚えています。「中井さんは読んだんですか？」と訊いたら、「読んだ。傑作だ」と。僕は中井さんを信用しているから、それで作者に会わせてもらったら、まだ完成はしていないという。それでも中井さんが請合うならと連載を決めたんです。全くの新人の作品を、終りまで読みもしないで連載したというのは、あとにも先にもあれだけです。

―― 万一、竹本さんが連載中に立ち往生しても、中井さんが責任上、書き継いでくれるだろうと期待されたりはしませんでしたか。

島崎　それは考えたこともありません。完成原稿でなくても、草稿くらいは出来ているだろうと思っていましたから。第六感で信用しました。もしも書けなくなったら、病気休載ということにして（時間を稼いで）、何とか励まして完結してもらったでしょう。実際は、そんな心配は無用だったわけですが。

――新人賞の選考委員は、第四回から作家は鮎川哲也・泡坂妻夫・日影丈吉に入れ替わっていますね。

島崎　最初から（任期）三年の約束だったんですよ。それで泡坂さんを入れたのは、幻影城新人でも活躍が目覚ましければ三年後には選考委員になれるとアピールしたかった。もっと続いていれば、次には連城さんとかが入っていたでしょう。

――鮎川さんの『朱の絶筆』が『幻影城』最初の連載長篇でしたが、これがよそ（祥伝社）から本になったのは、最初からそういう話だったんですか。

島崎　そうです。最初は「蠟の鶯」（刊行時『沈黙の函』と改題）を書いてもらうはずでしたが、構想がまとまらなかったのか、『朱の絶筆』を書下ろしかけていたので、そちらを連載に回してくれたのです。鮎川さんは皆に言わせるとたいへん気難しい人ってなってるでしょう？

――晩年（二〇〇二年に死去）はそうでもなかったようですが。

島崎　僕がお付き合いした時代は、まだ気難しいと思われていました。しかし僕にはそんなことなくて、「幻の作家を求めて」の連載中は毎月、弥次喜多道中を楽しみました。

『別冊・幻影城』の隠された秘密

――横溝正史は鮎川哲也と並んで『幻影城』に最も協力的な作家だったと伺いましたが、横溝さんの自伝「続・書かでもの記」(一九七七年十一月号の掲載を最後に、一年近く次号予告に載りながら再開されなかった。この間、『野性時代』での連載は『病院坂の首縊りの家』と『悪霊島』の間の休養期間なので、そちらに追われていたわけではない)はなぜ中絶してしまったんでしょう?

島崎　僕は載せたかったですよ。だけど横溝さんは『幻影城』の面倒をいっぱい見てくれているから、書けないとしたら、それ以上何も言えない(笑)。

――『別冊・幻影城』は十六冊のうち横溝集が四冊でしょう。読者としてはそんな、角川文庫でも買えるようなものより、当時読めなかった大阪圭吉やら出してもらいたかったですね。

島崎　「これあげるから別冊で出しなさい」と言うわけです、横溝さんは。もちろんありがたく、いただきました。ただ、誰の別冊を作っても売れ行きはだいたい一定でした。よく売れたのは日影さんのぐらいですかね。

――『別冊・幻影城／保存版』というのがありましたでしょう。あれ、返本があったのを製本し直してカバーをかけて再出荷したものと聞いています。日影丈吉集と松本清張集だけが出ていないので、この二冊はよく売れて作り直す分がなかったんだと思っていました。

島崎 清張さんは文庫でもいっぱい出てたから、特に売れたという印象はないですね。

―― 清張さんが保存版として出すのを承諾しなかったとか。

島崎 いや、別冊に関しては誰からもクレームは受けていません。保存版が出なかったということは、やっぱり返品が少なかったんでしょうね。でも、一冊ずつに関して言えば、ひどく売れ行きが悪いというものはないです。『幻影城』本誌に、発行している本（やバックナンバー）の広告を出していると、毎月注文がありましたから。何年か置いておけば、だいたい売り切る目算はありました。

『別冊・幻影城』３号
「松本清張集」（1976年１月）

――『幻影城』の読者は乱歩・正史・高木彬光といった作家が好きで、清張作品は案外それまで読んでなくて、いい機会だからと買ったのかも知れませんね。高木さんは最初、初稿『刺青殺人事件』が入ると予告されていましたが、これを期待してたら、ありふれた『わが一高時代の犯罪』に替わっていたのでがっかりしたものです。

島崎 最初は高木さん、御自分からこれ（初稿『刺青殺人事

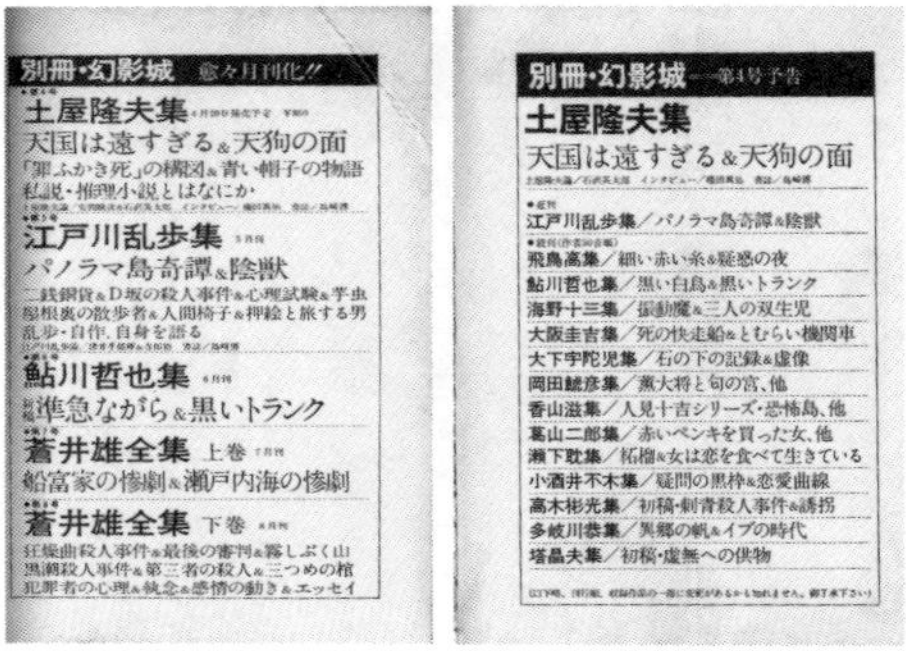

別冊・幻影城――第4号予告
土屋隆夫集
天国は遠すぎる＆天狗の面
江戸川乱歩集／パノラマ島奇譚＆陰獣
飛鳥高集／細い赤い糸＆疑惑の夜
鮎川哲也集／黒い白鳥＆黒いトランク
海野十三集／振動魔＆三人の双生児
大阪圭吉集／死の快走船＆とむらい機関車
大下宇陀児集／石の下の記録＆虚像
岡田鯱彦集／薫大将と匂の宮、他
香山滋集／人見十吉シリーズ・恐怖島、他
葛山二郎集／赤いペンキを買った女、他
瀬下耽集／柘榴＆女は恋を食べて生きている
小酒井不木集／疑問の黒枠＆恋愛曲線
高木彬光集／初稿・刺青殺人事件＆誘拐
多岐川恭集／異郷の帆＆イブの時代
塔晶夫集／初稿・虚無への供物

別冊・幻影城　愈々月刊化!!
土屋隆夫集
天国は遠すぎる＆天狗の面
「罪ふかき死」の構図＆青い帽子の物語
私説・推理小説とはなにか
江戸川乱歩集
パノラマ島奇譚＆陰獣
二銭銅貨＆D坂の殺人事件＆心理試験＆芋虫
屋根裏の散歩者＆人間椅子＆押絵と旅する男
乱歩・自作、自身を語る
鮎川哲也集
準急ながら＆黒いトランク
蒼井雄全集　上巻
船富家の惨劇＆瀬戸内海の惨劇
蒼井雄全集　下巻
狂燥曲殺人事件＆最後の審判＆霧しぶく山
黒潮殺人事件＆第三者の殺人＆三つめの棺
犯罪者の心理＆執念＆感情の動き＆エッセイ

『別冊・幻影城』刊行予告（右・『別冊・幻影城』「松本清張集」、左・本誌76年4月号より）。続刊予定のうち刊行されたのは鮎川・岡田・小酒井・高木・蒼井（実質上巻のみ）集だけである

件』）を入れてくれと言っていたんです。それを自分から取り消してきました。どういう理由だったのか、もう覚えていませんが。ただ、こちらで勝手に替えたりしないから、高木さんの意向だったはずですね。

土屋（隆夫）さんもたぶん、『危険な童話』と『影の告発』でお願いしたと思いますけど、ダメと言われました。おそらくその二作は当時講談社で出していたからでしょう。『天狗の面』と『天国は遠すぎる』は浪速書房で絶版になっていたので、土屋さんとしてはOKしやすかったのだと思います。

――『別冊・幻影城』で二冊使って「蒼井雄全集」を出すという予告もすごく期待しました。

島崎　今だから言いますが、蒼井さんを二冊続けて出すつもりはなかったのですよ。出すとしても何年後か、一周りしたあとですね。ただ、広告のページをある程度、埋めておきたかったんです。読者の皆さんに期待してもらいたかったんです（笑）。

――われわれはまさに幻影に躍らされていたんですね（笑）。

〈幻影城ノベルス〉と〈評論研究叢書〉

――〈幻影城ノベルス〉の最初の四冊はアンカットのフランス装ですけれど、あれも島崎さんのアイデアだったんですね？

島崎　あれは僕の理想です。ただし、あれは失敗ですね。不良品と間違われて返本がすごく来ました。ある程度我慢強い僕が我慢できなかったくらいですから。仕方なく途中から普通のハードカバーにしましたが、フランス装でそこそこに売れ続けていたら、最後までそれで通したかったですね。

――日影さんは、「『幻影城』の島崎編集長から、新しく単行本のシリーズを出すからと依頼があってね。彼は僕のを最初に出したかったようで、そのためにフランス装の仮綴じ本にするとか、いろいろ考えていたらしいけれど、なかなか書けないでいるうちに、ほかの人のが何冊か出てしまった」（『ブックガイド・マガジン』一九九〇年八月創刊号）とインタビューで回想しています。日影さんのはフランス心理小説ふうのミステリでしたからね。

創刊当時の幻影城ノベルス
装丁・池田拓、装画・高塚省吾

島崎　いや、それは日影さんの勘違いでしょう。日影さんを含めて何人かのかたにお願いして、早く書き上がったものから出していったわけで、日影さんを最初にっていう約束はしていません。予告して出せなかったものはいっぱいありますが、原稿をもらって活字に出来なかった小説は日影さんの『夕潮』だけで、その点は申し訳なく思っています。

予告を打つのは、早く書いてくださいって作家にプレッシャーをかける意味もあったんです。栗本薫さんが「さびしい死神」といって銀座署シリーズというのを書く予定でしたが、三好徹さんに銀座警察シリーズがあるのに気づいてやめました。栗本さんは原稿はすごく早いんだけど、警察小説みたいな、社会派に近いものなら無理して書いてもらうまでもないと思いましたし。李家（豊＝田中芳樹）さんの「銀河のチェスゲーム」もSFで、昔なら変格探偵小説だからSFでも構わなかったんだけど、とにかく〝もう一人の島崎博〟（笑）がいなかったから出せなかった。

――装丁にはずいぶんこだわりがおありですよね。〈幻影城評論研究叢書〉なんかはちゃんと函入りですし。

島崎　それも僕の理想です。本は多く売れなくてもギリギリ採算が取れればいい、という考えでした。その当時、実際評論なんて売れなかったです。

――今でも売れないですよ（一同笑）。

島崎　そう、売れないんですよ！　でも出さなければいけないんです。当時、ミステリ評論集を出していたのは、おそらく幻影城ぐらいでしょう。結局平均すると、二ケ月に三冊は出していましたよ。本誌に別冊、ノベルス、評論集、と。雑誌だけ出していたほうが楽なんですけどね。

――〈評論研究叢書〉は、何部くらい刷られたんですか。

島崎　三千部くらいじゃない？

――意外と多いですね。僕は千部くらいかと。権田さんの『日本探偵作家論』などは増刷していますよね。

島崎　賞（日本推理作家協会賞）を獲ったからでしょう。ただ、その時点で初刷三千、売り切っていたわけじゃないですよ。あのときは強気で勝負をかけました。

――二冊目が山村（正夫）さんの『わが懐旧的探偵作家論』で、これが翌年の同じ賞を獲りました。だから山村さんも、『幻影城』にもう少しシンパシーを示していいんじゃないかって気がするのに、『推理文壇戦後史④』（双葉社、一九八九年）ではずいぶん批判的な書き方なんで、ちょっと驚きました。

山村氏は「……『幻影城』のことを私も恩義に感じていて、愛着のある懐かしい雑誌として、親しみを抱いている」としながら、『幻影城』が創作再開を促した旧人に触れたくだりで、「その中には失礼な話ながら、亡霊の復活を思わせる作家もなくはなかった」とまで言うのは、温厚な山村氏にも似合わない。また、香山滋研究家の竹内博氏が東京の古書店で入手した台湾の『推理雑誌』に島崎氏のインタビューが載っており、権田氏を介して訳してもらったそれを提供された山村氏は、そこで開陳されている島崎氏の推理小説観が古風にすぎるとも難じたものだ。そして当時（一九八六年）の島崎氏の目標が「日本の推理小説を書くこと」と「台湾の現代文学史を書くこと」であるという、前者の点に注目し、「氏の自説にもとづく日本の推理小説の創作を、ぜひ一日も早く読みたいものである」と結んでいる。

――島崎さんは御自分で小説を書こうと思われたことはおありですか。

島崎　ありません。山村さんが引いているのは「日本の推理小説史を書くこと」の誤りで、『推理雑誌』が間違えたのです。日本の推理小説史は今でも書きたいですが、もう一度資料を集め直すのはさすがに無理ですね。

『幻影城』をやっていたころも、『サンデー毎日』の大衆文芸募集の入選作を再録して（一九七七年十一～十二月号）、佐野洋さんに今さらなぜこんな古めかしいものを載せるのかと批判もされましたが、それは承知で、こういう推理小説もあったということを知ってもらいたかったんです。『サンデー毎日』だけでなく、『新青年』が主流であったのに対して、『講談倶楽部』とか『キング』にそれとは別系統の推理小説があったんですが、誰も話題にしません。僕はそちらの雑誌をあまり持ってなかったんですが、ある程度探していずれ特集したいと思っていました。

戦後でも『宝石』ばかりが言われますが、『探偵実話』をもっと評価すべきです。『宝石』は本格寄りですが、『探偵実話』には変格のいいものがいっぱいあります。すごくロマンを感じるんですよ。特に新人の作品を読んでいて、既成作家にはないものを発見するのは一つのロマンです。僕はロマンという言葉が好きなんですね。

—— 創刊号の「編集者断想」（編集後記）にも「探偵小説時代の夢とロマンを『幻影城』で再現したい」とありました。

島崎 そんなふうに考えていたことがどれだけはたせたのか。でも『幻影城』は終りに近いころ、これで歴史に残る雑誌になったという手ごたえはありました。山村さんが否定的に言っているのは、ほかの社会派の人たち、『幻影城』に批判的だった作家たちに配慮してだろうと思います。それはそれで構わないんですが。

あなたたちから今回のインタビューに際して、もう一度『幻影城』に目を通しておいてくれ、と言われたでしょ。こちら（台湾）で集め直した『幻影城』を全冊、半日がかりでめくってみたんです。我ながらスゴイと思った。本当にあのころはミステリに対する情熱が凄かったなと……。

（二〇〇八年四月十八日・十九日、台湾にて）

梶山季之から
船戸与一・志水辰夫、
そして〈大衆文学館〉

白川 充◉講談社

しらかわ みつる●昭和10（1935）年、東京生まれ。明治学院大学英文科卒業後、講談社で編集部ひとすじに勤め上げる。著書に朝海猛名義で『ローカル線の旅』（光文社・共著、1979年）、『おもしろ好事苑』（現代書林、1983年）、本名で『昭和 平成 ニッポン性風俗史』（展望社、2007年）がある。

原体験はヒロシマ

白川　生まれは東京の西荻窪ですが、父親の仕事の都合で五歳のとき広島に移住しました。だから原爆を間接的にですが体験しているんですね。山のなかで爆心地から三十キロぐらい離れていて無事ではあったんですが、小学校の教室にゴザを敷いて寝かされた重症者が毎日何人かずつ亡くなっていく……十歳の少年にはこれは衝撃でした。以来、反米とまではいきませんがずっと嫌米できています。アメリカ人には好きな人もいるけど国としては……。そのくせアメリカ文学は好きで、大学は英文科なんですがね。卒論はT・S・エリオットですが、むしろ（訳者の）西脇順三郎さんのファンだったんです。卒業後、自費出版で三百部の詩集を作ってお送りしたら、非常に丁寧なハガキをいただいたのに、何回か引っ越しているうちにそのハガキをなくしたのは痛恨ですね。

卒業したのは昭和三十四（一九五九）年ですけど、就職難の時代。文学部だから普通、新聞社を目指すわけですが、典型的な文学青年で時事英語が出来ないから、まず新聞社は無理だと。その前々年に河出書房が倒産していて、出版社も景気悪くて採用は厳しいかなと思っていたら、昭和三十三年の十二月かな、講談社が新聞広告を出して二次採用の募集をしたんです。二千何百人か応募してきて、僕は運良く採用されて二十四人のなかに入れました。それは『週刊現代』を創刊するんで人手が必要だったんです。秋に定期入社させたのでは足りそうにないからと、補充要員ですね。でも結果的にそのなかから出世をした人が四、五人いて、大村彦次郎さんが筆頭ですけど。

でも僕はまず『日本』という、月刊『現代』の前身になる雑誌に配属されて、取材でずいぶん地方を飛び回ったのは面白かったですね。最後のころ小田実《まこと》氏と日本じゅう歩いてルポルタージュをやっていたんで、小田さんがべ平連作るときに、「おまえも入れ。いろんな職業の奴がいたほうがいいから編集者も入るんだ」って言われて、僕はべ平連の創設メンバーの一人なんですよ。昭和四十年の四月二十四日、清水谷公園で決起集会やったときからのね。

——何度もお会いしているのに、そういう話はみんな初耳です。

白川 『日本』に七年いて『週刊現代』へ行ったんですが、一年半ぐらいしかいませんでした。『週刊現代』がすすめた会社の株価が上がると言われた時代で、清水一行さんがブレーンの一人だったおかげもあるんですが、『週刊現代』がいちばん部数が伸びた時期なんです。雑誌は売れるんだけど、労働条件は劣悪になる。編集長が例えば記者班を三つくらいに分けて、そこの班長、デスクですね、それを競わせる。一等賞が次期編集長です。隣の班にスクープされると、俺んとこ何かないのかよって、必死にデスクが点数を上げようと思って頑張るんですが、部下は堪らない。そのとき競わされたデスクの一人が、小学館で『週刊ポスト』の初代編集長になった荒木博さんですよ、自殺しましたが。こんな荒っぽい職場は僕の性に合わん、と思った。徹夜続きで血尿が出たんで近所の医者に行ったら、急性肝炎だったんですね。入院すれば一ケ月もかからないで治るんですけど、懇意なお医者さんに「重症だから半年、家で安静が必要だって診断書、書いてやるから」って言われて、後半は仮病ですよ（笑）。

講談社文庫は〝関わりござんせん〟

白川　半年も休むと、自動的に週刊誌の席はなくなります。すると、文芸第二出版部ってところが……第一出版部の純文学に対して、まあエンタテインメント路線ですよね。そこが引き取ってくれることになりました。それが昭和四十二年かなあ。ところが文学青年だったから、エンタテインメントはよく知らないんです。しかも、既成作家は担当がほとんど決まっていて、担当する作家がいない。隣に坐っていた人が、「俺はいま臨時に梶山（季之）番なんだけど、正規の担当じゃないから譲ってやるよ」と言うんで梶山さんのところへ挨拶に行ったら、あの人も広島育ちですからね、初対面から親切にしてもらって。私が文芸編集者としては駆け出しだと知ると、「じゃあ文芸編集者のイロハを教えてやるよ」って、まず文壇の三悪人は誰々って……いや、梶山さんが出した名前は言えません（笑）。ただ結局僕は雑誌じゃなくて単行本の担当者ですから、なかなか普段梶山さんに会う口実がないんで、梶山さんが仕事場にしていた都市センターホテルへ行って、「たまたま階下に来ているんで、十分ぐらいお邪魔していいですか」とフロントから内線で電話するんです。梶山さんは忙しくても嫌がらずに「上がって来いよ」って、行くとルームサービスでコーラ二本を取り寄せてくれて、お互いに手酌でサントリーオールドをコーラで割って。

梶山さんが『小説宝石』だったかな（正しくは『別冊アサヒ芸能』～『問題小説』。『小説宝石』のは別な連載）、毎月日本各地の女性を題材に書くのに苦労してらっしゃったころ、こないだ神戸行ったら面白いことありましてねなんて話がお役に立ったかどうか。とにかく僕は顔を見たら満足なんです。なかが和室になっているのを襖を閉めながら「失礼しました」って声を掛けると、梶山さんは「おお」って言いながらもう万年筆を原稿用紙に走らせている。あの流行作家ぶりのいちばん凄いところを見ましたね。

梶山さんと笹沢（左保）さんと、いろんなことを教わったのはそのお二人という気がしますね。笹沢さんは、ウチの出版部といま絶縁状態になってるんで、君は新米で、何も知りませんっていう顔をして行けば、ひょっとしたらヨリが戻るかもしれないって部長に言われて。そこで、「今度出版部に来ましたんで、ぜひ短篇集を一冊作らせていただけませんかね」って言いに行ったら、笹沢さんが「いやいや、短篇集なんて言わないで長篇書くよ」って。結局書下ろしは無理でしたが、『推理文学』というプロ作家の同人誌に掲載された「旅人の主題」というのを。このタイトルじゃあ売れそうにないから『傷だらけの放浪』と改題しましたがやっぱり売れなかった（笑）。

ともかくそれで付き合いが始まってすぐ、笹沢さんは股旅物を書き始めて大当りしたんですが、これまた雑誌の担当者ではないから、せめて資料提供なんかでお手伝い出来ればと神田の古本屋から、あの街道筋あたりの宿場の資料とか買い込んでは笹沢さんに持ち込みましてね。紋次郎は結局江戸に入れないので、あの周辺の街道の資料が必要だったんですね。

―― それは古本屋回りの趣味が役立ったわけですね。

白川 感謝はしてもらったんですが、木枯し紋次郎のテレビが始まってから、「おい、あんだけ人気あんのになんで本が売れないんだよ」って叱られる。長篇だと先のストーリーを知りたい視聴者が買ってくれるんですけど、一回一回完結だからですかねなんて、こっちも逃げ口上（笑）。

―― そのころ、角川文庫から『六本木心中』が昭和四十六年五月に出ています。紋次郎の第一回が雑誌に載った直後で、講談社文庫が創刊される直前です。紋次郎は講談社文庫に入ったことないですね。

白川　笹沢さん、それから鮎川（哲也）さんからも、角川文庫から話が来たときに講談社が文庫で出してくれるんだったら、角川は断るよって言ってくれたんですよ。それを文庫部長に通じたら、「うちじゃいらないよ」って（笑）。最初はそういう文庫だったんですね。笹沢さんが豪邸を建てる前でしたが。

――紋次郎御殿（笑）。

白川　その前は普通の二階建てで。あるとき先客で大坪直行さんが知らない青年と一緒に来ていて帰るところで、笹沢さんが「ちょっと直行《チヨツコウ》を送ってくるから、二階（の応接間）で待っててくれ」って言うので二階に上がったら、テーブルに角川文庫の刊行通知書が置いてあって見えてしまった。『六本木心中』初版二万部って。それから戻ってきた笹沢さんに、「大坪さんが連れてきたの誰ですか？」って訊いたら、「角川の次期社長だよ」って。春樹さんだったんですが、非常に初々しい感じでした。

――二万部っていうのは少ない感じですね。

白川　いや、そのころ文庫の部数はそんなものだったんじゃないですか。横溝（正史）さんの（角川に最初に入った）『八つ墓村』が出た翌月？　だから、春樹さんが部数をめったやたら上げる前ですからね。どうも記憶が曖昧です。昭和四十五、六年というと、私がいちばん忙しい時期ですね。その間に〈織田作之助全集〉（全八巻、七〇年）っていうのを一人で作っていますし、べ平連との付き合いもまだ続いていましたから。

どうやったら西村京太郎は売れる？

白川　いっぽうで、西村京太郎さんとの関係も始まってるし。当時は乱歩賞を獲っても売れるまでがなかなかでした。西村さんも総理府主催の「21世紀の日本」にも応募して当選して、賞金は五百万円で家が買えたくらいなんですが、総理府は別に本にはしてくれない。それが西村さんの最初の僕が作った本ですね、『太陽と砂』。昭和四十二年八月の刊行なんですか？　僕の記憶では、最初に担当した本は斎藤栄さんの『真夜中の意匠』（一九六七年十一月）なんですが、先に手を着けていたのがそっちだったんですかね。西村さんは『名探偵なんか怖くない』（七一年）から年一冊ずつくらい、お付き合いが続きました。（当時）隣の光文社では西村さんは海洋物をずっと書いていたんですが、カッパ・ノベルスで担当の尾崎（健三）さんと僕とが音羽通りで会うと、「どうやったら西村さんって売れるかねぇ」って二人で嘆息したもんです。

――今の売れっ子ぶりからは想像もつかない時代ですね。

白川　ミステリだけやってたわけじゃなくて、田中小実昌さんの初の小説集『上野娼妓隊』（一九六八年）や『姦淫問答』（六九年）を作りました。出版記念会の裏方もしましたが、ストリップ劇場を借りて、余興に蠟燭ショウをやったら、支配人にえらく怒られまして。舞台に蠟が残っていると、踊り子さんが滑って危険なんですね。記念会が終ってから一人で一所懸命、拭き取ったのも懐かしい思い出です。

僕が編集、単行本の編集やってたころっていうのは、言ってみればすべて過渡期というか……大衆小説が長谷川伸さんとか村上元三さんとか、海音寺潮五郎さんとか五味康祐さんとか、柴田錬三郎さんとかいう人々が、最盛期を過ぎて週刊誌連載で当ったやつがみんな終って、司馬（遼太郎）さんとか、ミステリで言えば（松本）清張さんがぐわーっと出てくる時代なんですねぇ。その後の赤川（次郎）さん西村さんっていう、いわゆる最近のああいうブームが来る前の過渡期であったわけですね。時代物のほうで言うと、池波正太郎さんと平岩弓枝さんがスターになってくるちょうどそのころですよね。

そうそう。（一九）七四年あたりに僕は渡辺剣次さんと出会うんですよ。それまで僕は、ミステリを担当してた割にはミステリの知識はそんなになかったんですね。そういうとき誰の紹介だったか、渡辺さんが総合雑誌（『創《つくる》』。伊勢省吾名義。渡辺氏が江戸川乱歩と共作した『十字路』の主人公名を借りた）で読み物ふうにミステリを紹介するエッセイを連載していて、本にしてくれないかと。僕自身がミステリの勉強になるから作りましょうって、それが『ミステリイ・カクテル』（七五年）です。渡辺さんが「ミステリの基本になるような古典を百冊ぐらいリストアップします

装丁・大沢昌助

から、暇があったら読んでください」って、とてもそんなに読めませんでしたが、渡辺さんがミステリの師匠であったわけです。すぐ亡くなりましたから、二年間だけの付き合いですけども。それでアンソロジーもやろうってことになって、『13の密室』を同時に出しました。アンソロジーの面白さってのを僕も初めて教わって。鮎川（哲也）さんと親しくなったのも、だからその関係なんですよ。

――鮎川さんの『戌神はなにを見たか』（七六年）も白川さんが担当された？

白川　いや、あれは鮎川係のMさんという人が。このかたはまだ健在らしいですが、蔵書家で、大衆小説では尾崎秀樹さんに匹敵するぐらいのものを持ってるそうなんですけども、こういう人は絶対コレクションを見せませんからね（笑）。吉川英治全集とか角田喜久雄全集を担当した人です。もう一人、山田風太郎全集や山手樹一郎全集を作ったKさんという人がいて、Mさんとは犬猿の仲でした。その二人の席がたまたま対面で、当時は内線電話が二人に一つしかなくて、両方の机の間にある電話が鳴って取ると自分あてじゃなかったら、黙って受話器を相手の目の前に放り投げるだけ（笑）。僕はMさんともKさんとも仲よくしていたら、部長に「君は八方美人だなあ」とあきれられました。確かにそうなんですけどね。

——渡辺剣次さんの13シリーズは、密室、暗号、凶器、続密室と四冊で渡辺さんが亡くなりましたが、全部で十三冊出る予定だったとか。そんなにテーマがありますか。

白川 まあ、密室だけで三、四冊、続凶器とかいう感じで、渡辺さんも最初から十三項目は作ってなかったんじゃないかって思いますけども。

船戸与一に小説を頼んで失敗か?!

白川 それからこれは僕の唯一の自慢話になりますけど、船戸与一と志水辰夫の小説デビューのきっかけを作っているんですよ。古い手帳を見ると、一九七五年八月十二日、船戸さんに初めて会っていますね。宮原《みやばら》安春さんって、当時『週刊ポスト』のアンカーをやってた友人がいまして、『ゴルゴ13』の原作を書いていた船戸さん（外浦《とのうら》吾朗名義）と小学館つながりで知っていて紹介してくれて、山の上ホテルで会ったんですよ。僕は『叛アメリカ史』っていうのを買って読んでいたんですが、その著者の豊浦志朗でもあるとそこで知りました。

――そこで広島以来の反アメリカが生きてくるんですね。

白川　ビール飲みながら、小説を書くように口説いたんです。「俺は小説を書いたことも書こうと思ったこともない」って言うけど、ゴルゴ13のストーリーに少しずつ肉づけしていけば小説になるんじゃないかと、いい加減な説得の仕方ですね（笑）。「俺はちょっと主義主張があるんで、そういうものを盛り込んでもいいものか？」って言うのに、「当り前じゃないですか。小説家ってみんなそうです」と答えたら、「とにかく百枚くらい書いてみるから」って、別れ際に。「これは脈があるな」と思ったけれど、待てど暮らせど原稿が来ない。一年待ったので、催促の電話をかけてもつながらない。そのころ若松孝二監督なんかと一緒にドキュメンタリーフィルム作るためにベイルートとか、あの辺に居たんですよ。それで手紙を出しておいたら、やっと電話がかかってきて、「俺は社交辞令で言われたもんだとばかり思ってた」って、とんでもない、本気ですよって言ったら、「分かりました。これからやります」って、ようやく百枚もらった。ただ、読んで「これは頼んだのは失敗だったかな」（笑）。なんせ最初から血がドバーッと部屋じゅうに飛び散るような描写なんで、これは凄まじいなと思って。

装丁・井上正篤

装丁・角田純男

——それがデビュー作『非合法員』（一九七九年三月）の冒頭の原型だったわけですね。

白川　結局書き上がる前に僕が文庫に異動になって後任にバトンタッチしたから、そこで相談して変えていったわけですけど、近いものは残っているでしょうね。

志水辰夫さんのほうもやはり同じころ、これまた私の友人増永（豪男）君の紹介で、広島の高校の同級生なんですけど、編集プロダクションを志水さんと一緒にやってたんですよ。その同級生と時々会ってるうちに「実は同僚が小説書いて持ち込んで回ってるんだけど、全然読んでもらえない」って言うので、じゃあ僕が読むからって。S社の編集者に預けてあったのを取り返しに行ったら、二百枚だかの彼の原稿が足で踏みつけられていたとか。

——それが『飢えて狼』（八一年八月）ですか？　初稿は千二百枚くらいあったと聞きますけど。

白川　そうなんですが、僕が読んだ二百枚はとにかく山のなかを逃げ回る場面だけが、延々と書いてあるわけですよ。しかしその描写力、文章力がすごいので、これはモノになるぞと完成させるよう勧めました。これも私が文芸第二にいるうちには間に合わなかったんですが、この二人がデビューする背中を押したのは、日本の冒険小説界にささやかな貢献をしたかなと。偶然にめぐり逢えた二人が活躍してくれて、僕のほうが勲章をもらったようなもんですが。

文庫編集は退屈？

白川　文庫に異動になったのは昭和五十一年の夏ぐらいです。ちょうど角川のいわゆるエンタテインメント攻勢で文庫の業界が変わり始めて、講談社文庫も今までみたいに岩波文庫のようなラインアップだけではやれないっていうことになっていて。スタッフにエンタテインメントをやれる編集者がいなかったこともあるんですよね。それで僕はミステリを主として、あの黒い背の、あれをどんどん作ったわけです。

――昭和五十年くらいから江戸川乱歩賞受賞作が入り始めていますね。推理・SFレーベルが黒背に統一されたのが五十二、三年で、ちょうどそのころですね。

白川　今まで単行本が小部数しか出せなくて困ってたのが、文庫は大部数の著者ばっかり。たぶん文庫で作家五十人くらい担当してたんだと思う。そのほとんどが大部数の人でしょ。ひと月の売り上げの八割ぐらいは僕一人の担当みたいな月があったりしてね、文庫の。無茶苦茶なバブルを味わった（笑）。いちばん極端なのは山岡荘八さんの『徳川家康』の文庫を私が途中から引き継いで、これが大河ドラマになったとき（昭和五十八年）なんかは、一回の重版が二十万部なんて言われて。全二十六巻をですよ。最終的に重版した分、ごっそり同じぐらい返本されてきて、結局赤字になったんじゃないかな（笑）。なんかほんとに浮いたり沈んだりで。ただ、文庫は本を作るという面白みは全く感じられなかった。やっぱりどうしても編集者ってのは一から本、作りたいじゃないですか。

――文庫オリジナルで何か作ろうとは思われなかったんですか。

白川　何冊か、やってます。田中小実昌さんがどうしても訳しておきたいのが三作あるというので、ハメット『血の収穫』、ジェームス・ケインの『郵便配達はいつも二度ベルを鳴らす』、ジョン・オハラの『親友《パル》・ジョーイ』を訳してもらいました。あと、金井美恵子さんの詩集で『春の画の館』というのを、『ビリチスの歌』みたいに全部緑のインクで刷りたいと企画したんですが、営業に大反対されて却下されました。

黒背で統一された推理・SFレーベル

――そろそろ〈大衆文学館〉の話をお願いします。

白川　会社を辞める前に……というか定年まであと三年くらいってときに、最後に何をやろうかって考えてたんですよ。生涯一現場というのがモットーだったので。そしたら、この間亡くなっちゃったけど年下の友人・小田島雅和さん、それから同期ですけど上司になってた宍戸芳夫さん。この二人が、大衆文学の名作を文庫で保存

装丁・菊地信義

するのがいいんじゃない？　ってアドバイスしてくれて。それで、当時売り出し始めていた縄田一男さんと、北上次郎さんにアドバイザーをお願いしました。そのときわれわれ、宍戸・小田島・私の共通の意見として、ちゃんとした解題解説を入れよう、解説と称して単なる推薦文でしかないものでなくて。それで巻末エッセイと解題解説に分けて両方つけて……なるべくなら若手の評論家を育てたいというのもありましたから、縄田さんに四、五人推薦してもらったり。いっぽうデザインも、宍戸さん自身が大泉拓という別名で装丁家でもあって、そういう方面にうるさいので、造本にも凝りました。コピーライターとしても一流で、ところどころ文字を大きくして強調するところなんかもね、全部彼がフォーマットを作って、文章も書いてくれたんです。宍戸さんが菊地信義さんと親しくて相談したら、菊地さんがカバーの紙もちょっと変わったの使おうよって、王子製紙に紙の開発から発注しました。これがまた高くついて（笑）。それから解説もいくら長くても構わないって頼んじゃったから、原稿料もかかる。著作権の切れている作家にも御遺族に挨拶して十万円ずつお払いしましたし。

――部数を半分にして値段を倍にするという、文芸文庫の大衆文学版というコンセプトではありましたよね。三百ページ足らずで七百円くらい……アンケートのハガキで、「今の値段が限界です。頼むからこれ以上高くしないでくれ」とかいうのが来たとかお聞きしましたが。

白川 そんなこともありました。あと白井喬二の『新撰組』買ったら、全然新撰組の話じゃないじゃないかって。仙台かどっかの女子高校生なんですよ。沖田総司とかそういうのファンなんでしょうねえ。小遣いをはたいて買ったのにぃとか延々と書いてあって可哀想だから(笑)、送り返してもらって代金を返してあげました。まあ逆に、非常に玄人受けはしたんですけど。

――売れ行きは厳しかった。いちばん売れたのは(国枝史郎の)『神州纐纈城』ですか。

白川 やっぱりそうですね。国枝さんと、それから(山田)風太郎さんですね。個人的には、大佛(次郎)さんの現代物とか、川口松太郎さんの人情物とかが売れて欲しかったんですけど。川口さんの『人情馬鹿物語』は久世光彦《てるひこ》さんが大絶賛してくれたんですけど、あんまり売れなかったですねぇ。

――最初から全百冊という構想だったんですか。

白川 第一期が百巻。成績が良ければ二期、三期とやろうって、壮大な計画だったんですが、百冊で撤退しました。最初の百冊は一応、仮に決めてあったんですが、営業からこれはちょっととか言われて変えたり、流動的でした。一九九六年の十二月に退社していますから、僕がやったのは七十冊目くらいまでということになりますね。会社にいる間に、最後まで気になってる、お世話になった作家のものを自分で作っておきたいというので、梶山さんと鮎川さん、中薗（英助）さん、多岐川（恭）さんとか……、そのへんを慌ててやったんですよ。

―― それで六十冊目くらいからミステリが集中して出てるんですね。多岐川さんの『濡れた心／異郷の帆』は最終巻ですが。最初のころは時代小説が多い。これは入れておきたかったなあ、という心残りはありますか。

白川 佐藤春夫の『維納《ウィーン》の殺人容疑者』は、舞台が外国ですけど、日本の法廷小説の先駆けなんでやりたかったですね。佐藤春夫は純文学だろう、大衆文学扱いはけしからんという上司がいて。のちに文芸文庫に入りました。あと、僕が育ったところの隣の町ってのが毛利元就の出身地だったこともあって、榊山潤の『毛利元就』を入れたかったんですよ。谷崎潤一郎だとか、挙げればきりがないですけど。とにかく億以上の赤字を出したって嫌な顔されましたが、私の編集者の最後はこんな結末だったなと思って。

―― でも、今〈大衆文学館〉の人気は高くて、探している人は多いですよ。

白川 いやいや、時代が良かったんです。そういうことが許された。今だったら出来ませんね、企画を出しても。

（二〇〇九年十月九日、飯田橋ホテルエドモントにて）

〈大衆文学館〉刊行書籍一覧

001	股旅新八景	長谷川伸	1995.03
002	神州纐纈城	国枝史郎	1995.03
003	新撰組 上	白井喬二	1995.03
004	新撰組 下	白井喬二	1995.03
005	仇討二十一話	直木三十五	1995.03
006	冬の紳士	大佛次郎	1995.03
007	奇想小説集	山田風太郎	1995.03
008	半七捕物帳	岡本綺堂	1995.05
009	貝殻一平 上	吉川英治	1995.05
010	貝殻一平 下	吉川英治	1995.05
011	行きゆきて峠あり 上	子母澤寛	1995.06
012	行きゆきて峠あり 下	子母澤寛	1995.06
013	明智小五郎全集	江戸川乱歩	1995.06
014	雪之丞変化 上	三上於菟吉	1995.07
015	雪之丞変化 下	三上於菟吉	1995.07
016	スポーツマン一刀斎	五味康祐	1995.07
017	佐々木小次郎 上	村上元三	1995.08
018	佐々木小次郎 下	村上元三	1995.08
019	怪異雛人形	角田喜久雄	1995.08
020	鷲の歌 上	海音寺潮五郎	1995.09
021	鷲の歌 下	海音寺潮五郎	1995.09
022	戦国史記　斎藤道三	中山義秀	1995.09
023	美男狩 上	野村胡堂	1995.10
024	美男狩 下	野村胡堂	1995.10
025	人情馬鹿物語	川口松太郎	1995.10
026	妖説太閤記 上	山田風太郎	1995.11
027	妖説太閤記 下	山田風太郎	1995.11
028	安宅家の人々	吉屋信子	1995.11
029	夢介千両みやげ 上	山手樹一郎	1995.12
030	夢介千両みやげ 下	山手樹一郎	1995.12
031	成吉思汗の後宮《ゼナーナ・ジンギスカン》	小栗虫太郎	1995.12
032	お吟さま	今東光	1996.01
033	花と龍 上	火野葦平	1996.01
034	花と龍 下	火野葦平	1996.01
035	蠅男	海野十三	1996.02
036	箱根山	獅子文六	1996.02

037	仇討小説全集	菊池寛	1996.02
038	丹下左膳　乾雲坤竜の巻 上	林不忘	1996.03
039	髑髏検校	横溝正史	1996.03
040	白昼堂々	結城昌治	1996.03
041	丹下左膳　乾雲坤竜の巻 下	林不忘	1996.04
042	姿三四郎　天の巻	富田常雄	1996.04
043	八ケ岳の魔神	国枝史郎	1996.04
044	姿三四郎　地の巻	富田常雄	1996.05
045	わが恋せし淀君	南條範夫	1996.05
046	うそ八万騎	尾崎士郎	1996.05
047	姿三四郎　人の巻	富田常雄	1996.06
048	棺の中の悦楽	山田風太郎	1996.06
049	銭形平次　青春篇	野村胡堂	1996.06
050	ガラマサどん	佐々木邦	1996.07
051	彩色江戸切絵図	松本清張	1996.07
052	石川五右衛門 上	檀一雄	1996.07
053	石川五右衛門 下	檀一雄	1996.08
054	霧笛 / 花火の街	大佛次郎	1996.08
055	ミイラ志願	高木彬光	1996.08
056	荒木又右衛門 上	長谷川伸	1996.09
057	絵本猿飛佐助	林芙美子	1996.09
058	見かえり峠の落日	笹沢左保	1996.09
059	荒木又右衛門 下	長谷川伸	1996.10
060	密航定期便	中薗英助	1996.10
061	猫は知っていた	仁木悦子	1996.10
062	ペトロフ事件	鮎川哲也	1996.11
063	ハイカラ右京探偵全集	日影丈吉	1996.11
064	お伝地獄 上	邦枝完二	1996.11
065	お伝地獄 下	邦枝完二	1996.12
066	影の凶器	梶山季之	1996.12
067	蔦葛木曽棧 上	国枝史郎	1996.12
068	蔦葛木曽棧 下	国枝史郎	1997.01
069	大いなる幻影／猟人日記	戸川昌子	1997.01
070	砂絵呪縛 上	土師清二	1997.01
071	砂絵呪縛 下	土師清二	1997.02
072	小笠原壱岐守	佐々木味津三	1997.02
073	奇想ミステリ集	山田風太郎	1997.02

074	異常の門	柴田錬三郎	1997.03
075	半七捕物帳 続	岡本綺堂	1997.03
076	南国太平記 上	直木三十五	1997.03
077	南国太平記 下	直木三十五	1997.04
078	深夜の市長	海野十三	1997.04
079	悲願千人斬 上	下村悦夫	1997.04
080	悲願千人斬 下	下村悦夫	1997.05
081	赤い殺意／罪な女	藤原審爾	1997.05
082	真説・鉄仮面	久生十蘭	1997.05
083	海鰻荘奇談	香山滋	1997.06
084	忍者 枯葉塔九郎	山田風太郎	1997.06
085	お登勢 上	船山馨	1997.06
086	お登勢 下	船山馨	1997.07
087	枯草の根／炎に絵を	陳舜臣	1997.07
088	猫の舌に釘をうて／三重露出	都筑道夫	1997.07
089	世界怪奇実話	牧逸馬	1997.08
090	紅刷り江戸噂	松本清張	1997.08
091	忍法甲州路	山田風太郎	1997.08
092	江戸城心中	吉川英治	1997.09
093	龍神丸／豹の眼	高垣眸	1997.09
094	侍ニッポン	群司次郎正	1997.09
095	伯林──一八八八年／次郎長開化事件簿	海渡英祐	1997.10
096	ああ玉杯に花うけて／少年賛歌	佐藤紅緑	1997.10
097	髑髏銭	角田喜久雄	1997.10
098	光とその影／決闘	木々高太郎	1997.11
099	しぐれ茶屋おりく	川口松太郎	1997.11
100	濡れた心／異郷の帆	多岐川恭	1997.11

〈新潮ミステリー倶楽部〉船戸与一『蝦夷地別件』に残された指紋の謎

佐藤誠一郎◉新潮社

さとう　せいいちろう●昭和30（1955）年、岡山県生まれ。東大国文科卒業後、新潮社に入社以来、現在まで編集業務に携わる。〈新潮ミステリー倶楽部〉、日本推理サスペンス大賞、〈新潮書下ろしエンターテインメント〉などを立ち上げ、当時ノベルス主流だった国産ミステリのハードカバー興隆を盛り立てた。現在、編集委員。

幻に終った革装『デキゴトロジー』

―― 例によって人定尋問です（笑）。まずは入社のいきさつから。

佐藤 東大の大学院で国文学を専攻していたんですが、大学院に入る前に結婚しておりましてね。しかも子供が出来てしまって、これはもう就職しないわけにはいかない。私は一九五五年生まれですから、そのころちょうど不況で就職難だったんですよ、一九七八年当時。ともかく見境なく入社試験を受けたのが、三菱電機、小西六、それから読売新聞、平凡社ですね。あとはＮＨＫか。

―― もともとジャーナリズム志向だったわけですか。

佐藤 いえ、給料が良さそうだったから（笑）。それ全部落っこちて新潮社だけ、なぜか受かった。理由があるとしたら、〈新潮日本古典集成〉のスタッフも求めていたんで、その枠というのが一人分あったんですね。

―― 東大国文科だから、すごく出来るだろうと。

佐藤　勝手に誤解してくれたのかな？　でも、そういう日本古典の面白さに目覚めたのは、その仕事をやってからですね。特に面白かったのが『東海道四谷怪談』（新潮日本古典集成版は一九八一年）。まず作品がすごいでしょ、劇作品としては分裂したりしてますけど、鶴屋南北っていう人間の持ってる才能がきらきらしていて。

――こいつはなかなか書けるやつだなと（笑）。

佐藤　そう思いましたね（笑）。これはすごく勉強になりました。ずっとあとで京極（夏彦）さんの『嗤う伊右衛門』が出たとき、京極さんがこっそり仕掛けた部分なんかも、ここのところは俺にしか分からないぞっていうところが密かにありましたから。京極さんのすごさも。

――その〈新潮日本古典集成〉の仕事は何年くらい？

佐藤　それは五年ほどですね。〈日本古典集成〉編集部というのは独立した部署というより、出版部のなかの一部門だったわけですけど、今度は同じ出版部でも違う仕事をやるようになったというだけですがね。文芸書専門でもなく、ノンフィクション、新潮選書もいっぱい作りました。だから何でも屋ですよ、基本的に。野田秀樹さんや糸井重里さんに小説（前者は八三年『当り屋ケンちゃん』、後者は八六年『家族解散』）を書いてもらったりもしました。編集者生活で初めてヒットが打てたのが、『週刊朝日』の連載コラム『デキゴトロジー』（vol.1は八三年）。あれをまとめて出したんですよ。これは良く売れました。あれは六、七冊（No.7～12は文庫オリジナル）作ったんじゃないかな？

「デキゴトロジー」といっても若い読者はご存じあるまいが、新聞に載らないようなB級ニュースを毎週ミニ特集するものであった。私も一回だけ採用されたのを記憶によって再現すると――泥酔したI君は駅まで帰り着いたものの、自宅まで歩くのがかったるくなって、駅前の放置自転車を一台拝借してギコギコ。ところがパトロールの警官に呼び止められた。ライトが点かなかったのである。まずい、これは〝酔っ払った振りをするしかない〟と酔った頭で考え、「な～んだ、ヤマダじゃないか、どうしたんだよ～」と警官に抱きつき、プロレスの技で畑にたたき込んで逃走した。警官は自分の不始末を報告しなかったのか、その後おとがめはなかったという。

ところで新潮社では、十万部以上刷った単行本を四冊革装本に作って、一冊を社内に永久保存する。

――じゃあ、ここ（新潮社応接室）に『デキゴトロジー』の革装本もあります？

佐藤　いや、『デキゴトロジー』は第1巻が九万八千部かなんかで（惜しい！）、2が六万ぐらい、3が四万五千部とか、だんだん減っていきましたから。それでも文庫になって総計二百三十万部とか売れたって。それが私の最初の成果ですね。その次に大きなヒットっていうのは『人麻呂の暗号』（八九年）、藤村由加の。あれは四十三万部だったかな、ここ（革装本の本棚）に入ってますよ。どうしてあの本を書いてもらったかというと、私はだいたいご存じのように、日本ていうのはあまり好きではないので。

――ご存じではないですよ（笑）。なぜ嫌いなんですか。

佐藤　日本が嫌いというより、外人が好きなんですよ。だから駅で切符を買えずに困ってたりするのを見ると、近づいて行って、どこまで行くんですかと。ついでに一緒に電車に乗って、ちょっとビールでも飲みに行きませんかというような、そういう人なんですよ。

――それは相当ヘンな日本人ですね（笑）。

佐藤　で、藤村由加さんたち（合同ペンネーム）がやってた仕事っていうのが、万葉集は漢字で書かれているけど、この読み方っていうのは中国読みもあるし、韓国語もあるし、それで読んでみると、やや恣意的な読み方もあるでしょうけど、こういう意味に解釈できると。それで人麻呂は時の政権に疎まれて死に追いやられたのが、和歌を読み解くことで後付けられるというような作品なんですよ。万葉集の読み方をまるきり変えたんですね。だから万葉集に関して言えば、漢字文化圏の人たちの、今昔の音《おん》の違いとかをね、ちゃんと把握してる日本の学者がいないために、『人麻呂の暗号』は学界には無視されましたね。

――というか、トンデモ本扱い。

佐藤　めちゃくちゃ腹立ちましたね。お前ら語学の勉強が足りないだろうと。日本の上代文学をやってる人間、平安以後はまだいいですよ、それ以前のものをやってる人間がなんで中国語と韓国語を勉強しないんですかね。信じられないです

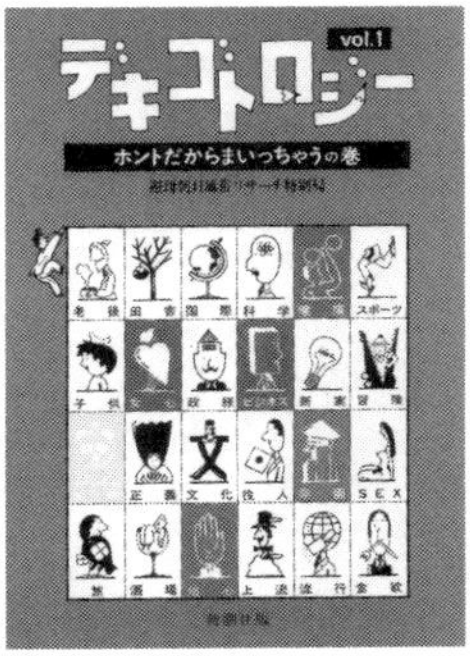

装丁・平松尚樹

よ。アメリカの学者なら考えられません。彼らはラテン語とか出来ますから。

ベルリン、一九八八年

佐藤　ちょうどその前あたりから、日本のミステリ界にどんどん新しい才能が出てきて、国際競争力をつけてきたなという感じがしていたんですよね。井上淳《きよし》さんがサントリーミステリー大賞で読者賞を獲ったの（八四年『懐かしき友へ―オールド・フレンズ』）を読んで、おお、すっげえ、日本人が一人も出てこない。これはまるっきり外国作家じゃん、とか。

――日本人嫌いの佐藤さんの琴線に触れたわけですね（笑）。そこから〈新潮ミステリー倶楽部〉につながってくる……

佐藤　いちばん影響を受けたのが、講談社の〈推理特別書下ろし〉（八六～八八年）ですね。

昭和五十（一九七五）年前後にも佐野洋、森村誠一らの〈推理特別書下し〉が出ているが、昭和六十年代の顔触れは、井沢元彦、内田康夫、栗本薫、高橋克彦、北方謙三、中津文彦、岡嶋二人、志水辰夫、笠井潔、島田荘司、船戸与一、赤川次郎、連城三紀彦。作品は『北斎殺人事件』『そして扉が閉ざされた』『オンリィ・イエスタデイ』『復讐の白き荒野』『異邦の騎士』『伝説なき地』『黄昏のベルリン』などであった。綾辻行人はじめ新本格擡頭の前夜、ノベルスが頭打ちになりかかっていた時代に、力の入ったハードカバーは好評を博したものだ。そしてその第二期（八九年）、創業80周年記念の第三期（八九〜九〇年）が出、これに東京創元社の〈鮎川哲也と十三の謎〉（八八〜八九年）、〈TOKUMA冒険&推理特別書下し〉（九〇〜九二年）、〈日経エコノミステリー〉（九〇〜九一年）、〈ハヤカワ・ミステリワールド〉（九二年〜現在）などが加わってハードカバー叢書全盛を迎える。

佐藤　〈新潮ミステリー倶楽部〉が始まるのが一九八八年。講談社のその書下ろしシリーズを見て、こんなにレベルの高いものが日本で書下ろしで刊行されるようになったんだと、ちょっと驚いたし胸躍るところがあって、これはわしもやろうと思ったんですけど。でも新潮社っていうのはそういうのをやる下地が、ご存じのようにありませんでしたから。「ミステリやりたい編集者集まれー」って言ってもなかなか、誰もいないというような状況だったんですね。〈ミステリー倶楽部〉を始めるにあたっては、苦難の二、三年……二年くらいはかかったんじゃないですかねえ。ミステリが好きな重役が一人いて後押ししてくれたし、営業の若い連中も協力してくれましたがね。一緒に合宿したり。〈ミステリー倶楽部〉を作るために下準備合宿っていうのを、二度ぐらい。みんないろいろ読んできて、これ面白かったからこの人に依頼しようとか、こういうジャンルが好きだから、書ける人いないかなんて。

とにかくやりたいという思いが先行して、当時いろんな作家さんに声を掛けていますね。〈ミステリー倶楽部〉の第一回配本に佐々木譲さんが入ってくるわけですけども、今ほど知名度はなかったけど、ものすごく上手い人だなと思ってましたし、この人の持っている抒情性には感服するところがありました。それで、忘れもしない羽田東急ホテルですよ。これから札幌に帰るんだけど、その前に打合せしたいと言うんで飛んで行ったら、『ベルリン飛行指令』のもう完璧な見取図が出来てるんですよ。まず「零戦がベルリンに飛んだら面白いでしょ」って言われて、「それは面白いけど、どうやって飛ばせます?」と訊くと、その具体状況をね、一九四〇年九月に三国同盟が出来て、四一年十二月に太平洋戦争の開戦ですけども、その年の九月にドイツがモスクワで大敗していると、こう年表が出来てるんですよ。そこで、開戦前にベルリンに零戦を飛ばして、その長い航続力を生かした技術をドイツが欲しがった、という設定にしようという構想を聞いて、いやぁもう、この人すごいなと思いました。それ即いきましょうと言ったら、すごく早く書いてくれましたね。それが佐々木さんの第二次世界大戦三部作につながってゆくわけですね。

〈新潮ミステリー倶楽部〉第一回配本の一冊、佐々木譲『ベルリン飛行指令』
装丁・平野甲賀
装画・滝野晴夫

——同じころ、日本推理サスペンス大賞が始まってますでしょ。

佐藤　一九八八年というのはね、第一回の推理サスペンス大賞の選考会が八月三十一日なんですよ（優秀作の乃南アサ『幸福な朝食』は翌年に刊行）。それで十月の二十五日かな、〈ミステリー倶楽部〉の第一回、四冊同時配本。そして、宝島社（当時ＪＩＣＣ出版局）が『このミステリーがすごい！』を初めて出したのが、なんとその年の暮れなんですよ。一九八八年っていうのはなかなか奇しき年だったなあと。

――　翌年が平成元年だということも、まさに時代の変わり目という感じですね。

その『このミス』初回ベストテンで『ベルリン飛行指令』は第四位、第三位が講談社〈推理特別書下ろし〉の連城三紀彦『黄昏のベルリン』。ベルリン激突の年でもあった。ちなみに第一位は船戸与一『伝説なき地』、第二位は原尞『そして夜は甦る』。

こんな天才たちに出会った

――　日本推理サスペンス大賞と〈新潮ミステリー倶楽部〉とでは、企画としてはどちらが先に出来たんですか。

佐藤　どっちだったかなぁ。特に連動させたということはないんです。日本推理サスペンス大賞は日本テレビ主催、新潮社協力という賞ですが、確かその前にＭＢＳ（毎日放送）からなんかも話があったはずなんですよね。あの当時、日本じゅうお金が余りまくってたので、一千万円ぐらい賞金出して募集して、ドラマも作ろうよっていう話がけっこうあったんですね。

——バブル経済時代（一九八六〜九一年）ですもんね。サントリーミステリー大賞が賞金五百万っていうので、みんな目を剝いてたころですよ。

佐藤　そうそう。だから、どうせなら一千万だよという話になったのが、日テレさんが開局三十五周年で、一千万の賞打ち立てます、みたいに具体化してきたことと、新潮社が出版を引き受けるような機運と、たまたまうまく嚙み合ったんですね。日テレの島村正敏さん（故人）という人が、またすごくミステリの好きな人で。

　推理サスペンス大賞の翌年には日本ファンタジーノベル大賞も始まっています（第一回受賞作の刊行は同年）。ですから当時、新潮社はずいぶんエンタテインメントに力を入れてきたなという印象は与えたかと思いますね。

——日本推理サスペンス大賞で、いちばん印象に残っているのはどんなことでしょう？

佐藤　やはり、女性作家たちのすごさ、っていうのに衝撃を受けましたね。それまで僕は、女性の作品はどっちかっていうと苦手でしたから。そこで初めの三回がずっと女性でしょ。乃南（アサ）さん、宮部（みゆき）さん、髙村（薫）さんと。今、こんなになってんのかよと思いましたね、時代は。こういう人たちに出会っちゃうっていうのは、まあ、運命だよなって感じですよね。
　髙村さんは（受賞作の）『黄金を抱いて翔べ』が最初ではなくて、その前の第二回に『リヴィエラを撃て』の原型が投稿されていますよね。僕はちょうど組合の集会をやってるとき、その応募原稿を読み始めたんです。途中で、うわぁすげぇ人、出たよって隣に坐ってた女性社員に言った覚えがありますね。ただね、次の瞬間、あれ、これはネタ本があるんじゃないかしら、と。ネタ本でもないと、こんなディティール書けないよって。でも仮に英語かなんかでネタ本があったとしても、それをこの日本語で書いたとすれば、それはそれですごいんじゃないか。結局ネタ本なんてなかったんですがね。まあ、『リヴィエラを撃て』では落ちましたけど。（選考委員の）椎名（誠）さんが五点か零点！　っておっしゃった椿事もありまして。

――五点満点の五点か零点。

佐藤　ただそのときから、『リヴィエラを撃て』はどうにかして改稿して出そうっていうふうに腹は固めてましたけど。

装丁・平野甲賀
新潮社装幀室
装画・浅野隆広

装丁・平野甲賀

それで〈新潮ミステリー倶楽部〉のなかでも思い入れの深い一冊ですね。そのためにも、次回はこの人に受賞してもらいたいなって希望がありまして、御本人に次は日本を舞台にして応募してくださいって、それで『黄金を抱いて翔べ』が出来てきたんですね。

――いくら佐藤さんが日本が嫌いでも（笑）。

佐藤　日本推理サスペンス大賞は七回で終ったんですが、髙村さん以後で印象深いのは天童（荒太）さんですね。これは受賞作（第六回優秀作）の『孤独の歌声』（九四年）よりも、〈ミステリー倶楽部〉に書いてもらった『家族狩り』（九五年）ですね。天童さんってあの、風貌から受ける印象としてね、あそこまでエグいことを書く人だって思わなかっただけに衝撃的でした。天才っていうのはこういうものだ、と思った一人ですね。

ボンカレーの匂う原稿

〈ミステリー倶楽部〉は調べてみると七十点、髙村薫『神の火』が初刊（九一年）と改稿版（九六年）の二バージョンあり、船戸与一『蝦夷地別件』（九五年）が上下巻なので総計七十二冊、刊行されている。

推理小説の書下ろし叢書でこれほど規模の大きいものはほかにない。

【単行本付記】東京創元社の〈ミステリ・フロンティア〉が二〇一四年までで、雑誌掲載作品を入れた短篇集も含まれるが書下ろし長篇中心で既刊八十二冊、これが最大になるだろう。

佐藤 ここまで続いたのは、〈ミステリー倶楽部〉の専従編集部が出来るとか、それが解散したりしてないからですよ(笑)。つまり出版部の片隅で細々とやらざるをえなかったのが幸いしたっていうことじゃないですかねぇ。

――これは全部、佐藤さんが担当なさった?

佐藤 何冊かは別に担当者がいましたけど、ほとんど僕が担当しています。あ、最後のほうは違いますね。小川勝己さんの『撓田村事件《しおなだむら》』(二〇〇二年)などなど、これは新井久幸、いま『小説新潮』の編集長になりましたけど。彼が後ろのほうは、けっこう担当してくれてるんですけどね。とにかく、六十冊くらいはやってると思いますけど。

皆さんが、直木賞を獲られたり、山本(周五郎)賞を獲られたりっていうことが度重なって、それはそれでめでたいんですが、忙しくなると書下ろしはしんどいぞっていうことになっていくんですね。

――週刊誌連載がみんなミステリっていう時代になっていきますからね。

佐藤 そうなんですよ。ですから書下ろし全盛時代っていうのは他社も含めて、どうでしょう、

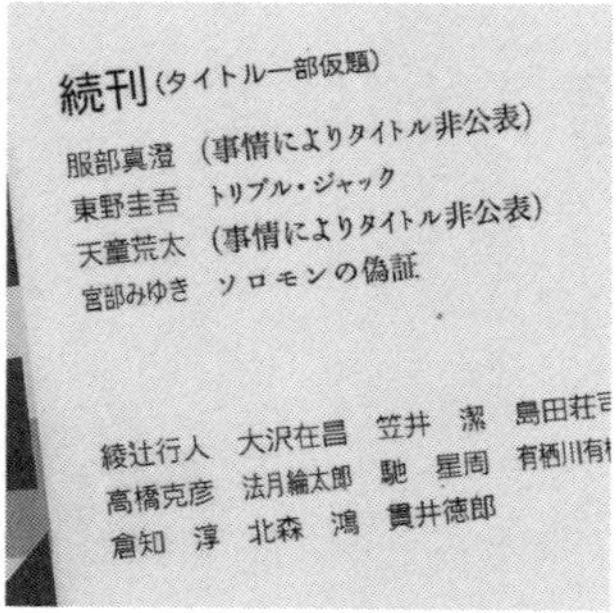

『撓田村事件』のカバー袖予告の豪華執筆陣

九〇年代の半ばに終ったんじゃないでしょうかねえ。綾辻（行人）さんの『霧越邸殺人事件』が出たのはいつごろでしたっけ？

――これは早いですよ、九〇年ですね。新本格系の人はあまり週刊誌から頼まれないですが。週刊誌で読んだって分からない、何ケ月も前に伏線を張られても（笑）。そういえば、〈新潮ミステリー倶楽部〉には新本格系の作家が少ないですよね。

佐藤　しまいのほうに、新井君がいくつか。僕はどちらかというと、アタマが粗雑に出来ているので、本格が苦手だったせいですかね。でも、綾辻さんの館シリーズの初期のものを読んで、あ、すごい人が現れたもんだなと思って、『霧越邸』をお願いしたんでした。それで、〈新潮ミステリー倶楽部〉は新本格界にも貢献できたかなと。

――結局この『撓田村事件』が最終巻になったんですが、カバー袖にまだ続刊予告が載っていて、そこにはけっこう新本格系やその先達の人が挙がっていますね。『ソロモンの偽証』はほとんど同時に連載が始まっているので、書下ろしは諦めたらしい。ほかに、思い出深い作品というと……

佐藤　由良三郎先生、もう亡くなりましたけど、本当に人柄の好いかたで、僕の大好きな人ですけど、『完全犯罪研究室』ってね。もちろん御本人が書きたいものを書いていただくんですけど、ここはこういうシーンがあったほうが……と申し上げると、「うん、そうだね」って言ってくださるんだけど、御高齢なんで、打てば響くというわけには……。で、僕が下書きしてゲラに組み込んで、御存分に直してくださいって渡したら、ほとんど手が入ってない部分もあった。僕は先生がこれを全部御自分でやったつもりになってくださったと、自分は完璧に黒衣《くろご》をやりおおせたと思っていたんですけど、出来上がった本にサインしてくださった、そこに書き添えてある言葉が、「これは君との合作みたいなものだね。ハハハ」と。思わず顔色を失いましたね。

——バレテーラ、と（笑）。

佐藤　それから『蝦夷地別件』を挙げましょう。これは船戸さんに敬意を表して。大作では藤田（宜永）さんの『鋼鉄の騎士』も思い出深いんですが。飛行機のなかとか電車のなかで読まれてるのを、三回くらい目撃しました。そういう経験は普通ないんですが。鋼鉄の弁当箱と呼ばれるくらい厚くて、あんな本、ほかにないから、すぐ分かるんですね。

船戸さんにもいろいろ注文つけたんですよ。でも一切言うことを聞いてくれない。「お前の言うことも分からないでもない。が、わしは直さん」と（笑）。なんじゃそりゃっていうので、これが思い出深い。原稿用紙に鉛筆の手書きで来るんですよ。消しゴムのカスだらけで、ところどころで絶対ボンカレー食ってるなと。それで僕は「不健康な生活をこの人に強いてしまってるなぁ」と反省しましたけど。ボンカレーの匂いがするんですよ、原稿から。

――カレーはカレーでも、ボンカレーとまで特定できるんですか。

佐藤　特定できます。あれは絶対ボンカレーです。家庭でも店でも作ったカレーじゃない。それから、〈ミステリー倶楽部〉は全部、背のところに著者の指紋が入るでしょ？

――あれは装丁の平野甲賀さんのアイデアだと聞きました。だからオビのは平野さんの指紋だって。

佐藤　カバーのはみんな著者御本人の指紋なんですがね。ところが、船戸さんは「俺は筋モンだからお前の指紋でも入れとけ」って。「俺はこれ（指紋押捺）は何遍もやらされたから、もうやりたくない」って、仕方ないから『蝦夷地別件』には私の指紋を捺しました。

――押捺拒否が一件だけあったんですね。

佐藤　船戸さんらしいでしょ。

『蝦夷地別件』カバーの指紋は実は…⁉
装丁・平野甲賀＋新潮社装幀室
装画・原 雅幸

ミステリのあとに来るもの

佐藤　九〇年代半ば、ミステリの書下ろしが頼みにくくなったころ、そろそろオビにミステリとか仰々しく書く時代でもなくなってきたということもありましてね。そこで僕は〈新潮書下ろしエンターテインメント〉っていう、もう一つのシリーズを立ち上げるんですね。その初期に出したものに坂東眞砂子さんの『山妣《やまはは》』（九六年）があって、これが直木賞獲るんですよね。幸先いいぞ、みたいなことがあって。そのあとを見ていきますと、北村（薫）さんの『スキップ』（九五年）はまだ〈書下ろしエンターテインメント〉が出来る前ですが、『ターン』（九七年）、『リセット』（二〇〇一年）。《時と人》の三部作っていうふうにして、ミステリとかファンタジーとかいう言い方は注意深く避けました。だからそういう意味で何の色もない、エンタテインメント路線を作ったのがこの時期ですね。帚木蓬生さんの『逃亡』（九七年）も、小野不由美さんの『屍鬼』（九八年）も、その流れのなかで出したわけです。このころになると、僕は次長とかやってますから、直接担当しておりませんが。（担当したのは）帚木さんと小池（真理子）さんですね。小池さんの『欲望』とか。作者はどう考えるか知りませんが、僕は『欲望』が小池さんの最高傑作だったと今でも思っています。

――〈新潮書下ろしエンターテインメント〉って、オビと、ほかの本の巻末広告に書いてあるだけじゃないですか。誰も気づいてないですよ（笑）。

佐藤 だけど一応シリーズとしておくほうが、直木賞とかロングセラー作品があると、書店さんがほかの〈新潮書下ろしエンターテインメント〉も一緒に常備してくれる場合もあるので、そこは有利に働いたはずですけどね。僕は、叢書を立ち上げたりするのが大好きな人間なんですよ。続いて〈新潮エンターテインメント倶楽部SS〉なる長ったらしい名称の短篇集のシリーズを始めています。これは大沢（在昌）さんの『らんぼう』（九八年）を出すというのが、そもそもの発想だったんですが。

賞もけっこうたくさん作ってるんですよ。最初の日本推理サスペンス大賞は、校條《めんじょう》（剛）さんと一緒に動いて作ったんですけど、七年で潰えて、その後新潮ミステリー倶楽部賞になるわけですね。そのあとに、幻冬舎とテレビ朝日とタイアップしてのホラーサスペンス大賞。これも短命に終わりましたけど（笑）。それから、R－18文学賞。新潮社の女性陣がいろいろ動いて作る、女による女のための賞というのですが、これが四つ目。それから今新潮が持ってるのは新潮エンターテインメント大賞。最後の二つは、僕が中心というわけでもないんだけど。

ただ、やっぱりインフラを作らないと駄目だ、という想いは常にあるんですね。だからまた叢書もやりたいんですね。単行本では出せない新人も出せたりするから。作家というのは、まあ必ずしもとは言えないけど、化けるものですよね。その化ける瞬間を見る、こんなに楽しいことはないので。そういう意味で、新人から伴走する面白さは何物にも代えがたいですね。それで僕が思うようになったのは、新人に何を求めればいいちばん伸びるかということですね。それはミステリ的な謎、殺人事件じゃなくても全然いいんだけど、謎が提示されて、小さな謎が解決しつつあるときに、別のより大きな謎がわいてきて、それが一つのロジックの流れによって閉じていくと。そういうことを構築できる能力があれば、最終的には化けるはずだという確信に至ったのですね。ともかくミステリの手法でやってみることがいちばん作家を化けさせる方程式であると、編集者三十年の経験が導き出したということで、いかがですか。

これが覆面作家の指紋だ！

――その秘伝だけ聞いても、しかしやっぱり……聞いた作家は狐につままれたという感じでしょう（笑）。どうやればいいんだと。

佐藤　僕はセンス・アンド・センシビリティ（分別と多感）で言えば、センシビリティのほうが好きですね。つまり、まとまりのある予測可能なものよりも予測不可能な、それはミステリ的な謎という意味もありますが、ここにはない場所、見たこともないものを見せてくれないと僕は納得しないので。

―― それで本格に惹かれないというのがあるんじゃないですか。予定調和の世界ですからね。

佐藤 本格は予定調和になりますか。だけど僕はロジックは好きですので、例えば島田荘司さんについて言えるのは、とてつもない変ちくりんな主題提示部があるじゃないですか。そういうのが大好きなんですよ。それをかろうじて閉じようとする、ちょっとのけぞりかける閉じ方をすることもあるんだけど、僕はそれはＯＫなんですね。つまり予定調和は前提としながらも、とんでもなくはみ出すということが好きなんでしょうね。

そういう意味で、僕が依然気にかかっているのは北川歩実さんです。『僕を殺した女』、これは推理サスペンス大賞で最終候補にも残らなかったのを〈ミステリー倶楽部〉で出したんですが……。旧作の『金のゆりかご』（九八年）で今ごろ注目されたりしていますけれども。いま別の者が担当しています。だって、自分の担当した作家全員、追っかけるわけにいかないでしょう。

―― 北川歩実は性別も経歴も一切秘匿、今どきここまで完璧に隠している人は珍しいですね。

佐藤 （性別は）本当は□ですけどね。

―― でも、〈新潮ミステリー倶楽部〉だから、指紋だけは公開されている。何もかも不明なのに、指紋だけは確認できる、これこそミステリと言うべきですね。

（二〇一〇年六月十八日、新潮社にて）

【付記】新潮エンターテインメント大賞は二〇一二年に終了している。その後、新たに新潮ミステリー大賞が設けられ、一五年一月に第一回受賞作、彩藤アザミ『サナキの森』が刊行された。

〈新潮ミステリー倶楽部〉刊行リスト

1	遙かなる虎跡	景山民夫	1988.10
2	さまよえる脳髄	逢坂剛	1988.10
3	ベルリン飛行指令	佐々木譲	1988.10
4	黄金機関車を狙え	日下圭介	1988.10
5	忠臣蔵 元禄十五年の反逆	井沢元彦	1988.12
6	ブルータスは死なず	三浦浩	1988.12
7	あなたの知らないあなたの部屋	青柳友子	1988.12
8	切断	黒川博行	1989.02
9	白い手の錬金術	本岡類	1989.02
10	鳥人計画	東野圭吾	1989.05
11	土俵を走る殺意	小杉健治	1989.05
12	完全犯罪研究室	由良三郎	1989.07
13	赤い旅券	井上淳	1989.07
14	エトロフ発緊急電	佐々木譲	1989.10
15	クラインの壺	岡嶋二人	1989.10
16	軍艦島に進路をとれ	保田良雄	1989.10
17	傷だらけの銃弾	楢山芙二夫	1989.10
18	ヒポクラテスの暗号	山崎光夫	1990.03
19	北緯50度に消ゆ	高橋義夫	1990.03
20	K	久松淳	1990.09
21	霧越邸殺人事件	綾辻行人	1990.09
22	レベル7	宮部みゆき	1990.09
23	クリスマス黙示録	多島斗志之	1990.12
24	行きずりの街	志水辰夫	1990.12
25	熱帯夜	山崎洋子	1991.04
26	神の火	高村薫	1991.08
27	ダレカガナカニイル…	井上夢人	1992.01
28	リヴィエラを撃て	高村薫	1992.10
29	白公館の少女	伴野朗	1992.10
30	夜ごとの闇の奥底で	小池真理子	1993.01
31	異人たちの館	折原一	1993.01
32	真冬の誘拐者	本岡類	1993.01
33	臓器農場	帚木蓬生	1993.05
34	百万ドルの幻聴	斎藤純	1993.12
35	ストックホルムの密使	佐々木譲	1994.10
36	火天風神	若竹七海	1994.10

37	鋼鉄の騎士	藤田宜永	1994.11
38	蝦夷地別件（上・下）	船戸与一	1995.05
39	僕を殺した女	北川歩実	1995.06
40	ホワイトアウト	真保裕一	1995.09
41	家族狩り	天童荒太	1995.11
42	海は涸いていた	白川道	1996.01
43	硝子のドレス	北川歩実	1996.03
44	凍える牙	乃南アサ	1996.04
45	髑髏は長い河を下る	森山清隆	1996.06
46	神の火（改稿版）	髙村薫	1996.08
47	枯れ蔵	永井するみ	1997.01
48	疫病神	黒川博行	1997.03
49	エルミタージュの鼠	熊谷独	1997.07
50	猿の証言	北川歩実	1997.08
51	ワシントン封印工作	佐々木譲	1997.12
52	骸の誘惑	雨宮町子	1998.01
53	樹縛	永井するみ	1998.04
54	さらばスティーヴンソン	森山清隆	1998.07
55	夜は罠をしかける	加治将一	1998.08
56	闇の楽園	戸梶圭太	1999.01
57	紫の悪魔	響堂新	1999.01
58	愛こそすべて、と愚か者は言った	沢木冬吾	1999.01
59	血ダルマ熱	響堂新	1999.05
60	そして二人だけになった	森博嗣	1999.06
61	煉獄回廊	野崎六助	1999.09
62	溺れる魚	戸梶圭太	1999.11
63	栄光一途	雫井脩介	2000.01
64	大いなる聴衆	永井するみ	2000.08
65	鎖	乃南アサ	2000.10
66	オーデュボンの祈り	伊坂幸太郎	2000.12
67	眩暈を愛して夢を見よ	小川勝己	2001.08
68	未確認家族	戸梶圭太	2001.10
69	ラッシュライフ	伊坂幸太郎	2002.07
70	百人一首一千年の冥宮	湯川薫	2002.08
71	撓田村事件 iの遠近法的倒錯	小川勝己	2002.10

『ジャーロ』と呼ばれた男

北村一男◉光文社

きたむら かずお●昭和24（1949）年、東京生まれ。都立江北高校卒。光文社に入社、総務部を皮切りに漫画編集を経て、83年からミステリ専門誌『EQ』に配属、鮎川哲也、笠井潔、島田荘司ら日本作家を担当する。後継誌『ジャーロ』の2代目編集長となって、本格ミステリ作家クラブ設立にも協力。退職後の現在は光文文化財団事務局長。

ここが違う光文社と岩波

『宝石』の大坪直行氏がホーセキ大坪、先ごろ亡くなった中田雅久氏がマンハント中田と呼ばれたりはしない。対して、ジャーロ北村と称したのが、『EQ』とその後継誌『ジャーロ』の二代にわたって活躍した北村一男氏である。退職後もメールの表示名をジャーロ北村としているのは、「変え方が分からないから」だけで愛着があるわけではないと言うが、本音はどうか?

――ミステリ・ファンが聞きたいのは『EQ』誌の話ですよね。

北村 僕が『EQ』に関わったのは三五号(一九八三年九月)からなんで、創刊(七八年一月)のいきさつなんかは、よく知らないんですよ。

――では、北村さん御自身の創業……というかお生まれから伺います。

北村 一九四九年、昭和二十四年ですね。母親の実家があった荒川区の三河島で、お産婆さんに取り上げられたそうです。父は復員してきて工務店で機械の修理みたいなことをやっていました。そのころ若い男が戦死して少なかったので、十歳年下、二十歳そこそこの娘を嫁さんに出来たんですね。その母の両親が孫の僕を遊びに来させるために無理して観音扉付きのテレビを買ってて、だから日曜夜の「月光仮面」(五八〜五九年)を見たさに週末は必ず三河島に行っていました。「月光仮面」の前に相撲中継、当時はNHK以外にどこの局もやってましたが、これも好きで見ていて。それで技を覚えてたから、体育の授業で相撲をやると、ふつう子供は力任せに押すことしか知らないので、出し投げなんかをよく決めてました。

――そのころの愛読書というのは?

北村 貧乏で本なんて買ってもらえなかったから、たまーに『幼年ブック』とか漫画雑誌を。あと前谷惟光《まえたにこれみつ》の「ロボット三等兵」(『少年クラブ』)かな。縁日に行って、組立て付録だけ売ってるのを買うと、作り方は本誌何ページを見よって、その本誌がない(笑)。漫画少年でも活字少年でもなかったですね。小学校の図書室で借りた『ああ無情』とか『三銃士』なんかは印象に残ってますけど。五年生か六年生くらいに新潮文庫のホームズが、これも図書室に揃っていたのを読んで、それがミステリとの出会いですかね。あと『オリエント急行の殺人』が学習雑誌の付録についていたのを読んで、何だこれはインチキだってすごく腹が立って、クリスティもしばらく読みませんでした。

中学二年だったか、松本清張の『ゼロの焦点』を読み始めたら、新婚の夫が失踪してとか、いかんいかんオレはまだこんなものを読んではいけないと、大人のミステリには行かなかったですね。清張の短編全集（六三〜六五年、カッパ・ノベルス）はいつ読んだんだろう。あれはいまだに光文社の出版物のベストだと思っていますがね。

――それで光文社に入ろうと？

北村　いや、入社してから、ここの本だと知りました（笑）。僕は高卒で光文社に入っているんです。六八年で、七〇年安保の前夜なんですけど、団塊の世代ですから受験戦争も厳しくて、高校も進学校でそれなりに優等生ではあったんですが、受験勉強がバカバカしくなって……まあ貧しかったから、早く自分で稼ぎたいって想いもあったんですね。勤めながら夜学くらい行ければいいやって、そういう条件のところを受けたんですが、農林中央金庫の面接で、夜学で何を学びたいと訊かれたので好きな歴史でもって答えたら、キミそんなことで偉くなれると思っているのかって（笑）。経済とか言わないといけなかった。で、次は岩波書店を受けたんです。当時岩波は高卒しか採らなかったんですよ。

――へえ、そうなんですか。

北村　ここは面接も通ったんですが、最後に身体検査で落とされた。先天性白内障だって言われて、両親も知らなかったんですが、隔世遺伝か何かで。発症しない場合も多くて、幸いそれだったんですが、落とされたことより失明するかも知れないのがショックでしたね。岩波の人事部長が訪ねて来て、出版社は目を酷使するところだから残念ながらと。諦めて大学受けようかなと思ってたら、たまたま新聞に光文社の社員募集の広告が載っていた。あとで聞くと十年ぶりに高卒を募集して、それ以降も採用してないはずです。また身体検査で落とされるのかなと思ったけど、光文社はそこまでチェックが厳しくなくて。

——それが岩波との体質の差かな（笑）。

『EQ』への道

北村　最初に配属されたのが総務部。別に編集者志望でもなかったから、不満はなかったですね。初任給が確か三万八千円。高校の担任が、三十代後半だったと思うけど、オレより高いぞって。当時の光文社って、全産業を通じて従業員一人当りの収益率が全国一位だったんですよ。『頭の体操』第一集が出たのが六六年で、いちばん儲かってたころでしょう。

僕が入る六八年に入れ替わりくらいで『少年』が休刊していますが、これも黒字休刊でした。当時『少年マガジン』や『サンデー』が軌道に乗っていて漫画は週刊誌の時代になっていましたから、もう漫画月刊誌なんて要らないって感じだったんですね。カッパ・ブックスやらノベルスが売れてましたし。その不義理がたたって、あとで漫画をやろうとしても、ことごとく失敗しま

「ミステリー・スポット」企画で外に出た『EQ』45号（1985年5月）

した（笑）。

——その漫画で編集者生活を始められたそうですが、それ以前に雌伏期間がありますね。

北村　総務部というのは、組合員に教えたくない企業秘密がいちばん分かる部署なので、争議になったとき会社と組合との板挟みで悩みましたね。総務部員は非組合員だったんですが、僕のころから組合員になって、そこでまあ若さゆえの正義感でちょっと目立ってしまって、出社に及ばず（笑）と宣託されて。七〇年から七六年まで六年七ケ月の自宅待機処分。

それが解かれても、このミステリー文学資料館があるビルとは違いますが、池袋の文芸坐近くの賃貸ビルに隔離されていたんですね。同じビルで『ＥＱ』をやりだしたころ僕は、アメリカのマーベルコミックスと契約して日本版を新書判で作っていました。『スパイダーマン』や『ハルク』。それから『ポップコーン』（八〇〜八一年）というのが隔月刊で出まして、表側から開くと日本の漫画雑誌で、裏からはアメリカン・コミックスが載ってるんですよ。日本物と翻訳物を一緒に載せると売れないというジンクスがありまして、『ＥＱ』もそうだけど（笑）。とにかく売れないところへ、赤塚不二夫さんが四コマ漫画で赤ん坊を電子レンジでチンしちゃうというギャグを描いたら問題になって回収騒ぎを起こして、あっけなく廃刊しました。

――私は見たことないんですが、その事件はどうも第二号だったみたいです。全部で六冊出ていますね。

北村 僕の記憶では典型的な三号雑誌なんだけどなあ。ただ、大友克洋さんなんかも描いてくれて、一応おしゃれふうな変わった雑誌なんで、頑張ればうまくいったかも知れないんですがね。

書を捨てて旅に出よう

――そのあと出た『ジャスト・コミック』は純粋な日本の漫画雑誌ですね。

北村 それを少しやっているところで異動になって、『ＥＱ』かカッパ・サイエンスか、どっちかへ行けと。ノベルスだったらカッパを選んだかも知れない。まあ『ＥＱ』の谷口（尚規）編集長――『少年』の最後の編集長だった人ですが――が熱心に誘ってくれたので。でも僕、英語できませんよって言ったら、まあ来てから考えればいいよって。あの編集部はみんな、本当に英語がよく出来たんですよ。

――『ＥＱ』編集部というのは何人くらい？

北村　隔月刊誌だったんですけど、さっき言った経緯で本社から締め出された社員のために作ったようなところがあって、六人……もっとかな。僕を入れて七人くらい。

——ライバル誌の『ミステリマガジン』は三人で月刊ですから、それは余裕ですね。

北村　『SF宝石』（七九年八月〜八一年六月）と交互に出していたころは、谷口さんだけはそっちの編集長でもあったから忙しかったでしょうけれど。谷口さんは決められた仕事を誠実にこなしてゆくタイプで、SFにもミステリにも特別な思い入れはないんです。だから小松左京さんに、「『SF宝石』にはSFに対するフェロモンがない」って見透かされた（笑）。『EQ』のほうは木村二郎さんに頼んで、本国版『EQMM』を読んで掲載されている短篇をABCで評価してもらうんですね。それでAとBプラスくらいのを編集部全員で回し読みして、どれを掲載するか会議で決めていく。ところが僕は英語のテキストなんか読めない。じゃあ、お前は日本作家担当ということで、鮎川（哲也）さんと土屋（隆夫）さんという巨匠とお付き合い出来たのは、夢見心地でしたね。

——鮎川さんとは、むかし『幻影城』に連載されていた「幻の探偵作家を求めて」の続篇で行脚をやっていますよね（七〇号＝八九年七月〜一〇六号＝九五年七月）。

北村　『EQ』は本国版があって、作品を選んで翻訳家に渡して出来てくるのを待ち、イラストを発注するという流れですから、基本的に電話一本で全部済んじゃうわけです。僕は一日じゅう一言も口を利かなくても苦痛を感じないんですが、ただ机に向かっているのもつまらないので、何か外に出る仕事がしたかった。「幻の探偵作家を求めて」の前に「ミステリー・スポット」(四五号＝八五年五月〜五五号＝八七年一月)という、ミステリにちなんだお店を桜井一さんのイラスト・ルポで紹介する企画を立てて。これは桜井さんと共謀して、会社のお金でどっか呑みに行こうっていう……(笑)。最初が「阿雅左《あがさ》」という炭火串焼の店で、京都まで行きました。まだネット検索がない時代ですから、おあつらえ向きの店を探すのが大変でしたが。口コミでマクリーンの『八点鐘が鳴る時』から店名を採った「はちてんしょう」というスナックがあるからって秋田まで行ったり。十回くらいやったら、編集長が「北村、もういい加減にしろ」(笑)。

――鮎川さんが「幻の探偵作家を求めて」をやりたがったのは渡りに舟だった?

北村 ええ。ただ鮎川さんってタクシーに乗らないので、全部公共の交通機関でしょう。電車はいいけど、バスは時間どおり運行しないんで、約束の時刻に相手の家に着けなくて、話を聞く時間がなくなったり。それから向こうは歓待して、料理を作ったりお寿司をとってくれたりするんだけど、鮎川さん知らない人の前で絶対ものを食べないでしょう。僕と(同行の)山前(譲)さんだけ食べるわけにいかないから、すいません次の予定がと言って、失礼しちゃう。

――なんでタクシーが嫌いだったんでしょう?

山前 (居合せて)車酔いするからですよ。

――『幻影城』のときの連載は『幻の探偵作家を求めて』、『EQ』のは『こんな探偵小説が読みたい』として晶文社からそれぞれ本になっていますけど、続篇のほうは何だか薄味ですよね。

装丁・平野甲賀
装画・渡辺啓助

装丁・日下潤一
装画・斉藤昌子

北村　前シリーズから十五年近く経ってますから。前のときは消息を尋ねた作家本人なり奥さんが元気でしたけど、僕が探したころはもう子供の代になってる。だいたい親父が何をやってたかなんて、あんまり興味がないでしょう。だから話も引き出せないし、会うまでのほうが楽しかったんじゃないですかね。

それから『ＥＱ』編集部に入るなり、郷原（宏）さんの作家インタビュー「ミステリー調書」（〜四四号＝八五年三月）で、第八回の小泉喜美子さんから、錚々たる人たちとお会いできたのも嬉しかったですね。

以後、三好徹・大藪春彦・笹沢左保・生島治郎・仁木悦子・西村京太郎・山村美紗・森村誠一・都筑道夫と、大家ばかりである。いっぽうミステリ界では新たな胎動が始まっていた。

八ヶ岳から本格ミステリを動かす

北村　作品で嬉しかったのは、島田荘司さんの御手洗潔ものをもらえたこと。「世界でいちばん初めに御手洗ものの新作を読んでいる！」という幸福感を味わえました。最初お願いに行ったら、「疾走する死者」（四五号）の原稿が明確な発表先なしにすでに完成していて、まずそれをいただきました。『EQ』を気に入られて、「コナン・ドイルと『ストランド・マガジン』のように、『EQ』にしか御手洗もの（の短篇）は書かない」と言っていただいて。挿絵はシャーロック・ホームズといえばシドニー・パジェットなんで、そのタッチを意識して高荷義之さんって、ボックスアート（プラモデルの箱絵）で有名なかたにお願いしていました。

――島田さんはイメージが固定されるからといって御手洗の姿は描かせないのが残念でしたね。

北村　それが御縁で、島田さんの親しい作家やファンを集めて御手洗潔の誕生会というのを八七年から四回、幹事を担当者持ち回りで。だんだん規模が大きくなって、やれなくなってしまったんですが。三回目は僕が幹事で、浅草寺の住職を知っていたので五重塔のなかの奉納絵馬を見学、一般公開していない伝法院の庭園を見て、それから屋形船をしつらえて……という、僕にとっては一大イベントで忘れられません。御手洗ものはなぜか浅草が舞台になることが多かったので、じゃあ浅草でってことにしたんですね。その直前に島田さんの『本格ミステリー宣言』（八九年）という本が出ていて、これを受けて笠井（潔）さんが「アンチ・ミステリー宣言」を書くぞって、七五号（九〇年五月）に実際に書いてもらいました。それから島田・笠井の対談を八ヶ岳でやるのに、綾辻（行人）、井上夢人、歌野（晶午）諸氏も呼んで合宿みたいにやって。そのあと笠井さんが理論を実践して『哲学者の密室』を連載……と、本格ムーヴメントを動かすぞといった充実感がありました。御手洗潔と矢吹駆が一緒に載っている号（八一号＝九一年五月）なんて、いま見ても誇らしいですね。

島田荘司「IgE」と笠井潔「哲学者の密室」が同時掲載された『EQ』81号（1991年5月）

―― 北村さんは『このミステリーがすごい！』やらのアンケートに非常に勤勉にお答えになっていますが、必ずしも本格一辺倒じゃないですね。

北村　本格、もちろん好きは好きなんですが、あのころはともかく島田・笠井のお二人の熱気にあおられるように盛り上がって……お二人の凄さは、そのモチベーションがいま現在も全く衰えないことです。
もうおひとかた、島田さんの紹介でデビュー前の綾辻さんにお会いしています。習作を読ませていただき、意欲的な密室物の本格でしたが、ミス研の会誌（京都大学推理小説研究会『蒼鴉城』）なら許されても商業誌では掲載不可な設定でした。それが十数年後「フリークス」として『EQ』で見事に再生されたとき（一〇九・一一〇号＝九六年一・三月）、プロの執念といったものに触れて、感無量でした。余談ですが、綾辻さんは『EQ』の第四号（七八年七月）に本名で読者の「声」を寄せているんです。

―― 一九九九年（七月）に『EQ』が本国版との契約の関係で休刊して、それ以降『このミス』のアンケートも北村さんは辞退ですね？

北村 やっぱり日本作家との付き合いが増えてくると、担当作家の新作に肩入れしたくなるのは人情というもので……。それから翻訳ミステリを読む時間がなくなって、そちらも答えづらくなった。ちょうど『EQ』も終るので、これからはこの者にアンケート用紙を送ってくださいと誰かに引き継いだはずなんだけど、結局やらなかったみたいですね。

――『本格ミステリ・ベスト10』のほうの回答も二〇〇四年版が最後ですね。

北村 『ジャーロ』になって、しがらみが増えたから。というより、読書量が減ったというのがいちばん大きいかも知れない。

本格ミステリ作家クラブ、そしてミステリー文学資料館へ

北村　『ジャーロ』創刊は『EQ』休刊から二年くらい経ってましたっけ？

――いや、二〇〇〇年十月だから、一年ちょっとのブランクで出ています。隔月刊を維持するという触れ込みでしたが、結局季刊になりました（現在は年三回刊）。

北村　もうミステリ専門誌、やらなくていいんじゃないのと思ってたけど、やれという業務命令で。当時、日本推理作家協会の理事長が北方（謙三）さんだったんで挨拶に行ったら、「今の時点で光文社はミステリ専門誌を出せるのか」って、びっくりされました。厳しい環境だというのは、みんなに言われましたけどね。『EQ』の終りのころ、分厚い特別号を二冊出したのが比較的売れたので、これをデフォルトとして『ジャーロ』も似たような厚さで出したけど、期待したほどには売れませんでした。

――『ジャーロ』は九号（二〇〇二年十月）から北村さんの編集人名義になっていますが、実質的には創刊から編集長のようなものでした？

北村氏アンケート回答　このミステリーがすごい！国内編

●'89（'89年度刊行作品）
『深夜ふたたび』志水辰夫／徳間書店
『奇想、天を動かす』島田荘司／カッパ・ノベルス
『空飛ぶ馬』北村薫／東京創元社
『びいどろの筆』泡坂妻夫／徳間書店
『浪花少年探偵団』東野圭吾／講談社
『不安な産声』土屋隆夫／光文社

●91年版（'90年度刊行作品。以下も「年版」の前年度刊）
『暗闇坂の人喰いの木』島田荘司／講談社
『新宿鮫』大沢在昌／カッパ・ノベルス
『やっとかめ探偵団危うし』清水義範／光文社文庫
『どこまでも殺されて』連城三紀彦／双葉社
『飛べない鴉』小杉健治／双葉社
『女探偵物語』林えり子／六興出版

●92年版
『ウロボロスの偽書』竹本健治／講談社
『毒猿』大沢在昌／カッパ・ノベルス
『神の火』高村薫／新潮社
『変身』東野圭吾／講談社
『てとろどときしん』黒川博行／講談社

『ダック・コール』稲見一良／早川書房
（番外）『天使・黙示・薔薇』笠井潔／作品社

●93年版
『哲学者の密室』笠井潔／光文社
『長い長い殺人』宮部みゆき／光文社
『地図のない街』風間一輝／早川書房
『ダレカガナカニイル…』井上夢人／新潮社
『リヴィエラを撃て』高村薫／新潮社
『パリを掘り返せ』藤田宜永／徳間書店

●94年版
『あくむ』井上夢人／集英社
『キッド・ピストルズの妄想』山口雅也／東京創元社
『閉じ箱』竹本健治／角川書店
『恐怖に関する四つの短編』小池真理子／実業之日本社
『同級生』東野圭吾／祥伝社
『秋の殺人者』本岡類／徳間書店

●95年版
『姑獲鳥の夏』京極夏彦／講談社ノベルス
『ミステリーズ』山口雅也／講談社

『幻色江戸ごよみ』宮部みゆき／新人物往来社
『バルーン・タウンの殺人』松尾由美／ハヤカワ文庫JA
『失踪調査』藤田宜永／光文社
『緋の廷』小杉健治／集英社
●96年版
『戦中派天才老人・山田風太郎』関川夏央／マガジンハウス
『生者と死者』泡坂妻夫／新潮文庫
『魍魎の匣』京極夏彦／講談社ノベルス
『鋼鉄の騎士』藤田宜永／新潮社
『ホワイトアウト』真保裕一／新潮社
『ウロボロスの基礎論』竹本健治／講談社
●97年版
『名探偵の掟』東野圭吾／講談社
『鉄鼠の檻』京極夏彦／講談社ノベルス
『群衆の悪魔』笠井潔／講談社
『龍臥亭事件』島田荘司／光文社

『パワー・オフ』井上夢人／集英社
『フォックスの死劇』霞流一／角川書店
●98年版
『疫病神』黒川博行／新潮社
『OUT』桐野夏生／講談社
『さかしま砂絵』都筑道夫／光文社
『風が吹いたら桶屋がもうかる』井上夢人／集英社
『ガラスの麒麟』加納朋子／講談社
『神無き月十番目の夜』飯嶋和一／河出書房新社
●99年版
『グランド・ミステリー』奥泉光／角川書店
『神曲法廷』山田正紀／講談社ノベルス
『塗仏の宴』京極夏彦／講談社ノベルス
『クロスファイア』宮部みゆき／カッパ・ノベルス
『フォー・ディア・ライフ』柴田よしき／講談社
『3000年の密室』柄刀一／原書房

北村　最初は翻訳物と半々の雑誌でしたし、『EQ』の目玉だった「チェックリスト」って翻訳ミステリの新刊全点を書評するのも継続していて、そっちはそっちでやる人間がいたんで、全体の編集長ではなかったですね。日本人作家に関しては、当時翻訳出版部にいた堀内（健史）君（現

文庫編集長代理）と僕とで全部決めていました。ともかく、これまで光文社から本を出したことのない人を口説きまくろうという感じで。

――『EQ』時代より楽しかった？

北村 楽しかったというより、やりたいことをだいぶやらしていただきました。はじめ笠井さんに相談に行ったりするうち、本格ミステリ作家クラブを立ち上げるんだって話になって、そのお手伝いが出来たこととか。その設立を柱にすれば、創刊号としても恰好はつくなと。ところが十一月三日の設立総会に、ちょうど僕は親父の告別式で出ていないんですよ。クラブの事務局の住所が『ジャーロ』編集部内になっていて、僕は準備だけやって、設立総会本番は堀内君に任せました。

クラブ初代会長の有栖川（有栖）さんから、「新しい雑誌をやる以上は、単行本用のゲラを束ねただけの雑誌にはしないでくださいね」と言われたのはよく覚えています。雑誌の独自性を保ちながら、単行本の水源になるような雑誌にしないといけない。そういう意味では、例えば有栖川有栖とローレンス・ブロックの新作が一緒に読めるなんて新鮮かなと思ったんだけど。作家のかたには、英米の現役作家

『EQ』から『ジャーロ』へ。背の分厚さに注目

と張り合えるというのは面白がっていただけたんじゃないかと思いますが、読者にどれだけアピール出来たかというと心許ない。

――北村さんのように、有栖川有栖とブロックの両方が好きな読者は少数派でしょうね。『ポップコーン』じゃないけど、内外両方の作品を載せた雑誌は売れないというジンクスは破れなかった。で、北村編集長の時代から、どんどん日本ミステリの専門誌化していきますね。

北村 それは会社の要請もありますし、実際、日本作家を増やしたほうが売れ行きも持ち直すんです。もう休刊しろとか、上層部や営業の声をかわすために、何度もリニューアルと謳いつつ続けてきました。本格ミステリ作家クラブの目的である本格ミステリ大賞に投票してくれた会員の全選評を載せる媒体なので、とにかく潰すまいとして、無事十周年を迎えられました。

――北村さんの最後の編集号（三六号＝〇九年七月）が第九回本格ミステリ大賞の発表号ですね。去る前にやっておけば良かったなってことは何かありますか。

北村 具体的にこれをやりたかったというより、僕が本格ミステリを中心にミステリ編集をやり始めたとき、すでに宇山（日出臣。講談社）、戸川（安宣。東京創元社）という大先達が路線を敷いていてくれましたので、僕はお二人に少しでも近づきたいと跡を追っていただけです。それと翻訳にも関わったので、『ミステリマガジン』の菅野（圀彦）さん。この尊敬するお三かたのうち宇山さんが六十二、菅野さんが六十四ですか、二〇〇六年、二〇〇七年と相次いで亡くなったのがすごくショックでした。こういう、きちんと考えをもってミステリを育ててくれたかたがたの仕事を次代に引き継ぐ橋渡しというのは、恰好よすぎますが、これからでも出来れば嬉しいですね。昨年の七月から光文社の総務所属の嘱託として（当時）、ミステリー文学資料館に出向して事務局長をやっています（嘱託期間満了後、現在は光文文化財団との直接契約）。何年いることになるのか分かりませんが、その間に蔵書目録だけでも整備しておきたいですね。

――それは頑張ってください。

北村　新保さんにもひと働きしていただかないと。

――こりゃヤブヘビだ。

（二〇一〇年十一月八日、ミステリー文学資料館にて）

まくら詞「北方さんの」からの脱却

山田裕樹◉集英社

やまだ ひろき●昭和28（1953）年、東京生まれ。早稲田大学政経学部卒業後、集英社で一貫して文芸編集に携わる。北方謙三『檻』、逢坂剛『百舌の叫ぶ夜』、船戸与一『猛き箱舟』、夢枕獏『神々の山嶺』などを担当して、冒険小説ムーヴメントを牽引した。単行本のほか、『小説すばる』、集英社文庫の編集長を歴任。現在、集英社クリエイティブ取締役。傑作小説大全〈冒険の森へ〉を担当、2015年5月より刊行開始。

読書は孤独な武者修行

山田 生まれは一九五三（昭和二十八）年、浅草の稲荷町という、今でもある仏具屋街です。親父の勤め先が炭鉱会社で、近い将来、九州に転勤と決まっていたから、母の実家にいました。三歳のとき、北九州に引っ越したんですが、三井三池争議の真っ最中。父は労務担当で、炭鉱を閉山する側だから、家に何十人もの組合員が押しかけてきて「山田を出せい！」とかね。学校は炭鉱労働者の子供たちが多いですから、当然いじめられました。でも親父は、いじめられたら勝手にやり返して来いと言うような人間でね、その親父が読んでくれた山川惣治の絵物語『少年タイガー』で字を覚えました。自分から読みたいと買ってもらった最初の本はベルヌの『ダンカン号の冒険』。旺文社文庫（一九七七年）で言うと『グラント船長の子供たち』。

――『ダンカン号の冒険』は偕成社の〈名作冒険全集〉（五八年）ですね。

山田 このシリーズでは、主人公をみんな十四歳ぐらいにしちゃうんですよ。

――ホームズ物でも挿絵のワトスン少年が半ズボンをはいてました。

山田　ダルタニヤンなんかパリに田舎から出たとき十九歳で、これを十四歳にするのはまだしも、『七つの海の王』って原作は『白鯨』なんだが、語り手のイシュメイルは三十歳前後のはずなのに、これを十四歳のキャビンボーイにしてしまうと無理が出るよね。小学校三年のとき東京に帰ってきて、ポプラ社のルパン、ホームズ、乱歩を全部読み、ルパンとホームズは大人向けの本ではどうなっとるんじゃいと岩波や新潮の文庫本を読み始めた（新保註・小説がどうすれば面白くなるか、どうするとつまらなくなってしまうかという勘は、この物語構造の比較分析によって培われたのではないか）。

山田　中学生のときは〈火星シリーズ〉。やっぱりあのデジャー・ソリスのカバーに惹かれました。それから創元推理文庫で出ていたSFはほとんど読んで、フレドリック・ブラウンから〈エド・ハンター・シリーズ〉を通ってミステリに入っていった。『幻の女』や『血の収穫』や『赤毛のレドメイン』は面白いんだが、『Yの悲劇』は面白くなかった。あれは『モンテ・クリスト伯』の、ある二ページを四百ページにしただけですよ。

中学からは部活もそれなりにやっていたけど、高校二年の終りに怪我をしてしまいました。それで部活は諦めて、河出のグリーン版世界文学全集の第二期まで八十巻ほどあるのを九割方、読んだのもそのころかな。

大学は某大学のスペイン語科に受かったけどすぐやめて、一浪して早稲田の政経学部の経済学科に入り直しました。ただスペイン語は、第二外国語に選んでいます。いずれ悪いこととして逃げるとしたら、国境がうじゃうじゃある南米がいいんじゃないかって（笑）。でも、小説はいろいろなジャンルのものを読み倒しましたね。就職活動は真面目にやって、今はなき某銀行の内定をもらったんですが、研修に出るうち、どっか地方の支店長で終るんだろうなぁって定年までの道筋が見えたら急に嫌になって、出版社をあちこち受け直した。中学高校と、小説の話をするような相手がほとんどいなかったんですよ。それで柴田錬三郎が描くような、山のなかで独り修行をしてきた若者がオレは強いんだろうかと思って江戸の道場に来るような気持で。文芸に関わる仕事をしたかったわけで、出版社に就職するという意識はあまりなかった。九社落ちて十社目が集英社だったんですよ。

集英社文庫創刊時の壮観

山田　一九七七年四月一日に入社して、五月二日に文芸出版部に配属されました。そのとき四大卒の男子は二十一人採用されて、あとで聞くと、編集で入ったのはほとんど月刊『PLAYBOY』志望。創刊三年目のブームのころですからね。僕は希望どおりになりました。文芸書セクションは当時、A班B班に分かれていて、A班は『(月刊)すばる』に載ったものを、B班は『週刊明星』『(週刊)プレイボーイ』ほかの連載を出すセクション。『週刊明星』だけでも当時は、連載小説が四本あって半年交代だから、それだけで年に八冊本になります。最初B班にいて、上司が「勉強のために来い」って午前三時四時まで銀座を連れ回されて、「お前は朝九時半に出社」でしょう。あと一日に三千枚コピーをとれと命じられたり、いやあ、実社会というのは凄いと感動しました。

―― 初めて担当した単行本が斎藤栄著『水の魔法陣(上・下)』(七八年五・六月)だとか。これは『赤旗』に連載されたものですが、自社連載だけでもたくさんあるのに、よそから持ってくる余力があった?

山田 集英社文庫に斎藤栄さんの文庫化権をたくさんもらってきたとき、文庫の担当者が持ってきました。先生から「日本最長のミステリだから、それを売りにするように」と言われたんだけど、それがなぜ売りになるのか分からなかった。確か連載中に、北海道で有珠山が噴火したのをさっそく取り入れて、主人公がなぜか有珠山に行っていろいろするんだけど、結局それは何も関係がなかったんで、連載にして一ケ月半ぶん、先生ここは削りましょうって言ったら、短くなっちゃうじゃないかと(笑)。

―― (笑)集英社文庫というのは、山田さんの入社の年に創刊されているんですね。

山田 そうです。創刊三十点が店頭に並んだのが五月二十日。そしてその年の十月に第一回すばる文学賞が出ています。この二つと僕は同期ですね。文庫は書店の棚を取るためもあり五月に三十点、六月・七月に各二十点。七十冊分の見本と、校了紙と、ゲラと、さらに八月配本の十冊の入稿分と、計八十冊分がうずたかく階段にまで積み上げられていました。

――それは壮観だったろうなぁ。

山田　『水の魔法陣』を作り終えた直後、A班に異動になって、ただB班のとき約束した作品、豊田有恒さんのSF短篇集とか筒井康隆さんの書評集とかも作り続けた。だからA班B班の境目がなくなってしまった。だいたい、例えば中上健次さんが『すばる』に小説を書き、週刊『プレイボーイ』にエッセイを書くと、単行本の担当が二人要るじゃないですか。こんな不合理なことはないと思っていたら、そのうち両班は統合されました。

それが二年ほどのちのことで、A班に異動した直後には「担当しろ作家一覧」というのをもらいました。その末尾に、北方謙三という名前があった。そのころ、『すばる』の原稿を誰かが落としたときの穴埋め要員という扱いだったんですね。

決闘@星の宮

——北方さんを単行本デビュー（八一年十月『弔鐘はるかなり』）させる以前に、最も印象に残った担当本というと？

山田　それはもう、小林信彦先生の『地獄の読書録』（一九八〇年九月）ですね。『唐獅子株式会社』（文藝春秋、一九七八年四月）が好きで、〈オヨヨ大統領シリーズ〉も全部読んでいたから、担当したいなぁと思っていたら、上司が「オレが親しいから」って先生に電話してくれたんです。ともかく先生に、何か本にさせていただけるものはないかと訊いたら、昔の書評なんだけど、こんなのがあるって。さっそく翌日、国会図書館に行って二日がかりで（六〇年代の『宝石』などの小林氏のミステリ書評を）全部コピーして、読んでみたら、これが実に面白い。企画会議に出したら通っちゃった。それで先生に電話すると、うーむと唸ってしまわれて。最初に話を聞いてからまだ一週間ぐらいでしょ。

——こいつは見どころがあるなと。

山田　いや、若すぎたから不安だったんでしょう。でも、筒井さんの『みだれ撃ち瀆書ノート』（七九年十二月）の担当者だというから、まあ一冊付き合ってやろうかぐらいのとこかな。筒井さんには、あとがきで「文中でとりあげた書籍の大部分を買いこんで読破された集英社文芸出版部の山田」と褒めてもらっていましたから。読んだのは半分くらいでしたけどね。それが結局『地獄の観光船』（八一年五月）、『地獄の映画館』（八二年九月）と三部作になった。いっぽう僕は北方さんとか新人作家のほうに忙しくなって、先生とは御無沙汰になってしまったけど、インタビュー原稿のリライトとか、いろいろと教えてもらいました。この年僕は四ケ月で十冊作った十冊目がこの『地獄の読書録』で、もう疲労の極でね。あれ以来、本に索引をつけるのはやめました。

――『地獄の読書録』のオビに、「それは活字の地獄だった！」とあるのは著者曰くかと思ったら、山田さんの本音だったんですね。

山田　あれは小林先生が書かれました。『地獄の読書録』（の巻末）に田中潤司さんとの対談を入れたんだけど、田中さんがゲラにOK出してくれないと校了できない。なのに田中さんと全然連絡とれなくなったのにも困った。「あの人は客に会いたくないので夜十一時にならないと帰って来ない」と小林先生がおっしゃるから、所沢の星の宮にある公園のブランコで本を読みながら張込んでいて、よし帰って来た、田中先生ゲラを戻してくだされいと、片手に謝礼の入った封筒を持って、いやまだ返せぬと押し問答の末、先方の持っているゲラをつかんだ瞬間に封筒を渡して、よっしゃって。

――ゲラとギャラが引き換え（笑）。

山田　『地獄の読書録』に出てくる本は、僕もかなり読んでいました。で、最初にコピーを持って行ったとき、疑問点やら僕に分からない箇所にいっぱい付箋が貼ってあって。「先生、ここに出てくる小林アサヒというのは誰でしょう？」と訊いたら、「それはコバヤシアキラと読むんですよ」と言われたのは覚えてる。

――山田さんの年代だと小林旭は普通に知っているんじゃないですか。

山田　いや、僕の知識というのは非常に偏りがあってね。欠落している部分は本当にズコッと抜けている。『小説すばる』の副編《フクヘン》集長時代、山本文緒さんに「ますおくん」（九七年六月号。角川文庫『紙婚式』では「ますお」）という作品をもらいました。すぐに読んで、電話して「いやあ、面白かった。しかし、このタイトルの意味が不明です」と言った。すると山本さんが約七秒沈黙して、「周りの人にこの題名を言ってみて、もう一回電話ください」って言うから、編集部内に「おーい、『マスオくん』って誰じゃい？」って訊いてみた。それでまた電話して「申し訳ない！　有名な人だったのね」。

――（爆笑）

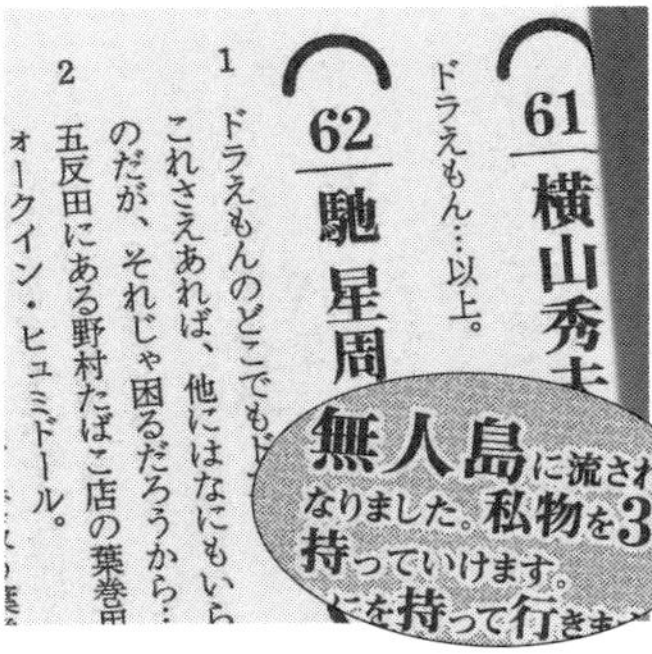

『小説すばる』2003年11月号

山田　『小説すばる』から文庫編集部に二年間異動になっ

て、編集長として復帰したとき作家百人アンケートというのをやって（二〇〇三年十一月号）、「無人島に流されるとき持って行きたい3つ」みたいなことを訊いたら、横山秀夫さんと馳星周さんがドラえもんって答を返してきた。そこでまた、「おーい、『どこでもドア』って何じゃい?」、スタッフが全員シーンとなった。「そうか、誰も知らんのか」って安心したら、そうじゃなかった（笑）。

——（絶句）

山田　でもオバQは知っておるぞ。

ほかの人間ならば、留守電に二十一回もファックスする頭脳構造を疑うのだが、Y氏であれば、即座に納得するのである。

Y氏の名誉のために書きそえれば、文芸編集者としての氏の手腕は、業界内で知らぬ人はいない。ただ、神は、Y氏に人なみ優れた小説の読解力を与えたかわりに、メカニズムの理解力をそっくり奪いたもうた、のである。

（大沢在昌「ブラウン管に夢中」第四回。『小説すばる』一九九二年六月号）

山田流編集術の極意

――『小説すばる』の創刊（一九八七年十一月）に反対したのは、山田さんだったとか。

山田　集英社文庫は創刊して三～四年はかなり良かったのですよ。しかし、徳間（八〇年）、光文社（八四年）が文庫を出し始めると、作品の供給源に困り、じゃあ小説雑誌を出そうってなったんです。僕は、書下ろしで取ればいいじゃないか、量より質ではないか、やめましょうと言ったんだが、誰も耳を貸してくれなかった。

――そのころすでに実績があったのでは？

山田　話は前後しますが、北方さんのデビュー以降で言うと島田荘司さん、逢坂剛さん、椎名誠さん、佐々木譲さん、船戸与一さんなどの本を作らせていただきました。

――日本冒険小説協会が発足したのが一九八一年で、八三年には熱海の全国大会も初めて開かれています。北上次郎さんの『冒険小説の時代』もこのころ作られましたね。

山田　あれは一九八三年の八月じゃなかったかな（奥付では九月）。いっぽう僕は、トリック・ミステリも、もうひと山くるだろうという予感があったんですよ。そのころ、笠井（潔）さん、連城（三紀彦）さん、岡嶋（二人）さん、それからまだ注目されてなかったけど島田荘司さん。ところが、ぐずぐずしているうちに、連城さんは恋愛小説へ、笠井さんには伝奇ＳＦへと転進されてしまったから、期待できるのは岡嶋さんと島田さんしかいない。

――「人さらいの岡嶋、バラバラの島田」というフレーズは、そのころ山田さんの口から聞きましたが、これは山田さんが作った？

山田 そうだったかも知れない。岡嶋二人に関しては、彼らにとっての代表作とは言えない『珊瑚色ラプソディ』（八七年二月）という一冊しか作れなかった。僕はエンタテインメントのいろんなジャンルでそれぞれ一人ずつ担当しようと思ったんですよ。ハードボイルドは北方さんで、当時はスリラーという概念があったからそれは逢坂（剛）さん、冒険小説は船戸（与一）さんで、広い意味でのミステリは赤川（次郎）さん、コアなミステリは島田さん、佐々木譲さんにはラブロマンス、ホラー小説には菊地秀行さんがいる。（夢枕）獏さんには山岳小説。そう考えていたから、大沢在昌さんや志水辰夫さんには出おくれました。だって社内で新人作家のエンタテインメントやってるのは僕一人だったし。なにしろ三十五歳になるまで、僕には下が一人もいなかった。岡嶋さんにも、どういうものを書いてもらえばいいのか、うまくつかめなかったんじゃないかな。

「冒険小説を書こうよ」

そんなことを言って、山田氏は僕たちを沖縄へ誘ったのだ。彼が冒険小説と言ったのは、そのころ、それが流行りはじめていたというそれだけの理由だった。（中略）

「……どうして、沖縄なの？」

「ボクが好きだから。ここんとこ、毎年行ってますよ。沖縄には」

「…………」

変な編集者だった。


（井上夢人『おかしな二人――岡嶋二人盛衰記』講談社、九三年十二月）

山田　覚えてないけど、井上さんがそう書いているんなら、そんなことを言ったんでしょう。ともかく相手に嫌だという隙を与えないよう、機関銃のようにいろんなことを言ったから。最初に依頼するのは、基本的には手紙を書くんです。当時は三村（西村寿行・半村良・森村誠一）＆太郎次郎三郎（司馬遼太郎・新田次郎・城山三郎）時代と言われたけど、若造が手紙を書いても相手にしてくれるわけもない。必然的にまだ六、七冊しか書いていなくて、これはいい作家になるなと思ったら刊行順に最初から読み直してく。すると、作家が考えたけど捨ててしまった部分が見えてくるんですね。書く前には、百点満点にしようと思って考えるわけでしょう。実際に書くと分岐点に出会って、こっちを捨ててあっちに行って、結局百点にはだいぶ足らなくなる。そのとき捨てるには惜しかった部分を拡大しようと提案する。「何でもいいから書いてくれ」って言ったって、書下ろしの場合は、そうは書いてくれませんよ。作家を選んでテーマを選ぶところから始まるわけで、ここで初動を誤ったら永久に作家は捕まらない。僕はその初動に関してはすごく真剣だったと思う。

清水義範さんの短篇を読んでたら、「信長も秀吉もミャーミャー言っておったはずだ」とあったので、そこにグリッと線を引っ張って「名古屋弁で時代物の長篇をやりましょう」と言って、『金鯱の夢』（八九年七月）を書いてもらった。隆慶一郎さんの初期短篇で「島左近ほどの武将が死体が発見されていない」というのにグリグリと丸をつけて、「先生これで行きましょう」と言うつもりだったら、「それは今やってるからダメだよ」って他社の人に言われた。それが『影武者徳川家康』（新潮社、八九年五月）（笑）。とにかく「あなたのこの抽斗が欲しい」と言うんです。

さらに理想を言えば、一人の作家から書下ろしの長篇を二作確保しておいて、やや落ちるほうを先に出すというのがコツですね。それから半年間に出来の良いほうをもっと磨いておいて出すと、この作家はノビシロがあると評価される。

――北方謙三の『弔鐘はるかなり』（一九八一年十月）と『逃がれの街』（八二年四月）、島田荘司

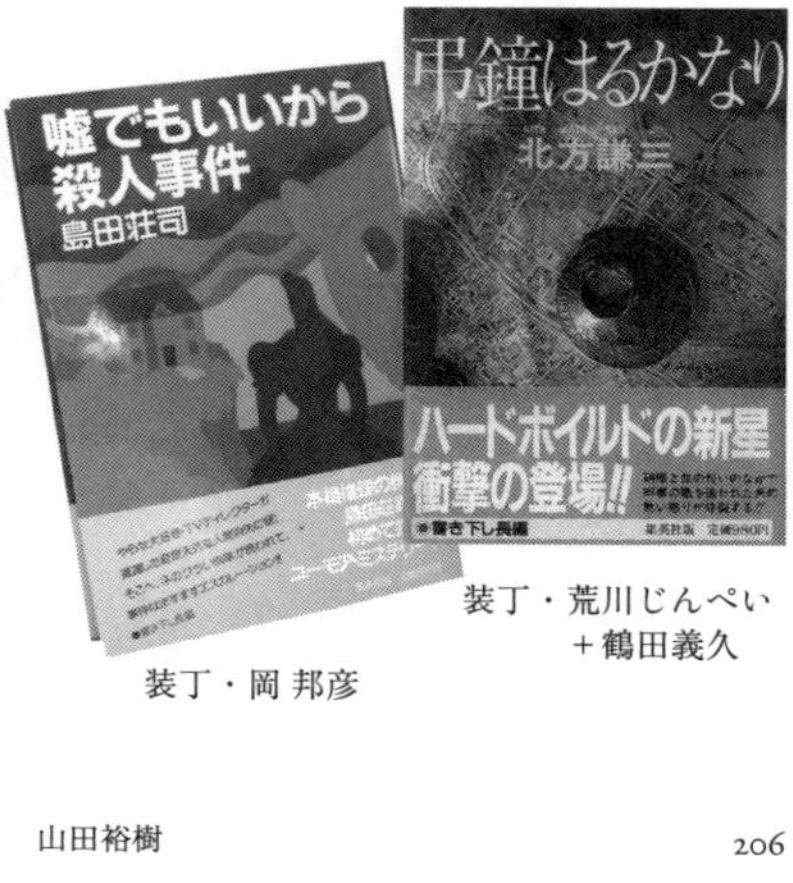

装丁・荒川じんぺい＋鶴田義久

装丁・岡 邦彦

の『嘘でもいいから殺人事件』（一九八四年四月）と『漱石と倫敦ミイラ殺人事件』（同年九月）は、まさにそんな感じですね。

アクションの要諦はレイダースの馬

山田　失敗したのは逢坂さんのときです。『百舌の叫ぶ夜』（八六年二月）のあとに、『カディスの赤い星』（講談社、同年七月）もウチで出してしまおうと思っていました。『百舌』は某社で一年間、『カディス』は講談社で二年間眠っていた。特に『百舌』は、当時「過去を売る男」ってタイトルだったけど、どこかの出版社で、ロクに読まれずに返却された、と逢坂さんから聞いていたので、これは相当うるさく注文をつけても応じてもらえるなと。僕は足元を見るのが得意なわけ。

『百舌』は十何回読んだんじゃないかな。直しの過程で、「レイダースの馬」という譬えを持ち出したな。映画のクライマックスで、せっかく掘り出した聖櫃《アーク》を敵に奪われる。そこでハリソン・フォードが仲間のカレン・アレンとアラビア人に「じゃあどこそこで会おう」って言ってパッと消えて、次の場面ではもう馬に乗って敵のトラックを追いかけてるわけだ。ここで、どうやって馬を手に入れたとか丁寧に描いていたらダメ。これがアクションの肝であって、だからここの三枚、こっちの五枚、この四行、削りましょうって。そうして仕上げた『百舌』が売れたのを見て、『カディス』は講談社がたちまち入稿してしまった(笑)。

ただもう、あのころは作家《むこう》もそうだし、こっちも真剣だったからね。若かったし。自分が物語を生み出せるわけではないので、誰に乗るか、ということでほとんど決まってしまうわけですから。

担当の編集者氏とは、原稿を挟んで睨み合う、ということが多かった。この二年ほどの間に、彼はすっかり眼つきの悪い男になってしまった。ぼくの眼つきも、また同じだろう。お互い、サングラスでも使用した方がいいのかもしれない。睨み合いは、まだこれからもずっと続く。

(北方謙三『眠りなき夜』あとがき、八二年十月)

——北方さんともずっとそうやって?

山田　いや、細かく注文をつけていたのは『檻』(八三年三月)までです。それ以降は彼が忙しくなって、シメキリより早く原稿をくれたりしなくなったので、もらったらホイホイ入稿した。僕が北方さんに育ててもらったんだけど、何処へ行っても「あ、北方謙三さんの山田クン」みたいに言われた数年間があって、それがとっても嫌だった。ただ、北方さんとのやり取りで得たものの根っこの部分を、島田さんや逢坂さんに応用したとは言えるね。それがいちばん成功したという手ごたえを感じたのが船戸さんの『猛き箱舟』（八七年四月）。それまでにも船戸さん『山猫の夏』（講談社、八四年八月）とかグッドセラーはあったけどベストセラーはなかったので、これだけの傑作なんだから一発売ってやろうと思って。あのころ、あんなに毎日、作家のかたがたと飲んだり食べたりしていたのに、集英社の販売部、宣伝部の人たちともよく飲んでいたんですよ。北方さんについては、一緒に原稿を読んでくれて、北方さんも一緒にああだこうだと言ってくれた、宣伝部の先輩がいました。この先輩が船戸さんのときも積極的に動いてくれました。僕は僕で営業との会議で、「この先、何冊本を作れるか分からないが、これ以上の原稿には出会えないかもしらん」と演説したり、「復讐の宴！　西に［モンテ・クリスト］、東に［猛き箱舟］」という帯をぶっ書いたり。このネームは自分で没にしましたけどね。結局、四月に出たのですが、狙いどおりにベストセラーになりました。このときもまだ若かったなぁ。このころは五月に立松和平さんの千何百枚の『天地の夢』を作って、ゴールデンウィークのついたちから五日まで、一日二回ずつ（夢枕）獏さんをカンヅメにしてある京王プラザホテルに通って『怪男児』（八七年六月）四百枚をもぎ取って、また死域の何ケ月かを経験しました。そのあと「北方謙三の山田さんですね」と呼ばれても全然気にならなくなっている自分を発見したわけです。『猛き箱舟』でやっと自信がついたわけだね。いい作家に出会うというツキも大きかったけど、僕も努力したのですよ。

――『猛き箱舟』が何冊目ぐらいの単行本ですか。

山田 たまたまなんだけど、ぴったり百冊目。それで二百冊目が東野（圭吾）さんの『分身』（九三年九月）なんですよ。思えば『箱舟』が推理作家協会賞の候補になったとき、同じ候補に東野さんの第三作『学生街の殺人』（講談社、八七年六月）があった。それを見た船戸さんが、「この東野さんというのはどういう人？」と訊くから、「まあ、五年後は分からんが、今はあなたの敵ではない（笑）。むしろ、敵はこっちだよ。減点法になるとあなたはヤバいかも知れない」。「これは何て読むんだ？」「きずな（『絆』小杉健治、八七年六月）」「これも集英社だな。誰が作った？」「すいません、僕です」と言っていたら、本当に『絆』が（協会賞を）獲っちゃった（笑）。

――三百冊目は何でしょう。

山田 北方さんの『水滸伝』のまんなかへんだと思う。

――担当した本でいちばん売れたのは、やっぱり『水滸伝』ですか。

山田 それは勘定の仕方にもよるでしょうねえ。船戸カウントって知ってますか？『水滸伝』も『新宿鮫』シリーズも一冊。シリーズはすべて一冊。これを導入すると、歴史が変わってしまう。それに、今のはやりは、ハードバック、文庫を足して「累計100万部突破！」でしょう。だから、三十五年目としては、いちばん景気のいい勘定法でいかせてください。だけど、実際の部数は作家のかたの個人情報に関わりますので、ご勘弁を。順不同、年代順ということで。
まず赤川次郎さんの八〇年代前半の三冊。次が椎名誠さんの『岳物語』（正続）。次が逢坂剛さんの『百舌の叫ぶ夜』、船戸与一さんの『猛き箱舟』。そして夢枕獏さん『神々の山嶺《いただき》』。原稿取りだけでしたが東野圭吾さんの『白夜行』。文庫書下ろしの宮部みゆきさんの『R.P.G.』。そして北方謙三さんの『水滸伝』『楊令伝』。今年から『小説すばる』で第三部の『岳飛伝』が始まる予定ですので、それが完結した暁には、船戸カウントだったら一冊でとんでもない数になるかも知れません。

（二〇一一年一月十四日、集英社にて）

本当は恐ろしい
日本ホラー小説大賞

宍戸健司◉角川書店

ししど けんじ●昭和36（1961）年、東京生まれ。専修大学経営学部卒。フリーの編集者として入った角川書店で、カドカワ・ノベルズの編集などを経て、角川ホラー文庫、日本ホラー小説大賞を創設。その後、山田風太郎賞の創設にも尽力した。2006年、冒険作家クラブ主宰で小説家側から編集者に贈られる第5回赤ペン大賞を受賞。現在、（株）KADOKAWA映像事業本部本部長。東野圭吾著『歪笑小説』の獅子取のモデルだという有力な噂がある。

人生をコーヒーロードしみずで学ぶ

——宍戸さんの編集生活上、最初のエポックメイキングというと……

宍戸　そうですね、花村萬月の『ブルース』（一九九二年八月）かな。

担当の宍戸はチェックの柄のズボンばかり穿いている。時計は生意気にロレックスのダイバーズウオッチだ。『萬ちゃんにとやかく言われる筋合いはないよ』と言われてしまいそうだが、いま俺はとやかく言いたい年頃なのだ。

（『ブルース』あとがき）

宍戸　年配の作家と付き合うことが多くて、あんまり若い人をやれなかった。そのときは編集者になりたてで、若いから、全くの新人を自力でデビューさせる力はなかったんですよね。現在《いま》は新人が持て囃されるけど、そのころ作家といえば文壇の重鎮のことで、雑誌の新人賞獲ったぐらいじゃ、それがどうしたって感じでね。で、萬ちゃん（五五年生まれ）が（小説すばる）新人賞を獲った「ゴッド・ブレイス物語」（八九年）を読んですぐ会いに行って、まず書いてもらったのが『重金属青年団』（九〇年）。基本的にはエンタテインメントなんだけど少し文学的要素が強くて、そのときは売れなくて、単行本ではちょっと厳しいけど、まだ新書に元気があった時代だったので、『ブルース』をノベルズ版で出した。

――それは角川書店に入って何年目くらい？

宍戸　さあ……〈カドカワトラベルハンドブック〉が出た年が分かれば、分かるんだけど。

――じゃあ（インターネットで）調べてもらっている間に身上調書を伺いましょう。

宍戸　生まれは東京ですね、一九六一年。専修大学で経営学部にいたんだけど、ほとんど学校には行っていなくて東大在学中の和田秀樹さんとか神足裕司さんとか、よその学校の連中と遊んでいました。サブカル系の人たちの一つ前の世代ですね。当時、新宿東口にコーヒーロードしみずという、エロ映画の監督やら娼婦やらがたむろしている怪しい喫茶店があって、そこを拠点に週刊誌のコラムを書いたり、漫画雑誌のグラビアを構成したりしてました。卒業してもその延長みたいな感じで、読売新聞の人の紹介でPR会社に一年弱居たんだけど性に合わなくて……。

――あ、トラベルハンドブックは八七年一月創刊ですね。『北京・上海』『サイパン』『グアム』……最初に十冊出て、五年くらい続いています。

宍戸　じゃあ（入社は）八五年かな。そういうシリーズを企画してるんだけど、編集部員が足りないから、正社員じゃないけど業務委託という形で入ってくれないかって。当時はパソコンもないから、版下のコピーに色鉛筆で色を塗って色指定したり。

――やる人がいないのに企画だけあるっていうのは怖い話ですよね。

宍戸 （現地取材に）行くわけではなくて、向こうにいるスタッフに情報を集めてもらって、ガイドブックを作るわけ。だから電話番号が間違ってたりしてもうまく見つけられなくて、それを頼りに旅行した読者から苦情が来るから、編集総務の人から「トラブルハンドブック」だって言われましたね（笑）。

君よ渉れ憤怒の太平洋

宍戸 そのうちに、編集部の上司に小説もよく読んでいると知ってもらえて、じゃあ文芸もやってみないかってことになったんですよ。

――好きな小説というのはどういう……？

宍戸 大藪（春彦）さん、筒井（康隆）さんは、中学生くらいからずっと読んでましたね。もちろん（山田）風太郎さん。あと星（新一）さん、半村（良）さん、平井和正さんとか、多すぎて数えきれない。だいたい文庫になってたんだけど、うち（本郷）のほうはまだ貸本屋がありましたからね。日本の小説は身近にあって、これは面白そうだって自分で見つけられたけど、海外文学は分からないから、友だちが薦めてくれるものを読んでました。初めにはまったのは、ジェフリー・アーチャーの『百万ドルをとり返せ！』かな。その後はマルティン・ベック・シリーズとかラドラムの『暗殺者』なんかも好きでしたね。

右２冊がカドカワ・ノベルズのデフォルト的な表紙。
『ブルース』の特異性に注目
装丁・岡村元夫

ともかく角川で文芸をやりだしたのは八七年くらいですね。それ以前に、最初PR会社に入った直後から西村寿行さんのところに出入りしてました。小説の資料を山のように集めてくる係。そういうのが常に一人必要で、僕のちょっと前が山根一眞さんで、一人おいて僕かな。そのころ寿行さんがいちばん書きまくっていた時代だから、夕方から各社の編集者が二人ずつ来て、六人くらい待機しているわけ。徳間の仕事でも講談社の仕事でも、他社の寿行さん番も必ずいなきゃならない。昼間、先生が酒飲まないで原稿書いて、終ったら毎回、みんなでアーリータイムスを二本くらい空けるんですよ。

――じゃあ、文芸に行ったら最初は寿行番？

宍戸 そうですね。寿行さんの仕事が時間的には多かったかな。ほぼ毎日、仕事場に呼ばれるわけですよ。寿行さんの家族から、〝あんたうちの子みたいだね〟って言われたり……。ほかの担当作家は、若くして亡くなった竹島将さんやバイク小説の泉優二さん、デビュー直後の高橋克彦さんや原田宗典さんともよく会っていましたね。松本清張先生の資料集めのお手伝いをしたこともあります。寿行さんに関するエピソードはいくらでもありますよ。本当に凄い人でしたから。チーコって『黄金の犬』なんかのモデルなんですが、いなくなったって、夜中に全担当編集が集められて捜索したり、愛猫の葬式で誰が哀しんでいなかったかチェックされたり（笑）。

孤北丸っていうクルーザーを持っていて、よく出航していたんですが、あるとき、大島に行ってそこで先生の気に入らないことがあって、夜中に帰るって言いだした。当然皆で止めたんですが、何人かを連れて横浜のマリーナに向けて出航しちゃったんです。闇夜のなか、自分で舵を取って〝着いたぞ‼〟って上陸してみたら千葉だった。

あとクルマではね、取材旅行で運転してると、後部座席から首筋に噛みついてくるんですよ。痛いからやめてくださいと言うと怒りだして、高速道路の途中で停めて〝表へ出ろ〟。僕ともう一人編集者が、路肩に正座させられるんです。なんで怒られるのか分からない。そこで寿行さん、横で立小便をしちゃって、流れてくるから、正座のまま横へにじって逃げました。

北海道へ行ったときなんて、迎えに行くと数日前から興奮していて、飲みまくってるわけですよ。ほとんど一人で立てないくらいに。それを両側から抱えて、先生行きましょうって、羽田まで連れてく。機内では絶対に寝かしちゃいけないんです、夜中に起きちゃって、暴れるから。寝そうになると、ゆすったりして必死に食い止める。着いたら着いたで、また（レンタカーを）運転してる編集者にヘッドロック掛けたりするし……寿行さんの話なら二時間でも三時間でも出来ますよ。あの狂的な部分が創作につながってたんでしょうけど。

――文芸に配属されて正社員というわけですか。

宍戸　配属されたというか、（文芸もトラベルハンドブックと）同じ編集部だもん。当時の角川の社員は全部で百五十人くらいだったような気がします。営業も宣伝も総務も、倉庫まで全員数えて。

――編集だけだと何人？

宍戸　一課から四課まであったけど……二十人くらいかな。

――当時の出版点数からいったら小所帯ですよね。年に一人十冊作っても足りるかどうか……

宍戸　そのころは、よほどの作家じゃないと単行本を出せなかったんですよ。新潮や文春だと違ったかも知れないけど、うちとか、たぶん光文社とかはノベルズが中心で。だから僕はカドカワ・ノベルズと文庫をやってましたね。文芸チックなものは単行本でやるんだけど、そういうのはあんまり企画が通らないから。

――もともとエンタテインメント志向だったわけですよね。

宍戸 そうですね、大藪さん（当時は主に〈アスファルトの虎《タイガー》〉シリーズ）、山田風太郎さんは新作はもらえなかったけど、文庫で『八犬傳』（角川文庫版は八九年）とかいくつか作りました。そうしているうちにホラー文庫を作れって話になってきたんですね。

ホラー氷河期に立ち上げたホラー文庫

――角川ホラー文庫（九三年四月創刊）というのは、宍戸さんから出た企画じゃなかったんですか。

宍戸 僕一人じゃあできませんよ。何となくこんなものを創りたいな、とか創ったらどうだろうという想いがあって、一年くらいかけて煮詰めたと思います。

「そんな時に、鈴木光司が『リング』を横溝正史賞に応募してきたんです。これがホラー文庫をたちあげる大きな要因になったんですが、……「これはミステリーじゃない」って横溝正史賞から（最終候補に残ったが）落とされたんですよ。でもこんなに面白いし、こんなに怖いし、ドキドキさせる物語がなんでどこにもカテゴライズされないんだ！　これじゃこういった作品の行き場がないじゃないかと考えたんです」

（東雅夫との対談「角川ホラーの秘密を話そう！」、ぶんか社『このホラーが怖い！』九八年十二月）

宍戸　文庫で行こうというのは僕が提案したと思います。角川ホラー文庫という新しいレーベル

角川ホラー文庫創刊の一部
装丁・田島照久

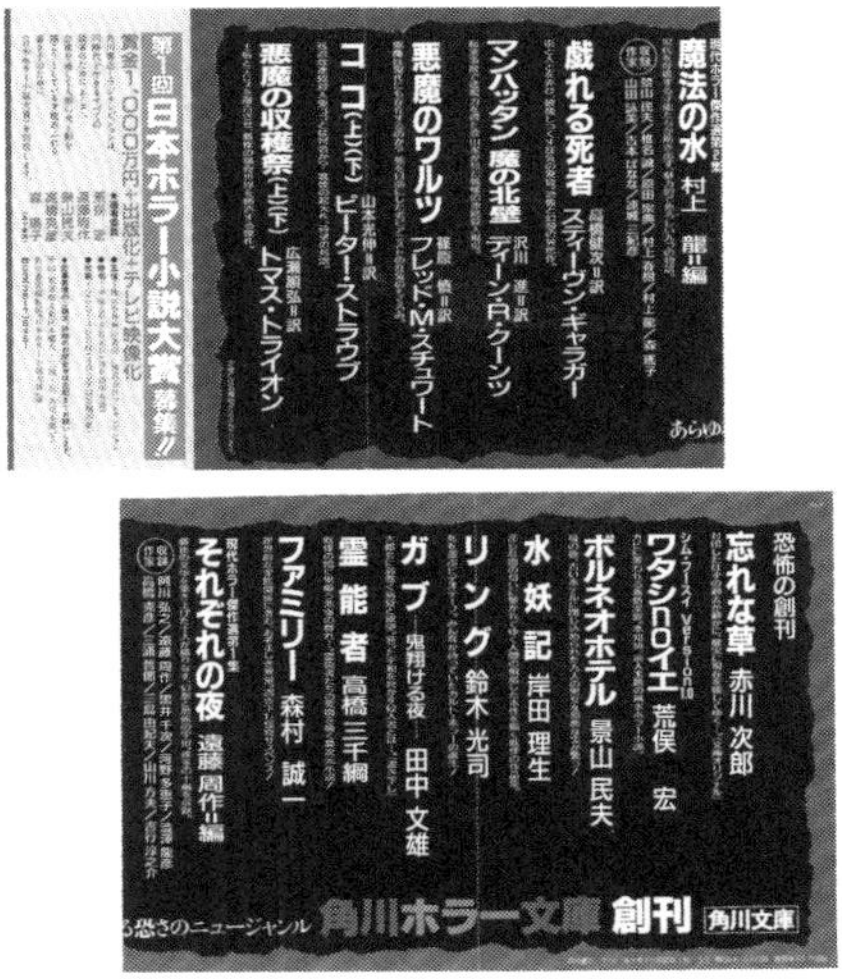

角川ホラー文庫創刊ラインナップ

を立ち上げる。それから同時に、賞（日本ホラー小説大賞）も創りましょうと。戦略的に盛り上げないといけないから。それをコンセプトに企画書を書きましたね。「無理だよ、そんなの」という声もありました。その前に、早川（書房）さんが翻訳で〈モダン・ホラー・セレクション〉（八七〜九〇年）をやって、内容は良くても営業的に失敗していたしね。いや、あんなにコアでなくて、もっと広義にやるんだ。だってみんな怖いもの好きじゃないですか。お化け映画にしろ、妖怪漫画にしろ……。

――なんか、むかし日本にSFが定着したときに似てますね。元々社が失敗し、講談社が失敗し、ハヤカワSFシリーズでようやく読者がついたように。

「……ある作家の方が言われたんですけれど、ここで角川がお金をつぎこんで失敗したら、もうあと二十年くらい、どこも（ホラーに）手を出さないんじゃないかと（笑）」

（宍戸健司インタビュー「〈角川ホラー〉定着をめざして」、『幻想文学』四十一号、九四年七月）

宍戸　カバーはおどろおどろしくしないでモダンで行きましょうと。当初は田島照久さんってコンピュータグラフィックスの先駆者的な人にカバーを全点お願いしまして。「宍戸君、ついに僕のパソコンが1ギガになったよ」「すごい！　僕なんかまだ256メガバイトですよ」みたいな、そういう時代でした。ラヴクラフトもあるし、カジュアルでちょっと笑えるような筒井さん的ホラーもあれば、三浦哲郎など文学的なものからコミックまで、ごった煮みたいな感じで、文庫内で読者が選べるように作りました。おかげさまで成功したんじゃないかな。ホラーという単語が嫌悪感なく定着したし。『リング』（九一年）は単行本で出してもあまり売れなかったけど、ホラー文庫に入れたらすごく売れた。

――小池（真理子）さんの『墓地を見おろす家』も普通の角川文庫書下ろしでは黙殺されたけど、ホラー文庫になると続々重版になったといいますね。ホラー文庫編集部は何人いたんですか？

宍戸　僕一人ですよ。そもそも文庫編集部があるわけじゃなくて、単行本も普通の角川文庫も、スニーカー文庫もやってたんだから。

――むちゃくちゃ忙しいでしょう？

宍戸　そうでもないですよ。書下ろしやってもらって、カバーのデザインはこれでって。それより大変だったのはホラー大賞のほうですよ。まず、選考委員を誰にしようかとかね。

――新装刊の『野性時代』（九三年五月号。B5判からA5判に軽量化）でもホラー特集を組んで、ホラー文庫の創刊と同時に募集を開始していますね。選考委員は荒俣宏・遠藤周作・景山民夫・高橋克彦・森瑤子。

宍戸　その直後に森さんが亡くなったんですよ（七月六日）。結局、あとのお四かただけでやっていただいて第一回は受賞作なし、佳作の一人が、まだ無冠だったころの坂東眞砂子さん（『死国』

『狗神』など著書はあった)。

——坂東さんが担当編集者に、何百人という人が怖い物語を考えて、それが一箇所に集中して送られて来るんだから、何か怪異が起こるんじゃないかと言ったとか。八百本以上来たんでしょ。

宍戸 そうそうそう。第二回で遠藤先生が体調を崩されて降りたいとおっしゃるんで、林真理子さんに入ってもらったんです。このとき受賞したのが瀬名秀明『パラサイト・イヴ』(九五年)。その後、第三回、第四回と続ける間に遠藤先生が亡くなられました(九六年九月)。受賞作のほうは順調で、第三回佳作だった貴志祐介さんが『黒い家』(九七年)で第四回の大賞を受賞しましたが、今度は景山さんが火事で亡くなるという事故が(九八年一月)。選考委員は三人になってしまったけど、こうなると四人目は非常にお願いしにくいよね。もうこの三人に踏ん張ってもらうしかないというわけで、それからは大過なく十数年。一昨年からは貴志さんに入ってもらって四人になっています。第六回が岩井志麻子の短篇が大賞で「ぼっけえ、きょうてえ」。一年おきに受賞作が出て、話題作になっていましたね。

——第五回は受賞作なしですが、最終候補の『バトル・ロワイアル』が他社から出て(九九年)ベストセラーになりましたよね。こういうのは悔しくないですか。

宍戸 僕にはすごく面白く読めたんだけど、こんなアンモラルな小説に受賞させるべきでないと選考委員が結論を出しました。あれはホラー大賞の見識であり、その後の指針にもなりました。でも結局、彼(高見広春)はあとが続かなかったですよね。

――ともかくホラー文庫とホラー大賞とで、日本にホラーの市民権を打ち立てたとは言えるんじゃないですか。

宍戸　そうかも知れませんね。岩井さんのあとにも（受賞者に）いい作家はいろいろ出てるんだけど、現在はホラーに転換期が来てると思います。

馳星周や白石一文がデビューするまで

――ホラー大賞で初期のころ、応募原稿の下読みをやっていたのが坂東齢人、のちの馳星周ですね。彼が『不夜城』（九六年八月）を宍戸さんに持ち込んだのは、ミステリの新人賞に応募してもきついだろうと思ったんでしょうかね。

宍戸　そんなとこかも知れない。誰か知り合いの編集者に読ませたほうがいいし、だからといって、そのときはまだ『本の雑誌』で「新刊めったくたガイド」とかやっていて、「深夜＋1」（新宿ゴールデン街にある酒場で、日本冒険小説協会の拠点）に昔から来ている（編集者）連中に持ちかけるのも、恥かしいみたいな（笑）、想像だけど。僕が通い始めたころは、馳はもう（「深夜＋1」

装丁・高橋雅之

装丁・鈴木成一デザイン室

で）バーテンはやってなかったから。僕は大藪さんやら寿行さんの担当だったし、北方（謙三）さんや大沢（在昌）さん、もちろん生島（治郎）さんたちと親しかったので、ハードボイルドや冒険小説は少しは分かるのかと思われたんじゃあないですか、たぶん。

「日本ホラー小説大賞の打ち合わせで、たまたま小説を書き上がったころに、宍戸と打ち合わせがあったんです。要するに、『不夜城』を書き上げたあとに、最初に会った編集者が彼だったので、とりあえず彼に渡そうと。それで、渡したんですね」

「（返事があったのは）その年（九五年）の大晦日。１カ月ぐらいで読んでくれたんだよね。偉いよね、あいつは。編集者はなかなか読まないですからね」

（池上冬樹によるインタビュー「小説家になりま専科／その人の素顔」第二十五回、http://www.sakuranbo.co.jp/livres/sugao/2011/ 11/post-13.html）

宍戸　で、読んだらもの凄く面白かったから、すぐに電話を入れました。冬休みに入ってすぐに読んだので、連絡をしたのは十二月三十日とかだったと思います。その後、すぐに三冊は必ず出すから書いて欲しいと頼みました。『不夜城』はほぼ完成原稿でもらいましたけど、二作目（『鎮魂歌《レクイエム》』）三作目（『夜光虫』）は構想段階から付き合っていきました。

それから白石一文さんのデビュー作『一瞬の光』（二〇〇〇年一月）も、人づてに原稿が回ってきた。著者名も入っていなかったんですが、すぐに読んで、〝これは凄い〟と思って担当を決めてあわてて会いに行きました。そのときはまだ文春の社員で白石一郎さんの御子息だなんて知らなくてね。

念願だった山田風太郎賞

──山田風太郎賞の創設は、やはり上のほうの意向があったんですか。

宍戸　いや、ありませんでした。まず僕が山田先生の大ファンであるというのがありますけど、角川の文学賞の冠には作風的にも山田風太郎しかいないと前々から思っていたんですよ。基本的に僕は小説が好きなんですけど、それ以上に作家という人種が好きなんですよ。生島さんも大藪さんも寿行さんも。

風太郎さんのお宅へ行くと、奥さんがすごく料理がうまくて何でもおいしいんです。でも量がすごいの。前菜に高級肉がたっぷりのボルシチ、これだけで満腹になったところへ、刺身、焼き魚が出て、「ステーキはこれから焼きます」（笑）。先生は自分ではほとんど食べなくて、人が食べるのを見ながら、ウイスキーをちびちび飲ってるのが好きなんです。あれはかっこ良かったなあ。それで庭に滝があるような豪邸に住んでるのに、麻雀の点数を書くのに、使用済の封筒の裏を使ってる（笑）。いつも封筒を切ってペロッと開けて、「はい、ここに書いて」。「便箋買ってきますよ」と言っても、「いやいや、これでいいんだよ」って。山田風太郎さんはそんな感じ。

――山田風太郎が好きだから賞を創ろうと言って、すぐ創れるものなんですか。

宍戸 いや、創れませんよ。角川書店はかつて麻雀大会とか、小さい規模でゴルフ大会もやってたんですよ。週刊誌があると、広告主を招んだりして大々的なゴルフコンペなんかをやって、そこに大家や新人の作家も招いて交流させるんだけど、今の角川にはない。で、何か既成の作家のためになるようなことは出来ないかと。

――角川小説賞（七四〜八五年）というのはありました（笑）。

宍戸 とにかく新しい賞を創るんだったら、忍法帖があり、ミステリがあり、明治物があり、不戦日記があり、『人間臨終図巻』みたいな名著もある天才・風太郎さんの冠しかないと。一人の作家がこれだけ多様なジャンルのものを残したという何でもアリな感じが角川らしいなと思って。

――だいたい、吉川英治文学新人賞、山本周五郎賞、直木賞、柴田錬三郎賞、吉川賞という順で獲っていきますよね。風太郎賞はどのあたりの位置づけに?

宍戸 基本的にまだ直木賞を獲ってない人ですかね。吉川新人賞と直木賞との間で、山本周五郎賞とはどっちかな。続けているうちに性格が決まってくるんでしょうけど。

――第一回が貴志祐介『悪の教典』、第二回が高野和明『ジェノサイド』で、どちらも評価も高くてベストセラーになって、順調にいっている感じじゃないですか。だいたい宍戸さんが手がけたものは全部うまくいっているような。

宍戸 そんなことはないですよ。ただ、僕は作家とトラブルになって喧嘩したことはほとんどない。うちで部数的に厳しくなって出せなくなったときは、「ごめんね。出せなくなった」と正直に伝える。でも作家個人はすごく好きなんで、何らかのつながりは持っていたい。新人でたちまちスターになってしまう人より、地道に十冊くらい書いてきて売れない、という作家のほうが絶対テクニックは上だから。結局、味つけは「さしすせそ(砂糖・塩・酢・醤油《せうゆ》・味噌《そ》)」

装丁・高柳雅人

ですか、それくらいしかないんだから、違う配分を考えて売れるように出来るといいなと思っています。そうやってブレイクさせるほうが楽しいし、これから定年までの十年はそんなことをやっていきたいですね。それはホラー文庫も同じだったんですよ。ホラー文庫専用の作家を育てるとかいうんじゃなくて、既成作家にホラー風味を強めてもらうとか、今まであった短篇をホラー文庫に入れたら売れたとか、違う味つけをしただけですから。

（二〇一二年三月八日、本の雑誌社にて）

生涯一東京創元社

戸川安宣◉東京創元社

とがわ やすのぶ●昭和22（1947）年、長野県生まれ。立教大学文学部卒。厚木淳の勧説により東京創元社に入社、創元推理文庫の〈シャーロック・ホームズのライヴァルたち〉シリーズや〈日本探偵小説全集〉などを手がけ、鮎川哲也賞を創設して新人の発掘にも努めた。編集部長、社長、会長などを歴任後の現在も編集部顧問。2004年に第4回本格ミステリ大賞特別賞を受賞。「翻訳ミステリー大賞シンジケート」http://d.hatena.ne.jp/honyakumystery/ のサイト内に「戸川安宣の翻訳家交友録」を連載中。

スカウトされて入社？

戦後ミステリ史を語る上でどうしても外せない出版社の一つが東京創元社であり、創元社といえばこの人、というのも誰しも認めるところだろう。ちょっと困ることに、戸川安宣氏自身が『本の雑誌』二〇〇四年一月号から〇六年二月号まで、二十五回にわたって少年時代からの詳細な回想的エッセイを執筆している（二〇〇五年三月号は「二〇〇四年乱歩イベント総まくり」掲載のため休載）。しかし、この長期連載は氏が入社するところで終っており、「……（入社後）の話はまた機会を改めてお話しする」と言いながら、七年以上が過ぎてしまった。その続きからお話を伺うことにしよう。

――戸川さんといえば東京創元社というイメージが分かちがたくありますが、もう少しで早川書房に入りかけたとか聞いたことがあります。

戸川　正確にはそうじゃなくて。立教大学でミステリクラブを作ったり、（同人会の）ＳＲの会に入ったりして、学生のころから東京創元社や早川書房をしょっちゅう訪ねていたんです。そのころ常盤（新平）さんがハヤカワの編集長で、僕が二年生のときだったかな、矢野浩三郎さんが著作権事務所を立ち上げたんで、そこでアルバイトをしないかと、常盤さんが電話してこられて。今の日本ユニ・エージェンシーの前身ですね。そこで実務を覚えさせて、ゆくゆくはハヤカワに入社させようと常盤さんが考えていたのかな。そんな印象を受けました。ただ、何だったかそのとき都合が悪くてアルバイトの話は断ったんですね。

――そのまま早川書房に入っていたら、日本のミステリの歴史が変わっていたかも知れませんね。

戸川　しかし僕はミステリでも古典が好きなので、新作重視のハヤカワより創元のほうが自分に合っている気はしましたね。

――まだ文庫を出していなかったハヤカワは岩波新書で、創元は岩波文庫であると。

戸川　それは僕の上司だった厚木淳（一九三〇～二〇〇三）がよく言っていた喩えですね。

――厚木さんのことをもっと伺いたいです。お会いしたことがないので。美男子でした？

戸川　そう言っていいでしょう。

――いえね、それを伺いたかったのは、創元社が一九五六年〈世界推理小説全集〉で推理畑へ進出した、「そのとき企画の面で一番頼りにしたのが江戸川乱歩先生。僕（厚木氏）として非常に楽だったのは、どういうわけか、乱歩先生がわりあい僕のことを可愛がってくれたんですよ。本（原書）も快く貸してくれたし、知恵も出してくれた」（『東京創元社文庫解説総目録［資料編］』所収

「厚木淳インタビュー」。インタビューの日付は一九九九年一月二十八日）という、「どういうわけか」は「そういうわけ」じゃないかと（笑）。

戸川　宮田（昇）さんは厚木さんのことを「老人キラー」と書いてますね、『戦後翻訳風雲録』で。

――『戦後「翻訳」風雲録』（本の雑誌社、二〇〇〇年三月）に厚木さん登場してましたっけ？

戸川　みすず書房版の新編で書き加えられたんじゃないかな。僕のこともちょっと出てきますけど。

厚木淳にはひとつ、思い出がある。ミステリー好きの編集者が入社したとき、飯田橋近くの喫茶店で、私に彼を紹介してくれた。おそらく、厚木ひとりでこれまで支えてきたミステリー、ＳＦの編集の重荷を分け合ってくれる人間が来たという、ほっとした気分があったのだろう。彼がタバコを一本取り出すと、新しく入った編集者がさっとライターに火をつけ差し出した。彼は、それをきわめて自然に受けて、タバコをくゆらした。私は、あらためて私とは違う彼の生まれ育ちのよさと、おのずから持っている、選ばれた人間の風格を感じた。（『新編 戦後翻訳風雲録』二〇〇七年六月）

戸川　ところが宮田さんが印象に残ったという、この場面を僕は全く憶えていないんですよね。

――記憶には人それぞれ濃淡が違うってことでしょうね。

戸川　話を学生時代に戻しますと、厚木さんにも常盤さんと同様、目をかけていただいて、自宅へ招んでもらいました。確か二年生の正月から毎年、三が日に厚木さんの調布のお宅へ伺う習慣になって。

――それは新年会じゃなくて、戸川さん一人だけ？

戸川 ええ。行くと日本酒を出されて、僕はそんなに呑めないので厚木さん一人で呑んで、そのうちフッといなくなるんですよ。その間、奥さんに相手をしてもらって一時間ほどすると厚木さんが戻ってくる。昼寝して酔いを醒ましてたんですね。

それで四年生のときの正月（一九七〇年）に「卒業したらどうする？」って訊かれて。それまでは大学院に行くつもりだったんですが、その年度は（他大学の学生運動に）遅ればせながら立教もロックアウトして、授業がまるきりなかった。これでは院どころか卒業もどうなるかと迷っているところだったから、「（東京創元社に）来ないか」って言われて、ではお世話になりますと。

――入社試験もなし？

戸川 そうですね。今の東京創元社はほとんどミステリとＳＦ専門ですが、当時はまだ総合出版社時代の名残があって、〈バルザック全集〉に、〈現代社会科学叢書〉、〈ミュージック・ライブラリー〉ってこれは音楽書。〈名作歌舞伎全集〉だけは、社外編集のかたに週に一、二回来てもらっていましたけど、創元選書もまだちょっと残っていましたし、それをみんな編集部五人でやらないといけなかったんですね。しかも部長の厚木さんは、そのころもう（Ｅ・Ｒ・）バローズやらの翻訳が忙しくて週に一回、会議に出てくるだけで、実働は四人ですね。だから何でもやりましたよ。推理文庫での最初の仕事は、『鎧なき騎士』（ジェームズ・ヒルトン）のゲラを素読みすること。これはなかなか面白い小説だなと思いました。

――それは帆船マーク（怪奇・冒険部門。マーク廃止後はホラー&ファンタジイ部門）ですよね。

戸川 僕が入社する一年くらい前に帆船マークが出来たんですよね。そのうちに訳稿をもらうところからやらせてもらえて、大久保康雄さん、中村能三さん、宇野利泰さん、青田勝さん、まだ新人だった菊池光さんといった先生方を担当しました。

――どんな作品をやるかは上意下達で降りてきて、御自分で企画からすることはなかったんですか。

戸川 （E・D・）ホックなんかやりたかったんですがね。学生時代ワセミス（ワセダ・ミステリ・クラブ）の集まりに行って、ゲストの都筑（道夫）さんからニック・ヴェルヴェット（ホック『怪盗ニック登場』などの主人公。二〇一四年末より『怪盗ニック全仕事』が創元推理文庫より刊行中）の話を聞いて面白そうだなと、銀座にあったイエナでEQMMを買ってきて読んだりしてました。それでイエナに通ううちに、ホックの"The Shattered Raven"という長篇を見つけて。四年生だったか、もう東京創元社に入ったあとだったか。厚木さんに、これ面白いから出しませんかみたいな話をしたんですけど、まるっきり新人作家を出すのは冒険だしとか言って取り合ってもらえなくて、結局ハヤカワが翻訳権取ったわけですけども。

――『大鴉殺人事件』（一九七二年十月刊）。それは編集会議で却下された？

戸川　いや、厚木さんと立ち話みたいな感じで。そのころは、これこれの翻訳権取ったから誰か翻訳者に頼め、というような流れが普通で。厚木さんもいちいち細かく作品を吟味する暇はないんですよ。だからハドリー・チェイスとかカトリーヌ・アルレー、フレドリック・ブラウンみたいに、売れ行きのはっきりしている作家で、手元に原書があるかエージェントから回ってきたのを優先させてました。

――なんか製造ラインみたいですね（笑）。

戸川　それから『マフィアへの挑戦』（ドン・ペンドルトン。七三年四月～七七年四月）とか、一つ企画を決めれば十冊以上が自動的に続いて楽なんです。『マフィアへの挑戦』をやったら、〈デストロイヤー・シリーズ〉（サピア&マーフィー著。七四年九月～七八年八月。のち再開）を出すみたいな……。

――〈火星シリーズ〉（E・R・バローズ。六五年十月～六八年十月）が当ったからですかね。

装丁・日下 弘＋原 弘

戸川　〈火星シリーズ〉は僕が入社する前ですけど、口絵・挿絵つきの文庫というのは、あれが（日本で）初めてでしょうね。それをやったのは、僕が入ったとき課長だった五所英男さんという、もと岩崎書店にいた人なんですよ。バローズの武部（本一郎）さんをはじめ、〈スカイラーク・シリーズ〉（E・E・スミス。六七年三月～六八年十二月）の金森（達）さんとか、みんな五所さんの人脈ですね。ただ、七一、二年ごろ僕の上の二人が相次いで辞めて、課長のすぐ下が僕というところで五所さんも厚木さんと折り合いが悪くなって去ってしまい、気がついたら編集部に僕しかいないっていうときがふた月ぐらいありました（笑）。

宛てがい扶持の仕事から独自企画へ

戸川　僕が入った一九七〇年というのは、まだ東京創元新社でした。その秋に負債を一応返し終って、当時の社長の秋山（孝男）さんが倉庫から、木の板に東京創元社って墨で書いた看板を出してきて玄関に掛けた、そのときの秋山さんの嬉しそうな顔を今も思い出しますね。また翻訳出版史上でも節目の年でもあって、それまで加盟していたベルヌ条約という国際著作権条約には十年留保という規定があって、原著が刊行されてから十年間、翻訳権が取られなかった作品は以後、自由に翻訳できたのが、七一年からはその優遇措置がなくなったんです。ただし、七〇年以前の作品については今でも当てはまります。それで、ガードナーの著作リストを見ていたら、ペリー・メイスン・シリーズの最後のほうの『怯えた相続人』（一九六四年）というのが一冊、未訳で残っているのに気づいて、これを出したりしました（七七年十二月刊）。

——そこでハヤカワもあわてて『不安な遺産相続人』（七八年五月刊）で追いかけた。どうして残ってたんでしょう。

戸川　さあ。たぶん最初に頼まれた人がなかなかやれなくて、すっぽかしたというか、なにしろ八十冊以上あるシリーズなんで、頼んだほうも忘れてしまったんでしょうね。あと、むかし出していたアルセーヌ・リュパン全集のうち文庫化できるものを続けて出したとき、これが全集からも漏れてたというんで『オルヌカン城の謎』（七三年五月刊）を追加したり。

——どうも隙間産業っぽいですね（笑）。これこそ御自分が一から立てた企画という最初は、何になりますか。

戸川　まとまったものとしては、やっぱり〈シャーロック・ホームズのライヴァルたち〉（七七年七月～八一年一月）あたりですかね。あれはちょうど僕が入った年にヒュー・グリーン編の“The Rivals of Sherlock Holmes”が出て、たぶんタトル（商会）から次の七一年くらいに届いたのを見て、これはすごい本が出たなって。ただ、収録作品はほとんど翻訳権が切れてるんだけど、グリーンの解説もそのまま つけて出すってなると、改めて翻訳権を取らないといけない。それでは旨味がないので、「隅の老人」から一篇、「マックス・カラドス」から一篇というグリー

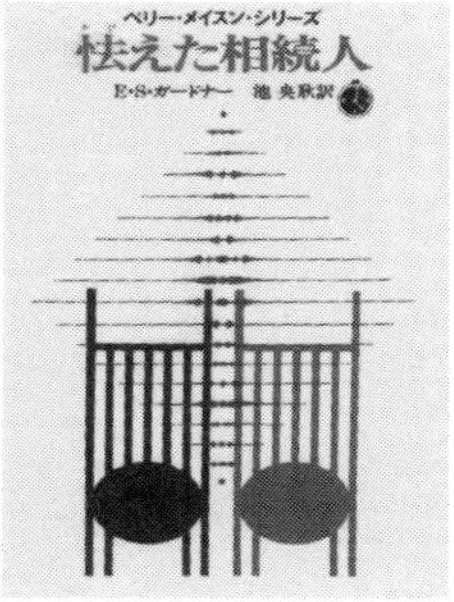

装丁・日下 弘

ンの編集方針を拡大して、それぞれ一冊ずつにすればいいんじゃないかと。創元推理文庫はミステリの岩波文庫といいながら、ドイルはあるのにフリーマンがない。これでは漱石はあるけど鷗外がない、みたいだったんで、この機会にその辺を入れておこうと思ったんです。幸いに読者に受け入れられて第二期まで出せましたけど。

――そのあと〈探偵小説大全集〉（八二年八月～八七年九月）というのが出てますけど。

戸川　あれは単なるキャッチフレーズというかね、古典的名作とか何とかいってオビで太鼓を叩く謳い文句として考えただけで、全体に何をこう入れて体系化するというような構想は全然なかったんですよ。

――だから『東京創元社文庫解説総目録』（二〇一〇年十二月刊）を見ても、どれが〈探偵小説大全集〉だったのか全然分からない。オビつきの初刊を現物で当るしかないわけで、記録のために表にしておきました。

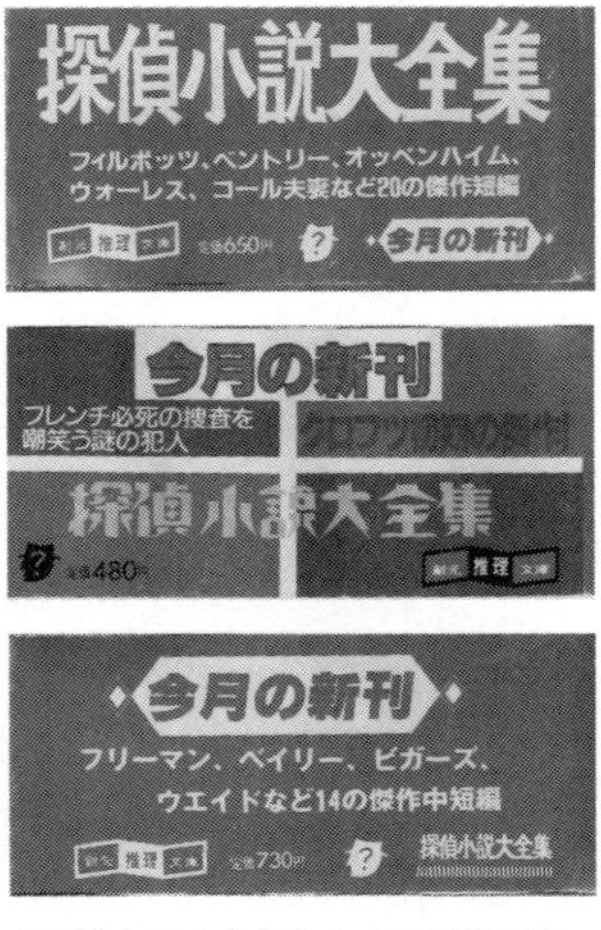

「探偵小説大全集」の文字が躍る帯

探偵小説大全集一覧（奈良泰明編） 資料協力：須川毅、新保博久

赤い拇指紋	オースチン・フリーマン	1982年8月27日
陸橋殺人事件	ロナルド・A・ノックス	1982年10月29日
幽霊射手（カー短編全集4）	ディクスン・カー	1982年11月26日
死時計	ディクスン・カー	1982年12月24日
亡霊たちの真昼	ディクスン・カー	1983年1月28日
黒い塔の恐怖（カー短編全集5）	ディクスン・カー	1983年4月22日
ホッグズ・バックの怪事件	F・W・クロフツ	1983年5月20日
ゲスリン最後の事件	フィリップ・マクドナルド	1983年5月20日
ブロの二重の死	クロード・アヴリーヌ	1983年6月24日
鑢－名探偵ゲスリン登場	フィリップ・マクドナルド	1983年10月21日
死の鉄路	F・W・クロフツ	1983年11月25日
探偵小説の世紀／上	G・K・チェスタトン編	1983年12月2日
青銅ランプの呪	カーター・ディクスン	1983年12月23日
殺人者は21番地に住む	S＝A・ステーマン	1983年12月30日
被害者を捜せ！	パット・マガー	1984年2月3日
溺死人	イーデン・フィルポッツ	1984年2月24日
ピカデリーの殺人	アントニイ・バークリー	1984年6月8日
六死人	S＝A・ステーマン	1984年8月24日
サウサンプトンの殺人	F・W・クロフツ	1984年12月21日
四人の女	パット・マガー	1985年1月25日
シグニット号の死	F・W・クロフツ	1985年2月22日
ホワイトストーンズ荘の怪事件	セイヤーズ＆クロフツ他	1985年4月5日
探偵小説の世紀／下＊	G・K・チェスタトン編	1985年8月23日
七人のおば＊	パット・マガー	1986年8月22日
スターヴェルの悲劇＊＊	F・W・クロフツ	1987年9月25日

＊〈探偵小説大全集〉の表記は小さくなっている。
＊＊〈探偵小説大全集〉が新ロゴになったが、これ1冊のみ。ちなみにこれ以前に〈探偵小説大全集〉と銘打たれて然るべきロジャー・スカーレット『エンジェル家の殺人』（1987年5月29日）は〈犯罪の中のレディたち〉（女性作家シリーズ）に組み込まれていた。

「密室」と「邪馬台国」は売れる？

戸川 僕は大学では史学科だったんですけど、だいたい日本の歴史とか通史を読んでいくと最初の数巻で挫折するんで（笑）中世に入るところで終ってしまう。だから考古学とか民俗学とかはけっこう熱心にやったんですが、やっぱりミステリも古いものが好きではありますね。

── それがなぜか国産の新人発掘の雄ということになっていかれるんですが、日本物で最初に手がけられたのは〈日本探偵小説全集〉（八四年十月〜八九年二月、九六年六月）ですよね。

戸川 やっぱり入社したときから、（江戸川）乱歩とか鮎川（哲也）さんとかをやりたい気持はずっとあって、中町信さんにも七〇年代に会いに行ったりしているんですよね。『新人賞（殺人事件）』（徳間文庫では『新人文学賞殺人事件』、創元推理文庫では『模倣の殺意』と改題）なんか好きだったもので。ただ、このままでは親切すぎて読者に仕掛けが分かってしまうから省略したほうがいいですよとか、いくつか改訂案を箇条書きにしてお渡ししたり。

── そのころすでに『模倣の殺意』を文庫化する計画があったんですね。

戸川　まあ出来るものなら。しかし十数年、翻訳物だけでやってきた文庫に日本人作家を入れるには、それなりの言い訳がないと読者が納得しないんじゃないかと。で、最初に体系的な全集をやるというのがいちばんいいんじゃないかと思ったんですね。

そのころ鮎川さんに、こういう企画を考えていますと話したら、いつものように鮎川さんは忘れられたあの作家この作家を入れてくれとおっしゃって、まあそれはほとんど無視したんですけど（笑）。ただ、ああ鮎川さんといえば、講談社の〈書下し長篇探偵小説全集〉の（公募された）十三番目の椅子で再デビューしたのが現在につながるんだなあと思い出して、そういう企画もやってみたいというのが、〈日本探偵小説全集〉とセットになって浮んできたんですね。

――それが〈鮎川哲也と十三の謎〉（八八年十月～八九年十一月）。その十三番目の椅子はさらに鮎川哲也賞（九〇年～）に発展するわけですが、鮎川さんとのそもそもの馴れ初めは？

戸川　入社した年末に、五所さんから君が入ったから久しぶりに『創元推理コーナー』（文庫新刊に数年に一度つけられた付録冊子）でも作ろうかって言われて、まるっきり任されました。いつも巻頭に三頁、ゲスト・エッセイをいただくんで、じゃあ鮎川さんにって手紙を出したのが最初ですね。その後、鮎川さんから近くに来たから会おうとか会社に電話がかかってきたり、断続的にお付き合いがありました。しかし鮎川さん以外は、当時の推理作家とはほとんど接触

装丁・日下 弘

がなかったわけですよ。

――最後に出た日本作家の単行本が松本清張の『危険な斜面』(五九年)ですからね。

戸川 それで十三人目を公募するといっても、まず十二人の作家が揃えられるかどうか……。そういうときワセミスOBの秋山協一郎さんから電話がかかってきて、折原(一)がオール讀物推理小説新人賞に応募したけど駄目だったみたいだよ、と言うんで、さっそく折原さんに読ませてもらって、ほかにもある? と訊いたんだか、それから書いてもらったのか、密室物ばかりまとめて『五つの棺』(八八年五月刊)を出したんですが、三十年ぶりに日本作家の単行本を出すには、やっぱり密室がインパクトがあるだろうと思って。のちの話になりますが、鯨(統一郎)さんの『邪馬台国はどこですか?』(九八年五月刊)を出すときの部数会議で、新人だから抑えてとか言っているので、「いや、これは絶対売れる」とプッシュして、ほんとに売れました。密室と邪馬台国というのは強いんですよ。『五つの棺』も売れてくれたから、折原さんを第一回配本にして〈鮎川哲也と十三の謎〉をスタートさせました。

――宮部(みゆき)さんは折原さんが紹介したんですよね。

戸川 彼の翌年にやっぱりオールの新人賞で最終候補に残ったときの選評を読んで、この人はいけるんじゃないか、って薦めててくれたんですね。

――選評だけで見抜くとはすごい。

戸川 それから鮎川さんの推薦で有栖川(有栖)さん。古くからの人ですが笠原卓さんもそう。

フランス著作権事務所を辞めてライターになった山崎純さんに声を掛けるとか……。とにかく十二人埋めないといけないんで、〈日本探偵小説全集〉を一緒にやっていた北村（薫）さんにも声を掛けました。むかし北村さんが学生時代、乱歩賞に応募したいんで、夜中の東京をドライブするのにちょっと付き合ってくれませんかって頼まれたことがあって。その作品はどうなったんだろう。それを思い出したんで、まだ小説を書く気があるのって訊くと、やってみたいって。

――そのドライブをやってなければ『空飛ぶ馬』もなかったわけですね。

戸川 〈鮎川哲也と十三の謎〉にしても〈日本探偵小説全集〉にしても、最初は営業部からけっこう抵抗がありました。〈日本探偵小説全集〉は例えば夢野久作集だとやっぱり『ドグラ・マグラ』は入れたい。すると各巻、平均八百頁ぐらい必要で、それが十二巻。最初の江戸川乱歩集が出来たとき、書店の創元推理文庫にあてがわれた棚で、普通の二冊三冊分の幅をとるわけです。じゃあ二倍三倍売れるのかって言われると、そこまで自信はなかったんですが、結果的に非常によく売れてくれたんで、それからは何も言われなくなりました。

――そのころ（一九八八年）戸川さんの役職は？

戸川 編集課長ですかね。

――社長になられるのはだいぶ先ですね？

戸川 社長は一九九九年から四年間です。その前の社長が一期（二年）で降りて、そのとき役員は僕とあと一人しかいなかったから、どっちかが引き受けざるをえない。僕も社長業とか経営とかには、まるっきり自信はなかったんですが、二人続けて一期で辞めるというのは、銀行やら対外的にも好ましくないし、しょうがなくて、歯を食いしばって二期やりました。

——その間、編集実務はお休みでした？

戸川　いやいや、本を作ってました。

——社長自ら（笑）。（乱歩の）『貼雑年譜』（復刻版。二〇〇一年三月刊）、これは社長権限で出したわけですか。

戸川　そうじゃないですけど（笑）。編集部員よりたくさん本を作っているときもありました、その四年間に。九時からは社長業に専念することにして、七時に出社して編集の仕事をやってました。

——社長にいちばん早く出社されたら社員はたまりませんね。それから会長、相談役を経て、現在はどういう立場でしょう？

戸川　去年（二〇一二年）の十二月いっぱいで定年退職ということになりまして、今はアルバイトです。一応、役名は編集部顧問となっていますが。

——顧問というのは何をするんですか。

戸川　本を作ってます。今日も一つ入稿してきたところです。

——現役時代と何も変わってないじゃありませんか。

（二〇一三年五月九日、神田伯剌西爾にて）

『ミステリマガジン』最長期政権の陰で

染田屋　茂◉早川書房

そめたや　しげる◉昭和25（1950）年、東京生まれ。東北大学仏文科卒。早川書房に入社して『ミステリマガジン』の長島良三、菅野圀彦編集長を補佐、次期編集長と目されたが86年に退社、佐藤和彦名義で翻訳家となる。96年から編集者に復帰、朝日新聞社、武田ランダムハウスジャパン、KADOKAWAを経て、現在はフリー。訳書にスティーヴン・ハンター『極大射程』（新潮文庫、1999年）、トマス・H・クック『死の記憶』（文春文庫、同年）など多数。

誤植とハサミは使いよう

――この企画では、最初は早川書房は菅野圀彦（一九四三〜二〇〇七）さんにお願いしようと思っていたんですね。なにしろ『ミステリマガジン』編集長として一九七五年から九三年まで十八年間、今後も破られることのない最長期政権でしょうから。ところが突然に亡くなられてしまったので、代わりにと言っては申し訳ないですが、その一時期、菅野さんを補佐してもいた染田屋茂さんに、菅野さんの思い出を交えてお話を伺います。

染田屋　菅野さんは、早川書房の編集者で定年まで勤め上げた数少ない人ですね。編集部長になる前、ミステリチャンネル（一九九七年設立。現ＡＸＮミステリー）に出向してましたけど。僕はもうハヤカワにいなくて、翻訳家になってから、また朝日新聞に入ってサラリーマンに戻ったころですが、たまにお逢いすると張り切ってましたね。楽しそうでした。

――染田屋さんもそうですが、皆さん途中でお辞めになっていますね。

染田屋　今は別でしょうが、二十年ぐらい前まで、辞めて翻訳家になる人が六割、他社の編集者になるのが三割、全然違う畑に行ってしまう人が一割くらいですか。だいたい三十歳くらいで辞める。僕は十二年くらいいて、長く勤務したほうなんです。菅野さんに、辞めたいと言ったら、「いやあ、悪かった」と。「本当は上の人間からどんどん先に辞めていくのに、僕が居続けていたから、なかなか辞められなかったんじゃないか」と言われましたね。

――社員が居着かないというのは、どうしてなんでしょう。

染田屋　基本的に辞めるというのが前提みたいになっていまして（笑）。いや、翻訳の編集とか、仕事は楽しいんですよ、好きで入った道だから。ただ、翻訳書の編集を何年かやっていると、自分の翻訳力を試したくなったり、別の環境で編集をしてみたくなったり、といった理由で辞めていく人が多いのでしょう。

――皆さん、アルバイトで翻訳をやって、そっちのほうが本業になってくる……

染田屋　でも社是として、アルバイトは全面禁止なんです。僕も入社するとき言われました、アルバイトをしたら辞めてもらいますって。

――入社のころのことを伺いたいですね。

染田屋　正式に入社したのは一九七四年になります。その前の年に（東北大学を）卒業する予定で、いくつか出版社の就職試験を受けたんですが、大手ばかり選んだせいか、みな落ちちゃって。仕方ないので少しだけ（未取得）単位を残して一年、大学に籍だけ置いておき、仙台でなく東京にいて学研でアルバイトしてました。そのとき早川書房が新入社員を募集するというんで、受けてみないかと勧めてくれる人がありまして。それで一応入社試験というのがあって、昔の、冷房がないというので有名な社屋で……。

――有名なんですか。

染田屋　ビルが古くて隙間が多いので、クーラーを入れても効かないんだと、前社長の言い分ですが。僕が入る前ですけれど、常盤新平さんなんか、パンツ一枚で仕事していたという伝説がありました。その古いビルの隅っこのテーブルに坐らされて、ここで作文と英文の日本語訳をやれって、社内用の汚い辞書を渡されて（笑）。そこで二百字詰め原稿用紙というものを初めて見ました。使い方が分からなくて、横書きで書いたら、面接のとき長島（良三）さんから、なんで横に書くんだって叱られました。だって卒論（仏文科）なんかみんな横書きなんですから。それでも採用になりましたけど。

――そのころ編集長は長島さんだったんですね。

染田屋　まあ、実際に（編集を）やってたのは菅野さんですけど（笑）。僕は正式に入る前の年の九月からアルバイトで『ミステリマガジン』の編集を手伝っていましたが、何も分かってなかったですね。

――その直前に〈世界ミステリ全集〉が完結していますが……

染田屋　これには全くタッチしてないです。僕がアルバイトで入ったのは、たまたま太田（博＝各務三郎）さんと入れ替わりみたいな感じで、太田さんとは会社では一度もお目にかかりませんでした。

――『ミステリマガジン』では主にどういうお仕事を？

染田屋　基本的には、（翻訳）原稿が入ったあとの処理です。イラストの発注とか、校正とか。作品を選ぶのは、菅野さんが一人でやってましたね。だから優秀な編集者ではありましたけど、性格的に緻密な人ではないので、ずいぶんミスはありましたね。本文の誤植は校閲の人が直してくれるんですが、タイトルの写植（文字）なんかはわれわれが切って貼るわけでして。僕なんかもあまり緻密な人間ではないですけど、一応カッターでまっすぐ切ろうとするのに、菅野さんはハサミなんですよ。それで大丈夫ですかって訊くと、いや大丈夫大丈夫って。大丈夫でなかったときもあるんですが（笑）。

いちばん印象に残っているのは、二十周年記念号（一九七六年八月）で女性翻訳家の座談会をやったんですが、本文のタイトルを間違えちゃった。「翻訳は〝女には向かない職業〟か？」って、まあ反語的なタイトルなんですけど、「翻訳は〝女には向かない職業か〟？」と、クォーテーションの位置がずれているんですよね。これはさすがに菅野さんもあとになって悔やんでいましたけど。

――普段は悔やまない？

染田屋　悔やまない。「まあいいよ、しょうがない」なんて言って。

――そういうノンシャランなところがあったから長続きしたんでしょうね。

染田屋　たぶんそうだと思います。人類が滅亡しても菅野さんだけは生き残るんじゃないかって会社で噂していました（笑）。

――それがあんなに早く亡くなるんだから分からないものですね。結局、菅野さんのいちばん思い出深い点は何でしょう？

染田屋　やっぱり誤植とハサミ（笑）。

優しくなければ編集者じゃない

――『女には向かない職業』というのは、P・D・ジェイムズの題名からとったんですよね。私立探偵のことで、これも反語的に使われています。この本も染田屋さんが担当なさったとか。

染田屋　ちょうど小泉（喜美子）さんが翻訳を再開したころで、あ、これは小泉さん向きだなと思って頼んだのかも知れません。もう記憶が曖昧ですが。だいたい1200番台くらいから1500番までくらいを担当していますね（『女には向かない職業』は1235番）。ポケミスの解説者まで記したサイト（http://homepage1.nifty.com/kobayasi/hm/hpb.htm）がありますが、編集部S・Sというのが僕です。菅野さんがSなので、それと区別するために。数えてみたら、三十冊くらい書いている。こんなに書いたかなあって。

——ポケミスの解説は担当編集者が書くんですか。

染田屋　原則は訳者です。ただ訳者によってはミステリにはそれほど詳しくないからって、それならこちらで書きましょうと。原稿料もくれるんです。一枚百五十円だったかな。

——都筑（道夫）さんのころ、社内原稿は百円だったといいます。全然上がってないですね。

染田屋　あと、解説を書くと本をもらえるんですよ。今はどうだか知りませんが、僕のころは担当したからといって、欲しければ買わなきゃならなかった。

——ひどいなあ（笑）。予算があれば、外部の解説者を頼めるんでしょうけど。

染田屋　あのころのポケミスは五千から七千部くらいですから。

——今は文庫がそれくらいになってしまいました。ガードナーでも七千部？

染田屋　僕が入ったころは、ガードナーはほとんどなかったですから。競馬シリーズは一万部くらい刷っていました。

——これも都筑さんの編集者時代、イギリス英語の、厄介な割に売れないものを頼むとき、ガードナーを付けるからと言って宥《なだ》めたそうですが、フランシスだと菊池（光）さんの専売だからそうはいかない

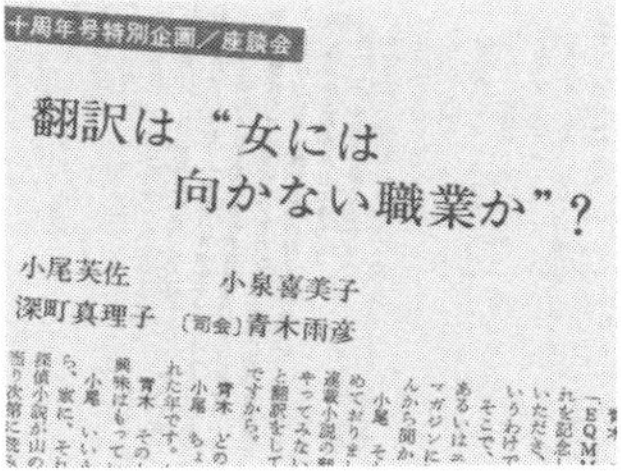

ミステリマガジン1976年8月号座談会

ですね。

染田屋　だから、ポケミスを一冊訳してもらったら、次はノヴェルズ（単行本）なりNV文庫をやってもらうというふうに、考えていました。これは菅野さんが特に……あの人は優しい人ですから。

――そのころはまだミステリ文庫（一九七六年四月創刊）はなかったんですね。これにもタッチされていない？

染田屋　ミステリ文庫は僕はやっていません。……菅野さんの優しさということで、いま思い出しましたが、あるベテラン翻訳家のかたが――翻訳って集中力が必要なので、年をとってくるとレベルが落ちる人がいるんですよ。で、そのかたに頼んだら、一枚目からケアレスミスとも言えないような、どうしようもない間違いがあって、もうこの人にはお願いできませんねと菅野さんに言ったら、「じゃあ＊＊さんの生活はどうなるんだ」って。結局それは菅野さんが自分で担当すると言って、誤訳とか全部自分で直したんじゃないかな。その後も、さすがに翻訳は不安なので、エッセイを連載してもらったりした。

――いいお話だ。

染田屋　翻訳担当の編集者としては、ああいう発想は見習いたかったですね。今の時代ですと、翻訳家をほとんど使い捨てにして、仕事の速い人をとにかく優先する。今回苦労させたから、次は売れそうな原作を回してあげようなんて発想をする編集者は、今ほとんどいないんじゃないでしょうか。

――『ミステリマガジン』と並行して、ポケミスを編集されていたんですよね。

染田屋　そのころポケミスは僕一人だったんですよ。基本的には月二冊と言われていて、とてもじゃないが出来ないですよ。月一冊がやっと。だから編集部のほかの人たちに振り分けて担当してもらいました。

――染田屋さん御自身が担当された最大のヒット商品が『女には向かない職業』？　これが日本では女性探偵物のはしりですよね。

染田屋　でも、そんなにすごく売れていないと思います。それから『ウッドストック行最終バス』（コリン・デクスター）もやりました。

――けっこうあとの流れを作った作品が多いんじゃないですか。

染田屋　それからハードボイルド系の、小鷹（信光）さんが積極的に推していた新しいハードボイルド、あれはほとんど僕がやったかな。

――ロスマク（ロス・マクドナルド）以降のネオ・ハードボイルド。グリーンリーフとか？

染田屋　ハンセンとか、リューインも。『ゴッドウルフの行方』（ロバート・B・パーカー）もそうです。でもそのなかでいちばん売れたのはローレンス・ブロックですね。訳

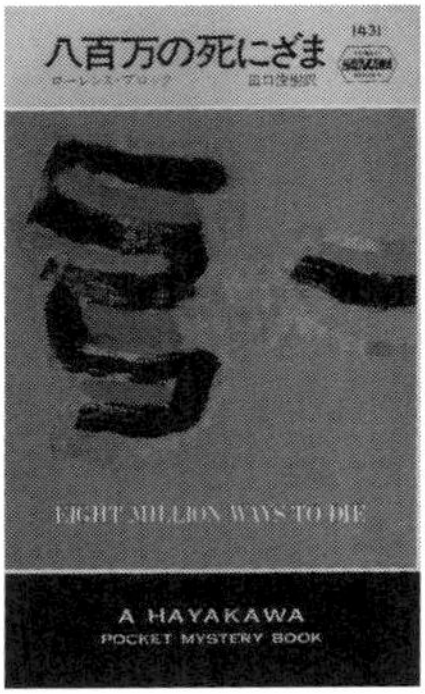

装丁・勝呂　忠

者の田口俊樹さんは、最初にやってもらった『ゲームの名は死』（ダン・J・マーロウ）は買い切りだったんですが、次からは印税にすると言って、泥棒バーニイ・シリーズを任せました。それから（マット・スカダー物の）『八百万の死にざま』。これは売れると、珍しく自信をもって出して、実際売れました。ただ、その前作『暗闇にひと突き』の版権も取っていたのに、なぜ順番に出さないんだと、ミステリのうるさがたから怒られましたけど。どっちから出そうかと迷ったんですけど、やはり『八百万——』のほうが迫力があって、作品的にはいいんじゃないかと。

原稿取りから版権室長まで

——『ミステリマガジン』のほうでは、これはという思い出はありますか。

染田屋　作品の選択も菅野さんがやっていて、終りのころ少しやったかなというぐらいで。あと、洋書の買い方みたいなコラムを連載した憶えがあります（山口勉名義「洋書購入法初級講座」一九七九年七月〜八〇年三月号）。でも基本的に手伝っていただけですね。都筑さんのところへ原稿を取りに行って、菅野さんが帰るから交代で来いと言われて、夜中までズーッといるとか。都筑さんは不思議な人で、人がいても全然気にしないで原稿を書くというか、むしろ人がいないと書けないみたいなんです。

――寝てしまうからじゃないですか。

染田屋　そうかも知れません。とにかく、原稿が上がるまで目の前に坐って待っているんです。時々ポロッと話をなさるんで、それに応えるぐらい。そのとき「私の推理小説作法」(『黄色い部屋はいかに改装されたか?』所収)を書いてもらってたのかな。そこで、地下鉄の駅で見かけたという、三着のスーツを持った男の話になっていて……。

――退職刑事シリーズの「ジャケット背広スーツ」のもとになった実体験ですよね。もう作品にはなっていました。

染田屋　小説では一応解決をつけたけど、実際にはどういうことだったと思います? と訊かれたけど、そんなことより早く原稿書い

歴代『ミステリマガジン』編集長

0	田中潤司	
1	都筑道夫	1956年7月創刊号〜59年12月号
2	小泉太郎(生島治郎)	1960年1月号〜62年12月号
3	常盤新平	1963年1月号〜69年7月号
4	太田　博(各務三郎)	1969年8月号〜73年6月号
5	長島良三	1973年7月号〜75年5月号
6	菅野圀彦	1975年6月号〜93年3月号
7	竹内祐一	1993年4月号〜96年12月号
8	村上和久	1997年1月号〜98年12月号
9	千田宏之	1999年1月号〜2001年12月号
10	今井　進	2002年1月号〜07年3月号
11	千田宏之〔二次〕	2007年4月号〜09年3月号
12	小塚麻衣子	2009年4月号〜13年9月号
13	清水直樹	2013年10月号〜現在

てくださいって。こういうようなヘンなことを見たり聞いたりしたら、ぜひ教えてくれと頼まれましたけど。

――面白い話が聞けたら、それで作品を書こうとしたんでしょうねえ。

染田屋 そういうお役には全然立たなかったですね。矢作俊彦さんのところへも、菅野さんの代わりに何度か原稿を取りに行きました。長期滞在型のホテルなんかで仕事をしているんです。そういうスタイルをいちばん大事にしている人でしたから。行くと、原稿用紙が壁にいっぱい貼ってあって、タイトルが書いてあるんです。タイトルだけなんですけど。要するに、これを書くぞということらしいんですけど。

――(笑)

染田屋 ファッションにもこだわりがあって、僕がレジメンタル(斜め縞)タイを締めて行ったら、なぜレジメンタルタイなのにボタンダウンじゃないんだとか。

――作家でも翻訳家でも、あまりエキセントリックなかたは少なくなっていますから、貴重ですね。

染田屋 そうですね。宮田(昇)さんの『戦後「翻訳」風雲録』という本がありましたよね。

浜本 うちから出た本です。

染田屋 あれに出てくるのちの人たちについて僕に続きを書けという話があって。翻訳ミステリー大賞シンジケートのサイトに四回くらい書いた(http://d.hatena.ne.jp/honyakumystery/20120831/1346369020)

んですが、ちょうど武田ランダムハウスの倒産で慌ただしくなって途中で止まっています。しかし、昔のようにエピソードの面白い人が少なくなっているからか、もうネタがなくなっているんですよね。

――掲載された分だけでも、このインタビューの読者にはぜひ読んでもらいたいですね。『ミステリマガジン』を専従でやっていたのはどれくらい……?

染田屋　二年、いや三年ですかね。七七年に長戸（東三＝雨沢泰）君が入ってきたので、彼に任せて僕はだんだん手を引いていった。彼は早稲田だけどミステリ・クラブじゃなくて、確か美術部か何かにいたんじゃないかな。だからビジュアル面も任せられると。

――たぶんお子さんを描いた似顔絵だと思うんですけど、長戸さんの机のガラス板の下に小さく貼ってありましたねえ。ペンでさらっと描いたようなものですが、上手でした。

染田屋　長戸君が来てから僕はあんまり出番がなくて。マガジンは菅野さんと長戸君、あと女性アシスタントに任せて、僕はポケミスなどの編集と、版権室長ということに。室長っていっても部屋があるわけじゃなし、部下もいません。ハヤカワはほかの出版社と違って、海外のエージェントや出版社と密な関係をもっていて、直接版権を買うこともよくありました。タトル（・モリエージェンシー）やユニ（・エージェンシー）といった日本の版権代理業者の頭越しに。『ジョーズ』（ピーター・ベンチリー）ですとか、そういう大きなタイトルを取られては日本のエージェントは怒りますよね。向こうの権利者のほうも悪いんですが。すると、版権担当の僕のところへタトルの社長から怒りの電話がかかってくるんです（笑）。それに応対して、またこっちの上司に報告すると、今度はこうやれって指示されて、それがまた……。

——なんだか、あんまり楽しい仕事ではないような。

染田屋　楽しくないです（笑）。編集をやっているほうがよほどやり甲斐が……。それで日本のエージェントに仕返しされたのか、パーカーを続けて出すつもりが、黙って立風書房に回されたり。あとで取り返しましたけれど。ただ、国内のエージェントとの交渉はほとんど全部僕がやっていたので、八六年にハヤカワを辞めて翻訳を始めたとき、いろいろな版元に紹介してもらえたのはありがたかったですね。

逃したトゥローは大きい

——それでお辞めになったのが八六年。『公爵ロビーの大逃走』（グレゴリー・マクドナルド）が最初の訳書ですか。

染田屋　その前にハーレクインからマック・ボラン・シリーズを訳しています。そのときから佐藤和彦というペンネームで。これは在社中のアルバイトですから、なるべく目立たない、ありふれた名前にしようと（笑）。

――本名小笠原豊樹が岩田宏をペンネームにするようなものですか。平凡な名前に憧れる……

染田屋　『公爵ロビーの大逃走』はサンケイ文庫で、あのころハヤカワと版権の争奪戦みたいになっていましたから、僕が辞めたあと社内で問題になったみたいですね。ちょうどそのころ翻訳バブルの時代でした。新潮文庫だと、翻訳物でも初版五万部とか。あのころは年に三冊も訳せば、給料をもらっているよりいいくらいでした。今はその半分以下になりましたからね。翻訳家も大変です。

――それでまた、サラリーマンに戻られた？

染田屋　というより、少々自分の翻訳者としての能力に疑問をもつようになり、翻訳は東江一紀さんや田口さんみたいな、本当に才能ある人にお任せすべきだという気がして。もう一つ、編集者としていいものを発見したいという気持がずっと残っていたんですね。翻訳者でいたときも、リーディングを頼まれると必ず引き受けましたし、こちらから読ませてくれとも。スコット・トゥローの『推定無罪』は最初、新潮社に頼まれまして原書で読んで、行きましょうと言ったのに、文春にさらわれてしまった。あの当時（文春には）松浦（怜）さんが健在でしたから、かなり高額のアドバンスでも決裁できたんでしょうね。

――新潮社が取っていたら染田屋さんが訳した？

染田屋　そうなったでしょうね。ただ、トゥローの文章はすごく難しいんですよ。上田（公子）さんや二宮（磬）さんがなさって良かったと思います。惜しかったと思うのはトマス・H・クックで、『だれも知らない女』は文春から頼まれてリーディングをやって、自分で訳したいと言わなかったので別な人に回されてしまった。次の『過去を失くした女』からはやらせてもらいましたけど。

ともかく朝日新聞社ではノンフィクションばかりやっていたんですが、やはりフィクションを担当したいというので、ランダムハウス講談社に移って。十年ちょっとフィクションから離れていたら、こんなに売れない状況になっていたのかと愕然としましたね。入ったころは社員が三十人くらいいたんですが、武田ランダムハウス（ジャパン）になって倒産したときには七、八人になっていました。しかし管財人が入っても、負債に充てる財産がないので、既刊本や版権を取った作品を他社に譲って少しでも金に換えられないかと考えたんです。まあ、翻訳書の場合は無理な話なんですが。たまたまそこに書籍に力を入れようとしていた角川マガジンズ（現KADOKAWA）のかたが訪ねていらして、武田ランダムで頓挫したけれど使えそうな本について教えて欲しいと相談を受けたのがきっかけで、角川マガジンズに入ったわけです。武田でやりかけていた『三秒間の死角』（ルースルンド&ヘルストレム）は普通の角川文庫ですけど、編集は角川マガジ

装丁・坂田政則

ンズでやりました。あと、ゲラにまでなっていた『泥棒は几帳面であるべし』（マシュー・ディックス）は創元が出版してくれました。

――そのへんは菅野さん直伝の優しさですか。なんか今は敗戦処理の続きみたいですけど、これから独自企画が……？

染田屋　むかし小鷹さんからも言われましたけど、印税でなく買い切りというのは良くない、売れたら版元も訳者もともに喜び合おうではないかと。そういう翻訳書をもっと作りたいですね。

（二〇一四年一月二十二日、神田伯剌西爾にて）

歩く編集室の遍歴

藤原義也◉国書刊行会

ふじわら よしや●昭和36（1961）年、神奈川県生まれ。東京都立大学人文学部卒業後、国書刊行会に入社、〈探偵クラブ〉、〈世界探偵小説全集〉などを手がけ、内外の古典ミステリ再評価の機運を作った。97年に退社後は藤原編集室としてフリー・エディターとなり、『世界ミステリ作家事典』（森英俊編著。国書刊行会、1998年）、〈晶文社ミステリ〉など多くの単行本、叢書を企画編集している。別名による翻訳もある。

異端文学のメッカであったか

―― 藤原さんというと、ミステリ・ファンには〈世界探偵小説全集〉（国書刊行会、全四十五巻、一九九四～二〇〇七年）を企画なさって、今日のクラシック発掘ブームに先駆けたという印象が強いんですが……

藤原 よくそう言われるんですが、クラシック発掘ということならその前に、創元推理文庫の〈探偵小説大全集〉（一九八二～八七年）や、現代教養文庫の〈ミステリ・ボックス〉（九〇～九七年）がありましたよね。〈世界探偵小説全集〉が画期的だったのは、クラシック・ミステリをハードカバーの叢書で出す、文庫では難しいと言われた企画もこれなら成立するというモデルケースを作ったことでしょう。それが新樹社、原書房、論創社、長崎出版などのシリーズにつながった。

―― 文学全集華やかなりしころは、内外それぞれの推理小説全集みたいなものが周期的に出ていて、それこそポー、ドイルからハメット、クリスティ、クイーンみたいな顔触れで、ぽつんぽつんと珍しい作家作品が入ってる。その手の企画は、講談社の〈世界推理小説大系〉（全十二巻、一九七二〜七三年）が今のところ最後ですね。

藤原　そういう通史的な全集は昔から何度も出ているし、文庫で簡単に読めるものを今さらまとめて出してもしようがない。一九二〇、三〇年代のいわゆる黄金時代の探偵作家で未紹介のもの、バークリーやクリスピンなど重要作家の未訳作など、熱心なファンが待ち望んでいたものを集中的に、というのは最初からの考えでした。

――業界用語でいうキキメ、珍しい巻だけで全集を作ってしまう発想はすごいなと思いましたね。話が先走りましたけど、このインタビュー・シリーズでは皆さんの子供時代からの読書体験を伺うことになっているんです（嘘）。

藤原　最初はやっぱり江戸川乱歩の〈少年探偵団〉ですね。すでにポプラ社版の時代になっていましたが、古本屋にはまだ古い光文社版があって、親が買ってきてくれました。何冊かは――『怪人二十面相』と『少年探偵団』と、『魔法人形』だったかな――松野一夫の表紙の、ぼろぼろの光文社版で読んでます。あとはこれもお決まりのコースですが、あかね書房の〈少年少女世界推理文学全集〉（全二十巻、一九六三〜六五年）。小学校で週に一回、読書の時間というのがあったんです、クラスごと図書室に連れて行かれて一時間、好きな本を読んでなさいっていう。そこで『魔女のかくれ家』や『エジプト十字架の秘密』を読んで、カーやクイーンに夢中になりました。

――そこから創元推理文庫に〝進級〟する、と……

藤原　エラリー・クイーンの国名シリーズですね。当時、創元の背の色はほとんどが白でしたが、国名シリーズ（真鍋博装丁）だけ綺麗な色がついていて、それが一冊ずつ本棚に増えていくのが楽しくて。

――やっぱり本格推理少年ですね。

藤原　でも最初に買った創元推理文庫は『吸血鬼ドラキュラ』でした。小学校五年だったかな。次がクイーンの『オランダ靴の謎』。創元育ちということで言うと、最初からハテナおじさんマーク（本格推理）と帆船マーク（怪奇）の二本立てでしたね（若者への註・当時の創元推理文庫は背にジャンルを示す分類マークが刷られていた）。

――大学での御専攻は英文学ですね。

藤原　まだ目黒にあった東京都立大学（現在は首都大学東京に統合）で、小池滋・高山宏の両先生に卒論を見ていただきました。シャーロック・ホームズ論でしたが、このお二人にこのテーマでなんて、いま考えると怖いもの知らずでしたね。

――ゼミの指導教官がそのお二人？

藤原　都立大にはゼミがなかったんです。放任主義というか、学生のほうから聞きに行かないと細かい指導はしてくれない。先生方も個性派揃いで。高山先生は当時、最初の本（一九八一年『アリス狩り』青土社）を出されたばかりで、この人の授業と文章にはものすごく影響を受けました。のちに『殺す・集める・読む』（創元ライブラリ、二〇〇二年）という推理小説論集を編ませてもらったんですが、これが十数年ぶりの卒論指導みたいな感じで。

——就職先に国書刊行会（以下「国書」）を選ばれたのは、やはり〈世界幻想文学大系〉（全四十五巻、一九七五～八六年）の版元だから？

藤原 それと〈ゴシック叢書〉（全二十五巻、一九七八～八五年）ですね。本の仕事をしたいという気持はあったんですが、特に出版社志望というわけでもなく、バブル前夜のまだ就職難の時代で、なかなか決まらずに焦っていたところを、国書が拾ってくれました。あのころ都立大の先生が国書の仕事をたくさんしてましたから、出身者を一人採っておくと便利かもとか、会社側の思惑があったのかも知れません。

——ははあ。

藤原 ところが、読者として親しんでいた国書の印象と、入社してみた実際はかなり違っていて。まあ、出版社なんて大概そんなものですが。前の『本の雑誌』の国書特集（二〇一二年十月号）でもお分かりのとおり、もともとが印刷会社で、その出版部門として七〇年代初めに国書が出来て、僕が入社したときで創立十三、四年です。まだ若い会社だったんですね。その前年に十人くらい新人が入って、僕の年で七人かな。一気に社員が増えた時代でした。

——担当なさった本の一覧を拝見すると、最初の『ヴィクトリア朝の緋色の研究』（R・D・オールティック。一九八八年）が出るまで何年か、かかっていますね。

藤原 一応海外文学志望だったんですが、最初に配属されたのは日本史その他の部署でした。作る本といえば郷土誌の復刻とか、南部藩の家系図の本とか、全国各地のふるさとの想い出写真集とか。まあ、何でも屋です。といっても、当時はそういう本が国書の本流で、そのころ編集部に二十人ほどいましたが、翻訳物は隅のほうで四人くらいで作ってました。

――異端文学みたいのは、社内でも異端だったんだ（笑）。

出したい本を出すには

藤原　二年目から営業部に異動しましたが、書店を回っても、そのころはまだ国書の認知度が低くて、なんだかよく分からない出版社がよく分からない本を出してる、という反応が多かったです。ごく一部の書店ではとても良くしていただいたんですけど。編集に戻るにはとにかく自分の企画を通さなければ、というので出した企画が『ヴィクトリア朝の緋色の研究』と『エドマンド・ゴドフリー卿殺害事件』。前者は学生時代に高山先生に教わった本でした。後者はもう少し時間がかかって、九一年に〈クライム・ブックス〉の一冊という形で実現しました。

――〈クライム・ブックス〉の五冊は、一つずつは出してもらって、とてもありがたいんですけど、ちょっと寄せ集めの感じがしますね。ノンフィクション・ノヴェルが二冊、ミステリ史、小酒井不木の犯罪研究書が二冊。

藤原　とにかく『エドマンド・ゴドフリー卿』を出したかったんですね。J・D・カー全盛期の作品で、これだけ未訳なのはなぜなんだろうとずっと不思議だったんですが、アメリカで復刻版が出たのを手に入れると、十七世紀英国で起きた殺人事件を再構成した完全な歴史推理で、背景には王政復古時代の複雑な政治状況があり、時代考証がもの凄い。これはポケミスあたりでは二の足を踏むはずだと納得しました。これを軸にミステリ関連書をまとめようと、P・D・ジェイムズの歴史推理物などを加えてシリーズを組みました。というのは、小部数・高価格というのが当時の国書の基本的な考え方で、二千円とか三千円というのは社内的には「安い本」なんですね。当然、営業部からは歓迎されない。安い本は単発では難しいのでシリーズにする。単行本より全集の企画のほうが通りやすい、という不思議な会社だったんです。

浜本　前に会社にお邪魔したとき、五万円以下の本は作るなってお触れが出たって話を聞きました。

藤原　十冊集まって三万円とかになって、ようやく営業部

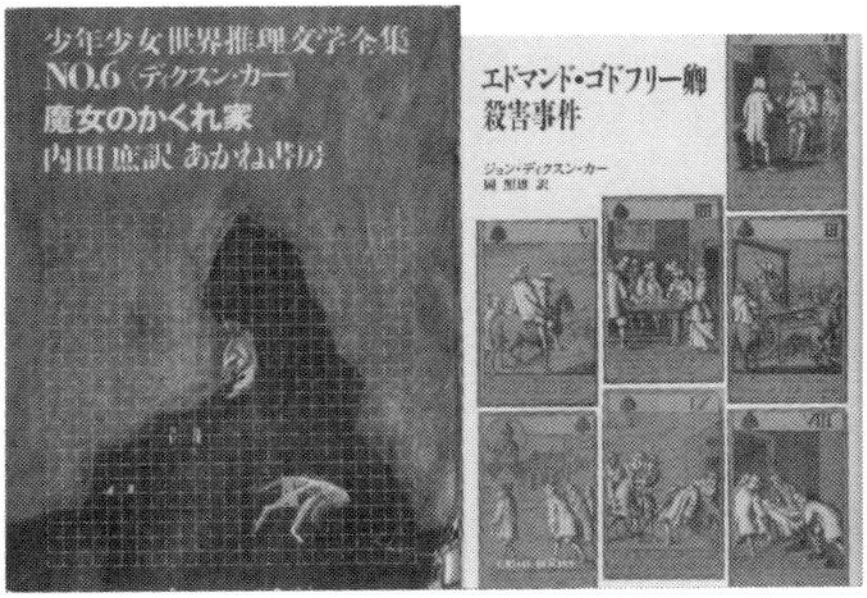

（左）装丁・沢田重隆・鈴木康行・後藤一之
（右）装丁・中島かほる
思えば左の魔女が右の日本版の母となった

が動く企画になる。想定読者がはっきりしている復刻や資料本、学術書中心でやってきたので、安く広く売るという発想がもともと希薄なんですよ。単発の企画よりも五冊、十冊でやれと、むしろ会社側から言われる。企画を通すのは大変ですが、いったん通ってしまえば、ラインナップをはじめ、たいていのことは編集者の裁量に任せてもらえました。もちろん予算的な制約はありますが。そこで最大の難関は、社長をうんと言わせられるかどうか。

――出す出さないは社長決裁なんですか。

藤原　編集会議もないではなかったのですが、シリーズ物などは社長の鶴の一声。確かに不合理な部分もあるんですが、逆に大胆な企画が生まれるメリットもあるんです。合議制でやると、前例主義や減点方式で反対する人が絶対出てきますからね。

――紀田順一郎さんが二十社に断られた〈世界幻想文学大系〉の企画を、社長の一存で出せたという伝統がある。

藤原　国書自体が歴史の浅い出版社だったというのも大きかったと思います。もともと復刻から始めた出版社ですし、経営陣が特に文学方面に強い関心があったわけではないのですが、前例が

書店で現物を手に取ってもらう機会が少ない国書では、内容見本は重要な役割をはたした

ないのをむしろ良しとするような、とりあえずやってみろって感じで冒険できる状況が少なくとも八〇年代にはありましたね。で、〈クライム・ブックス〉がまずまずの成績だったので、次はもう少し本格的なミステリ叢書を、というわけで〈探偵クラブ〉を始めたんです。

―― これは第一期が大阪圭吉、三橋一夫、葛山二郎、渡辺啓助、蒼井雄。蒼井雄以外はみんな『新青年』系ですね。二期は戦後作家中心で、結局三期十五巻まで出たのは、よく売れたんでしょうね。いちばん売れたのは、やはり大阪圭吉ですか。

藤原 ええ、あっという間に品切れに。いや、あっという間でもないですけど（笑）。

―― 増刷はしなかったんですか。

藤原 そこまでの勢いはなかった、ということですね、残念ながら。大阪圭吉に関しては、十年くらい経って創元推理文庫で二冊本の決定版傑作集を編ませてもらったので、心残りはありませんけど。この三冊で「戦前随一の本格派」という大阪圭吉の再評価ははたせたと思います。

―― 大阪圭吉は早くに亡くなっていますけど、この〈探偵クラブ〉の出たころは御存命のかたがけっこう……

藤原 そうですね、葛山さん、三橋さん、渡辺さん、山田風太郎さん、岡田鯱彦さん……そういう日本探偵小説史の生き証人のようなかたがたにお目にかかれたのは、今となっては貴重な体験でしたね。あと、このシリーズで井上良夫（戦前の評論家・翻訳家。『Yの悲劇』『赤毛のレドメイン一家』などを独力で発掘、初紹介した）の評論集『探偵小説のプロフィル』を出せたのはよかったです。山前譲さんから御提案いただいた企画ですが、こういう枠でなければ、なかなか難しい種類の本なので。シリーズの場合はトータルで考えればいいので、そういう冒険が出来る利点もあります。

鮎先生、大いに怒る

藤原　ちょっと忘れられないのは、岡田鯱彦さんにすごく怒られました。

——それはまた、どういう……

藤原　〈探偵クラブ〉第二期で岡田さんの『薫大将と匂の宮』を出すことになって、最初はすごく喜んでいただいていたんですよ。解説の仁賀克雄さんと二人で御挨拶にも伺いました。ところがその仁賀さんの解説が書き上がって、岡田さんに目を通していただこうとゲラをお送りしたら、すぐにお怒りの電話がかかってきて。ただ、お怒りなのは確かなんですが、その理由は仰らない。とにかく電話ではらちがあかないので、新宿近くの御自宅まで飛んで行ったんです。ところが改めてお話を聞いても、何がいけないのかさっぱり要領を得ない。しばらく黙って聞いているうちにようやく、解説のなかに、岡田さんと同時期に登場した探偵作家の新人には誰々がいて……という一節があって、そこに大坪砂男さんの名前があったのがお気に召さなかったらしいと合点がいって……。

戦後の『新青年』は、江戸川乱歩が肩入れしている『宝石』に対抗意識を燃やしたようで、本格推理推進派の乱歩に対して文学派の木々高太郎を担ぎ出して「探偵作家抜打座談会」（一九五〇年四月号）を企画した。木々氏を囲む少人数の新年会のつもりで集まった出席者に、いきなり座談会をやらせたものである。ここに唯一、本格推理派の岡田氏が来合せていて、独り本格擁護の論陣を張る恰好になっているが、この記事が本格派vs.文学派の確執を顕在化させるきっかけとなったものだ。事実かどうか、文学派の事務局長的な役割だった大坪砂男が『新青年』編集長を使嗾《しそう》したとの噂もあった。大坪氏にはその後、探偵作家クラブ幹事長時代の公金使い込みの疑惑などもある。二〇一三年、創元推理文庫で四巻の全集が編まれたように、作家としての評価は低くない。

藤原 「大坪さんには、私はいろいろ迷惑をかけられて、たいへん不愉快な思いをした」と。解説のゲラで大坪さんの名前を見た瞬間に、そのあれやこれやが一気に思い出されてきたんでしょうね。そこをなかなか仰らないんで困惑しました。要は自分の本の解説に大坪砂男の名前があるのは面白くない、ということだったんです。結局、仁賀さんには事情を説明して、申し訳ないけれどその部分だけ削ってくださいとお願いして、だから本にはその一節は載っていません。

――だって、同じ〈探偵クラブ〉の第二期に大坪砂男の巻も入っている。それは構わないんですか。

藤原　それについては、何とも仰いませんでしたね。抜打座談会の一件などは歴史的事実として知ってはいたのですが、当事者にとっては何十年経っても忘れられないことがあるんですね。それが強く印象に残っています。

――現代作家にはあまり御興味ないんですか。この作家に注目しているとか、新人を育てたいとか……

藤原　新人作家と一から本を作っていく、というのはあまり考えたことがないですね。それは自分の戦場ではない、というか。特に現在のフリーの立場では小説の書下ろしを担当するのは難しいでしょう。作家のほうも不安でしょうし。

――フリーで出版ブローカーみたいにやっている人はいますよね。

藤原　それはどちらかといえばエージェントの仕事ですね。自分にそういう才覚はありませんし、興味もあまり……。話は少し外れますが、ちょっとみんな、新作や新人を追いかけすぎなんじゃないかと思うんです。一人の人間が読める量というのは限られていますよね。それなのに、毎月新しく出たものにぱっと飛びついて、次々に新刊を追いかけていく傾向が年々強くなっています。もちろん自転車操業的に新刊を送り出していく（出さざるをえない）出版社側の問題でもあるんですが。別に新刊じゃなくても、読者が手に取る本は——たとえ何十年も前のものでも——その時点で常に「新しい」本だと思うんです。

——含蓄がありますね。

藤原　一度、断食月みたいに新刊を出さない月を作ってみたらいいと思うんですよね。新刊が出ないから、その月はみんな落ち着いて既刊本を読む。読み逃していた本を読んだり、大長篇に挑戦したり。断食明けには盛大に新刊祭りをやればいいし。一ケ月新刊が出ないと出版社がバタバタ倒れちゃうんで、賛同は得られそうもないですけど。

さらば愛しき版元

——国書時代で、いちばん会心の担当本というと何でしょう？

藤原　どれも愛着はありますが、〈魔法の本棚〉という、主に幻想文学系ですが、マイナーだけど熱烈なファンがいる作家の短篇集を六冊。これは自分でも気持よく、いい形で作れたなと思います。

〈魔法の本棚〉内容見本

――売れました？

藤原　それなりにというところですね。たくさん売れるに越したことはないですが、自分としては一冊一冊きちんと利益を出していくことのほうが大事で、でないと次が難しくなりますから。第一回配本の『郵便局と蛇』（Ａ・Ｅ・コッパード）は早くに品切れになり、最近ちくま文庫に入りましたが、まだ半分くらいは注文すれば届きますよ。国書は基本的に最後の一冊まで売る会社なので。

――こうして、担当なさった本の一覧（２８５～２８７頁）を見ていますと、御自分の好きな本ばかり作ってこられた印象がある。でも、お辞めになったんですよね。

藤原　一九九七年に独立しました。そこに挙げてあるのは自分の企画した本なので、好きなことばかりやっていたように見えますが、自費出版本とか、表に出ないものでは国士舘大学の剣道教科書をお手伝いしたりとか、ほかにもいろいろやっています。

――そのコクシカンには興味がない（笑）。

藤原　そこはやはり黒いほうのコクシカンでないと（笑）。まあ、同じ会社に十年以上いて、企画も通しやすくなってはいたんですが、そうなるとまた考えることが出てきて。もちろんそこでほかの出版社に移る選択肢もあるし、自分で会社を興す人もいるんですが、ちょうど〈世界探偵小説全集〉第二期が刊行中で、せっかく軌道に乗っているものを全部放り出して行くのも勿体ない気がして。そこで自分の企画を持って独立するという形で、一冊ごとの契約で企画編集を請け負いたいという希望を会社に伝えて、了承してもらったんです。

――そういう形で退社する人は多いんですか。

藤原 いえ、国書では初めてだと思います。会社にいたときとやってる仕事は同じなんだから、毎月給料が入ってくるほうが経済的には楽なんですが、フリーになって、もっと企画の自由度が欲しかったといいますか。その割に国書にいたときと、あまり変わらない本を作っているんですが（笑）。

――藤原編集室というのは、完全にお一人なわけですか。

藤原 『世界ミステリ作家事典』や『幻想文学大事典』のときは、さすがに学生アルバイトを使ってゲラの整理とか、図書館で資料調査みたいなことを頼みましたが、そういうのは特例で、基本は一人です。人を雇って、その人の給料分の仕事を作るのも大変ですしね。

――そうなると不本意でも売れそうなものをやらないといけなくなる。

浜本 そうそうそう（笑）。

藤原 いや、売れるものをやるのはけっして不本意ではありません。売れなくても良い本を、なんてフリーの編集者が本気で言いだしたらおしまいですし。ただ、人を使うとなったら編集プロダクション的に、もっと割のいい仕事を取ってこないとだめでしょうね。翻訳物や人文書の編集なんて、どう考えても効率が良い仕事じゃありませんから。

――『世界ミステリ作家事典』（森英俊編著。一九九八年）なんかも、退社後のお仕事なんですね。

藤原 本が出たのはそうですね。ただ、企画自体は在社中のもので、それだけ時間がかかったということです。あれは森さんが『ミステリ作家名鑑 本格派編』（一九九三年）という私家版を会社宛に送ってくれて、これは凄い人がいると、さっそく連絡をとってお会いしたのがきっかけです。話をしてみて、その知識にも蔵書量にもびっくりしました。海外の古典ミステリについて、手に入るものはだいたい読み尽くしたと、学生時代には不遜にも思っていたのですが、大きな間違いでした。森さんみたいに古本で探して、さらに原書を収集して読んでと、そういう「好き」を貫く強さは自分にはなかったですね。それで、この私家版をもとに森さんのお持ちの情報を全部入れた決定版の事典を作りましょうと言って、結局完成したのが退社後だった。

――これと、その前年の『本格ミステリの現在』（笠井潔編。一九九七年）と二年連続で日本推理作家協会賞を受賞していますね。

藤原 そうですね。フリーになってから二年続けて、作った本が受賞したのは嬉しかったです。ただ『本格ミステリの現在』のほうは、笠井潔さんが『野性時代』で企画した連載を、山口雅也さんが国書で本にしないかと声を掛けてくださったもので、ほとんどそのままですから、あまり寄与した実感がないんですけどね。

――でも、勿体なかったんじゃありませんか。そのとき在社されていたら、社内的な立場が強くなったのに、とか。

藤原　いいえ、そういう社風ではなかったですから。それよりは受賞したことで本が少しでも売れて、次の企画が通りやすくなるほうがありがたいですね。

捨てる神あれば

――国書以外の出版社との付き合いは、翔泳社が最初ですか。

藤原　そうです。辞めて最初の二年ほどは、国書の仕事を自宅でやっている感じでしたが、たまたま知り合った翔泳社の人に声を掛けていただいて。翔泳社はビジネス書やコンピュータ書の出版社というイメージだったのですが、『神々の指紋』（グラハム・ハンコック）が大ベストセラーになって、文芸書部門が出来ていたんですね。翔泳社でミステリが出せるのかな、と半信半疑で企画書を出したのですが、案外すんなりとOKが出ました。J・D・カーの『グラン・ギニョール』――これは森さんがコピーを持っていたカーがデビュー前に学生誌に書いた作品で、本になっているのは日本だけです――のあとは、ジム・トンプスン（『サヴェッジ・ナイト』）やJ・F・

バーディン（『悪魔に食われろ青尾蠅』）など、国書の本格路線とは違う、ノワール、サスペンス物の方向を考えていたんです。結局、〈翔泳社ミステリー〉四冊と〈ドイル傑作選〉二冊を出したところで、同社の方針変更があり、文芸書部門自体が消滅してしまいました。

——二匹目のハンコックはいなかった。

藤原　ですが翔泳社のかたが、次の版元として、晶文社を紹介してくれました。晶文社ではバークリーの未訳作の一挙紹介とか、ジェラルド・カーシュ（『壜の中の手記』他）、デイヴィッド・イーリイ（『ヨットクラブ』他）、A・H・Z・カー（『誰でもない男の裁判』）、シオドア・スタージョン（『海を失った男』）など、いわゆる異色作家短篇集をたくさん出せて、これはこれで面白いことが出来たと思っています。

——早川書房の〈異色作家短篇集〉（初刊は全十八巻、一九六〇〜六五年）に入っていてもいいような作家、ということですね。

藤原　その晶文社も体制が変わって、ジャック・リッチー『クライム・マシン』〈このミス〉一位を置き土産にシリーズ終了となり、続いて河出書房新社で〈KAWADE MYSTERY〉を開始しています。というわけで、この三つは版元は違いますが、自分のなかではひとつながりのシリーズというふうに考えています。

——ある社が手を引くと、不思議にまたどこかが名乗りを上げてくるものなんですね。

藤原　そういう点では本当に恵まれていますね。河出のときは自分で持ち込みをしたんですが、長くやっていると思わぬところから声を掛けていただいたり、仕事の場を作ってくださることも増えてきて、それは非常にありがたいことだと思っています。

――それは藤原編集室というのが一つのブランドとして、業界で信用を高めてきたということではありませんか。

藤原 だとよいのですが。最近では、これは国書では出来なかった文庫の仕事も増えてきていますね。むかし自分が作った本が十年二十年経って文庫化、というケースも出てきて、その間の状況の変化には自分でもびっくりです。以前に比べると今は文庫の刷り部数がかなり落ちていて、それ自体は大きな問題なのですが、自分にとってはチャンスでもあります。〈世界探偵小説全集〉のころは、こういうものは文庫の枠では難しいからハードカバーの可能性が開けたわけですが、二十年経って、文庫のステージが言ってみれば自分のほうに降りてきてくれたような気がします。

――まだまだ、やってみたい企画はおありですか。

藤原 そうですね。こんな本があったら、というのはいつも考えてます。今やってみたいのは、国書時代に〈魔法の本棚〉〈ミステリーの本棚〉というシリーズを作ったので、次は〈怪奇の本棚〉だろうと。ラインナップも考えています。

――本棚がお好きなんですね。国名シリーズの背を並べていたところに、やはりルーツが……

藤原 それからミステリ作家の伝記は機会があれば手がけたいですね。ディクスン・カーとヴァン・ダインの伝記を出しましたが、単に人気作家、有名作家だからというだけじゃなく、彼らの人生そのものが非常に面白い。ヴァン・ダインなんて小説家にも美術評論家にもなりそこねてミステリ作家として大成功した、上がったり下がったりのジェットコースターみたいな人生で、たぶん彼の探偵小説よりずっと面白い。いま考えているのは、ドロシー・セイヤーズの伝記ですね。カーの伝記などでは堅苦しい、融通のきかないおばさんみたいに書かれている英国ミステリ界の重鎮セイヤーズですが、当時は珍しかった大学で高等教育を受けた女性で、広告代理店で働きながら探偵小説を書き、休日にはオートバイを乗り回し、未婚のまま子供を出産、という波瀾に満ちた前半生を送った人なんです。貴族探偵ピーター卿の作者が、ヴァイタリティ溢れる二十世紀の「新しい女性」でもあったことを教えてくれる興味津々の一冊なんですが、**どこかで引き受けてくれませんかねえ。**

――ここ、太字で組んでおいてもらいましょう。

（二〇一四年八月六日、神田伯剌西爾にて）

●藤原編集室の仕事（国書刊行会 在社中を含む。【　】＝シリーズ、＊自企画本の文庫化）

◆国書刊行会

【クライム・ブックス】全5巻
【探偵クラブ】全15巻
【世界探偵小説全集】全45巻
【ミステリーの本棚】全6巻
【怪奇小説の世紀】全3巻
【魔法の本棚】全6巻
【文学の冒険】第2シリーズ（一部）
【バルトルシャイティス著作集】全4巻
【ロンドンの見世物】全3巻　R・D・オールティック
【異貌の19世紀】全6巻　高山宏責任編集
『世界ミステリ作家事典　本格派篇』森英俊編著
『世界ミステリ作家事典　ハードボイルド・警察小説・サスペンス篇』森英俊編
『幻想文学大事典』ジャック・サリヴァン編
『ミステリ美術館』森英俊編著
『ジョン・ディクスン・カー　奇蹟を解く男』ダグラス・G・グリーン
『別名S・S・ヴァン・ダイン』ジョン・ラフリー
『クイーン談話室』エラリー・クイーン
『ミステリー倶楽部へ行こう』山口雅也
『本格ミステリの現在』笠井潔編
『ショパンに飽きたら、ミステリー』青柳いづみこ
『怪奇SF映画大全』ロナルド・V・ボースト他編
『モンスター・ショー』D・J・スカル
『ハリウッド・ゴシック』D・J・スカル
『狂人の太鼓』リンド・ウォード
『チャールズ・アダムスのマザー・グース』山口雅也訳
『スターメイカー』オラフ・ステープルドン
『最後にして最初の人類』オラフ・ステープルドン
『アサイラム・ピース』アンナ・カヴァン
『ボリバル侯爵』レオ・ペルッツ
『夜毎に石の橋の下で』レオ・ペルッツ
『ライロニア国物語』レシェク・コワコフスキ

『ヴィクトリア朝の緋色の研究』R・D・オールティック
『暗い山と栄光の山』M・H・ニコルソン
『ボディ・クリティシズム』バーバラ・M・スタフォード
◆翔泳社
【翔泳社ミステリー】全4巻
【ドイル傑作選】全2巻
◆晶文社
【晶文社ミステリ】全17巻
◆河出書房新社
【KAWADE MYSTERY】全11巻
『[ウィジェット]と[ワジェット]とボフ』シオドア・スタージョン
◇河出文庫
『海を失った男＊』シオドア・スタージョン
『カリブ諸島の手がかり＊』T・S・ストリブリング
『クライム・マシン＊』『カーデュラ探偵社＊』ジャック・リッチー
『タイムアウト＊』デイヴィッド・イーリイ
◆東京創元社
◇創元推理文庫
『とむらい機関車』『銀座幽霊』大阪圭吉
『夜鳥』モーリス・ルヴェル
『ドイル傑作集』全5巻
『夜歩く』『蠟人形館の殺人』『エドマンド・ゴドフリー卿殺害事件＊』
J・D・カー
『一角獣の殺人＊』カーター・ディクスン
『第二の銃声＊』『ジャンピング・ジェニイ＊』アントニイ・バークリー
『愛は血を流して横たわる＊』エドマンド・クリスピン
『鐘楼の蝙蝠』『悪魔と警視庁』E・C・R・ロラック
『悪魔に食われろ青尾蠅＊』J・F・バーディン
『ゴースト・ハント』H・R・ウェイクフィールド
『胸の火は消えず』メイ・シンクレア
◇創元ライブラリ
『殺す・集める・読む』高山宏

◆**白水社**

【高山宏セレクション〈異貌の人文学〉】全5巻（刊行中）

【白水Uブックス〈海外小説 永遠の本棚〉】刊行中

『パラドクシア・エピデミカ』　ロザリー・L・コリー

『バンヴァードの阿房宮』　ポール・コリンズ

◆**平凡社**

『少年少女 昭和ミステリ美術館』森英俊・野村宏平

『少年少女 昭和SF美術館』大橋博之

◆**バジリコ**

『殺しの時間』若島正

『氷』アンナ・カヴァン

◆**角川書店**

『犯罪王カームジン』ジェラルド・カーシュ

◇**角川文庫**

『壜の中の手記＊』ジェラルド・カーシュ

◆**筑摩書房**

◇**ちくま文庫**

『四人の申し分なき重罪人＊』G・K・チェスタトン

『怪奇小説日和』西崎憲編

『郵便局と蛇＊』A・E・コッパード

『妖異博物館』『続 妖異博物館』柴田宵曲

◇**ちくま学芸文庫**

『明治の話題』『明治風物誌』『奇談異聞辞典』柴田宵曲

われらが『ミステリ編集道』の時代

――あとがきに代わる鼎談

国田昌子（徳間書店）×山田裕樹（集英社クリエイティブ）×新保博久

山田　読んでみて、知らないことがいっぱい書いてあるなあというのが第一の感想です。後半のほうは、私も現場にいた時期だから馴染みがありますが。学生のころ読んでたのは『ＳＦマガジン』と『奇想天外』（第一次）で、（島崎さんの）『幻影城』はあんまり知らんのですよ。

国田　でも、私は知らない時代のことを教わった想いで、すごく面白かった。

山田　だいたい私は国田さんを四年遅れで追っかけてるわけです。トシは×歳、違うけど。

新保　一応、アタマから見ていっていただけますか。

山田　この最初の原田さんというのは、筒井（康隆）さんが最初の長篇（未刊の「意識の牙」）を没にされて、憤慨して中ノ島の橋から原稿を川に叩き込んだっていう方《かた》……？

新保　でも、いま（原田さんが興した）出版芸術社は〈筒井康隆コレクション〉を刊行していますからね。『戦後の講談社と東都書房』の出版記念会でも筒井さんは発起人の一人で、乾杯の挨拶で「川に捨てたというのは嘘で、このあいだ出てきた。読み返してみて、ああ、没にしてもらって本当に良かった」と（笑）。

国田　原田さんとか、こういう先達——昔の教養人は少年時代、ミステリなどは読まなかったんだなあって。要するに読むのは文学で、大衆小説は読まなかった時代が続いていたんですね。

新保 でも大坪さんのように、小さいときからミステリが好きだったかたもおられます。

国田 そういえば私も学生時代は倉橋（由美子）・大江（健三郎）あたりを読んでましたね。開高健とか。ところが、あるとき『神州纐纈城』（国枝史郎）を知り合いに薦められて、夢中で一晩で読んでしまったんだけど、この八木さんのインタビューを読んで、こういう経緯で出たんだって初めて知りました。

新保 桃源社版が出たのは一九六八年。三浦しをんの『ふむふむ　おしえて、お仕事!』（新潮社、二〇一一年）の国田さんインタビューを見ると、卒業してから徳間書店に入られるまで旅回りの芝居一座や別な企業におられたそうですが、この本のプロフィールによると七〇年入社になっていますね。ところが、こちらの（社史）『徳間書店の30年』（一九八四年）を見ると六九年入社。どちらが正しいんでしょう。

国田 六九年ですね。『ふむふむ』のほうは私の校正洩れ。こんど文庫になるとき直します。

新保 すると旅回り時代はわりあい短かったんですね。

国田 そうなりますね。それから（『ミステリ編集道』には）『新青年』の話とか出てくるでしょう。もう懐かしくって……。

山田 戦前から読んでたんだ。

国田 なわけないでしょうが。私は（入社した）最初の宣伝部から編集部に移って、まず『問題小説』。そこでちばてつやさんや別役実さんの映画のエッセイをもらって喜んでいました。（トクマ・）ノベルズに異動して最初に担当したのが生田直親さんの『黄金のシュプール』（七六年）です。ただ、書下ろしをいただける作家がそんなにないから、作品がなくって、よくアンソロジーを作っていました。前島（不二雄）という者が中島（河太郎）先生と企画した『日本探偵小説ベスト集成（戦前篇・戦後篇）』（七六〜七七年。文庫版では『日本ミステリーベスト集成』）を手伝ったり。この島崎さんの話に出てくる『横溝正史の世界』（七六年）を作ったのも前島です。何も分からない若造の私は、ただ言われるままに、中島先生から戦前の『新青年』をお借りしました。再録する作品のレイアウトやイラストを含め雑誌全体がすごくしゃれてるなあって、見入ってしまいました。

山田　そのころは、ちょうどノベルス全盛時代だよね。集英社は出してないんだけど。カッパ・ノベルスが老舗として在ったところへ、祥伝社（ノン・ノベル、七三年二月創刊）が来て、トクマ・ノベルズ（七四年八月創刊）と三者でバランスをとっているうちに、カドカワ・ノベルズ（八一年十一月創刊）と講談社ノベルス（八二年五月創刊）が出て、何が何だか分からなくなった。今の（岩波新書的な）新書の状況に似てますね。

新保　ノベルスの乱戦時代は『ミステリ編集道』に出てこない部分なんですが、カドカワ、講談社は一挙十冊配本でドカンとやった。ノン・ノベルの第一回配本は半村良『黄金伝説』が目玉ですよね。このとき「長編伝奇推理小説」と銘打たれていて、ＳＦはまだ市民権を得てなかったのかな。これが双葉ノベルスのころだと、一冊目の川又千秋『天界の狂戦士』

（八〇年）からして「長編ＳＦ冒険ロマン」なんですよ。トクマは鮎川哲也の三番館シリーズ第一巻『太鼓叩きはなぜ笑う』で短篇集と、陳舜臣『玉嶺よふたたび』の再刊で、ひっそり始めた感じです。どういう成算があったんでしょう？

国田　一九七四年は徳間書店にとって、アサヒ芸能出版（創業時には東西芸能出版社）から、創立二十周年に当るので、総合出版社を目指した時期でしょうか。七五年四月には、ノベルズで西村寿行さんの『君よ憤怒の河を渉れ』を刊行し、ベストセラーになりました。

新保　しかし、それまでノンフィクションというか実用書が主で、小説家との付き合いは『問題小説』くらいしかないですよね。鮎川さんが編んだ『鉄道推理ベスト集成』（全四巻、七六～七八年）やら、アンソロジーがたくさん出たのは、だからなのか。筒井さんの『日本ＳＦベスト集成』（全六巻、七五～七六年。現在はちくま文庫）もあったし。

国田　『探偵小説ベスト集成』の流れで海洋ミステリと山岳ミステリ（七七年『血ぬられた海域』『死の懸垂下降』）もやりまして、山岳に加藤薫さんの「アルプスに死す」というオール讀物推理小説新人賞を獲った作品を入れたんですが……。

山田　北上次郎さんが（『冒険小説の時代』で）、その本の収録作品のなかでも大絶賛した。

国田　……同意書を送り返していただけなくて往生しました。刊行月も迫ってきたので、鶴見だったと思いますが、アパートまで訪ねました。何度行ってもお留守で、ドアの前でメモしていたら、お隣のおばさんが出て来られて、加藤さんはずっと山に籠もりっきりだから、郵便物も預かってるって、段ボール箱いっぱい溜まっているなかに私がお送りした封筒もありました。結局、事後承諾というかたちで収録、刊行しましたが、山と溪谷社から加藤さんの郵便貯金の口座番号を教えていただいて、ようやく印税が振り込めました。作品そのもののように山に生きている作家がいるのだと驚嘆し、思い出深いです。

新保　御自分で出した企画では？

国田　大家のかたは若造には担当させてもらえないので、自分で読んで、この人はいいなと思うのをいろいろ挙げましたが、なかなか通らなかったです。売り出す前の片岡義男さん、つかこうへいさん、向田邦子さん。もう却下却下ですよ。

新保　それは先見の明があった。

国田　ただ却下されても、あくまでも企画を押し通す力と持続性がなかったという忸怩たる思いがあります。新本格の作家が出てきたときに、私は動いていませんし、山田さんのようにトータルに戦略を立てて動いてきたわけでなくて、この人が好きというだけで会いに行ってきました。

山田　でも私が国田さんと同じ作家を担当したのは、最初が問題小説新人賞の津山紘一さん、二人目が高千穂遙さん。国田さんが作った高千穂さんの『目覚めしものは竜』（八一年）はもっと評価されていい。で、そのころ、ご存じのかたはご存じの事情で『ＳＦマガジン』から作家が一斉に手を引くという事件があって、高千穂さんの「美獣——神々の戦士」を引き継いだんですが、病気が多くて原稿をいただくのが大変だった。やっと本にしても（社が）宣伝に力を入れてくれない。でも売れたんです。誰も評価してくれなかったとき、国田さんが（出版社の）パーティで、ボク頑張ったねって（笑）。分かってくれる人が一人いたと涙が出た。

国田　そんなエラそうに言ったんだ（笑）。

山田　あのころ、行く先々で国田さんとお会いしました。（担当作家が）ほとんどカブっていたでしょ。

国田　そうですね。白川充さんともね。でも当時白川さんとはお目にかかってないんですよ。船戸（与一）さんからお名前を聞くだけで。だから白川さんのインタビューもすごく興味深かった。

新保　白川さんは船戸与一も志水辰夫も種だけ蒔いて、収穫はほかの人が……。

山田　さっき言ったように、私は国田さんの四年あとをついて行ってる。高千穂さんの『美獣』が八五年でしょう。志水さんも『尋ねて雪か』（八四年）から四年後に『こっちが渤海』。船戸さんは最初、ちょっと文章が荒っぽいかなって様子伺いしていたら、『夜のオデッセイア』（八一年）でおっと思った。これも国田さんが作った。正式に担当させていただきたいと船戸さんに申し入れたのは『山猫の夏』（八四年）を読んでからなので、『猛き箱舟』が八七年。

国田　でも北方（謙三）さんは『夜より遠い闇』（八四年）からだから、私のほうが（山田さん担当の）『弔鐘はるかなり』（八一年）の後追いですよ。私がハードボイルド、冒険小説の面白さに目覚めたのは会社に入ってからで、戸川さんの（インタビューの）ところに出てくるドン

・ペンドルトンやハドリー・チェイスとか、大藪（春彦）さんもそうなんですけど、二時間くらいで読めるでしょう。一晩に一冊ずつ読んでいたころがあったんです。そんなころ船戸さんが『非合法員』（七九年）でデビューされて、日本にもこういう作家が出てきたって飛びつきました。同じころ創刊された『SFアドベンチャー』に私はいました。そのあと書籍に異動してすぐコンタクトしたら、「夜のオデッセイア」というのを『小説推理』に連載中だが、双葉社では本にするのに積極的でないんで、これを回してもいいと言われてラッキーでした。

新保　『ミステリ編集道』では双葉社とか文春とか、入って然るべき出版社をいくつか入れられなくて、徳間書店もその一つだったんですが、国田さんにそこを補っていただいた感じですね。そのあたりが、SFとアドベンチャーが勃興する前夜だったのかな。船戸さんはその前に双葉ノベルスで出した『祖国よ友よ』とか『群狼の島』の成績が好くなかったのかも知れない。大沢（在昌）さんもデビューしたばかりだったし。

山田　国田さんには、SFと冒険小説編集者としての戦友意識を懐いてきましたね。

国田　七九年に『SFアドベンチャー』が創刊され、小松左京さん、筒井康隆さん、星新一さんを中心にSF作家の活躍が雑誌でもめだっていました。（八〇年に）SF作家クラブを後援して徳間（康快）社長が日本SF大賞を作るという話になったんで、SFのほうにまず光が当っていたのかな。

新保　七九年に『幻影城』が休刊して、八〇年に「問題小説スペシャル」として出た『瑠《ル》伯《パン》』も季刊六冊でおしまい。推理小説は斜陽時代でしたね。

山田　私が入社した一九七七年の夏、銀座でSF作家の会合があり、星さん、小松さん、筒井さん、平井（和正）さんとか雲の上のかたがたが居並ぶなかに顔を出したら、そこを極楽鳥の如くヒラヒラと飛び回っていたのが国田さんだった。

国田　もともとヒラヒラした恰好をしてただけですよ（笑）。

新保　それにしても、この『ミステリ編集道』に登場していただいたのは男性ばかりで、エンタテインメント系の伝説的というか名物編集者みたいな人で女性というと、国田さんのほかには本当に数人しかいない。近年はそうでもなくなってきそうですが、これはどういうことなんでしょう。

山田　それは女性作家というものが増えてきたのに比例しているからじゃないかなあ。

新保　国田さんは女性編集者ということで、特にハンディを感じたりなさることはなかったんですか。

国田　西木正明さんや梓林太郎さんと、けっこうタフな取材にも同行しましたけれど、そのとき苦しくても、今となっては皆よき思い出です。そういえば、トクマ・ノベルズで『悪霊の女王』（七六年）が刊行され、担当ではなかったのですが、そのうち、平井和正さんとお話しする機会がありました。「わあ、『犬神明』の大ファンです」と申し上げました。たぶん、「地球樹の女神」を『野性時代』から『SFアドベンチャー』に移籍して連載してもらうとき（九〇～九二年）でしょうか。平井さんの『狼の紋章』が大好きなんですって言ったら、作家は常にいま書いているものがベストだと思っているんで以前のものを褒められても嬉しくないって、ああそうなんだって勉強になりました（笑）。

山田　しかし平井さんは初期の作品の、あとの作家への影響力がすごいよね。笠井潔さんの『ヴァンパイヤー戦争』（八二〜八八年）なども、生頼範義さんのイラストも含めてウルフガイ・シリーズ（七一〜九五年）の系譜を継承するものだし、大沢在昌さんの『天使の牙』（九五年）だって、ある意味「エイトマン」じゃないですか。

新保　なるほどね。そのあたりは、いずれ大森望《どなたか》さんに「ＳＦ編集道」をまとめてもらいましょう。

（二〇一五年二月十八日、神田揚子江菜館にて）

【や】

【ら】

【わ】

【な】

【は】

【ま】

【か】

【さ】

人名索引

【あ】

＊本書は「本の雑誌」二〇〇七年九月号から二〇一四年十一月号までに断続的に掲載された「シンポ教授の温故知新インタビュー」シリーズに、『幻影城の時代［完全版］』（講談社）収録の島崎博インタビュー、語り下ろしのあとがき鼎談を加え、加筆・再構成したものです。

＊目次および各章とびらの氏名に付した出版社名はインタビューの話題の中心となった時代の勤務先で、各氏の現在の所属とは概ね異なっている。

ミステリ編集道

2015年5月25日　初版第一刷発行

著　者　新保博久
発行人　浜本茂
印　刷　中央精版印刷株式会社
発行所　株式会社本の雑誌社
〒101-0051
東京都千代田区神田神保町1-37　友田三和ビル
電話　03（3295）1071　振替　00150-3-50378

定価はカバーに表示してあります
ISBN978-4-86011-271-4 C0095